D'un dia a l'altre,
MEMÒRIES D'UN S

AMADEU CUITO

MEMÒRIES D'UN SOMNI

BARCELONA 2011  QUADERNS CREMA

Publicat per
QUADERNS CREMA

Muntaner, 462 - 08006 Barcelona
Tel. 934 144 906 - Fax 934 147 107
correu@quadernscrema.com
www.quadernscrema.com

© 2011 by Amadeu Cuito Hurtado
© d'aquesta edició, 2011 by Quaderns Crema, S.A.U.

Drets exclusius d'edició:
Quaderns Crema, S.A.U.

A la coberta, fotografia de l'autor per Martí Gallén - *L'Avenç*

ISBN: 978-84-7727-505-3
DIPÒSIT LEGAL: B. 19 431-2011

AIGUADEVIDRE *Gràfica*
QUADERNS CREMA *Composició*
ROMANYÀ-VALLS *Impressió i relligat*

PRIMERA EDICIÓ *maig de 2011*

Sota les sancions establertes per les lleis,
queden rigorosament prohibides, sense l'autorització
per escrit dels titulars del copyright, la reproducció total o
parcial d'aquesta obra per qualsevol mitjà o procediment mecànic
o electrònic, actual o futur—incloent-hi les fotocòpies i la difusió
a través d'Internet—, i la distribució d'exemplars d'aquesta
edició mitjançant lloguer o préstec públics.

*Exigua pars est vitae
qua vivimus.*

SÈNECA

I

Dels primers anys de la meva vida no en recordo pràcticament res. A la memòria, poques coses hi queden: algunes sensacions, una habitació, una paret, un carrer, alguns fragments de vida que, més endavant, es barregen amb el que sentim, veiem, o llegim, tot plegat, un magma informe i indesxifrable de sorolls, imatges, olors i emocions. Pretendre restituir el que va passar de veritat és una quimera i ho continua sent per als episodis successius de la nostra existència, no únicament perquè la memòria és traïdora, sinó perquè, en el moment d'escriure, no prescindim de la nostra fantasia, ni del desig de creure, i de fer creure, en el que hauríem volgut que passés i hem acabat creient que ha passat. Com crec que va dir Tolstoi en una carta: «Només es recorda el que s'imagina».

Dit això, el primer record que tinc és el de les llàgrimes i els esgarips que feia al menjador de casa, assegut davant d'una llum encegadora, mentre un home alt i gros amb bata blanca intentava col·locar-me una màscara de la qual es desprenia una olor acre, freda i asfixiant. Devia tenir uns tres anys quan em van treure les amígdales. Érem a París, on vivíem des de finals del 36. En un àlbum de fotos, amb cobertes folrades de roba, que porta per títol gravat amb lletres d'or «El nostre fill», hi figura escrit a mà que els meus pares són: Ferran Cuito i Canals, nascut el 27 de juliol de 1898, i Adela Hurtado i Martí, nascuda el 28 de maig de 1901; que en néixer, el 8 de gener de 1936, pesava tres quilos i mig; que el primer de febrer en pesava quatre i el 8 de juny, nou; que em van batejar a la Bonanova el 26 de gener i vacunar el 12 de maig; que em va sortir la primera dent el 18 de juny i que el 15 de novembre «es va deixar anar sol a caminar per tota la casa», però que el primer aniversari es va celebrar a París, 20 rue Spontini. «Vàrem fer un pastís amb una candela que va apagar a la primera bufada. Va tenir una gran ovació». Les pàgines següents estan en blanc, com si després d'aquesta proesa s'interrompés la meva biografia fins a l'entrada al col·legi: «Escola: Cours Reynès. Perpinyà, 3 d'octubre 1940». A sota, amb una cal·ligrafia infantil prou acceptable, es pot llegir «mostra de la meva escriptura, 6 de gener 1941, amadeu cuito hurtado». Podria afegir al record de les amígdales el redoblament tronador de tambors, l'estrèpit eixordador de trompetes i, en el silenci, quan deixaven de tocar, el martelleig ininterromput de les botes ferrades dels soldats. Ens havien portat a veure una desfilada militar i a obrir unes enormes gàbies de vímet repletes de coloms. No recordo res dels coloms, però sí els comentaris dels de casa, a qui feia molta gràcia que el meu cosí Joan hagués sortit fotografiat en un diari sota el titular: «*Les petits parisiens aiment aussi la paix*». Devia ser un 11 de novembre, dia de la victòria de 1918, que els francesos sempre celebren amb una desfilada militar. Calculo que aquell Onze de Novembre era el de 1939. El primer de setembre d'aquell any, França i Anglaterra havien declarat la guerra a Alemanya, que havia envaït Polònia. Curiosament, no va passar res i, durant mesos, a la frontera amb Alemanya no es va disparar ni un sol tret. En van dir la *drôle de guerre*. En un altre racó de la memòria hi trobo, al fons d'un jardí d'una casa de camp, una paret no gaire alta que vorejava una via fèrria des d'on m'agradava veure passar els trens i, encara avui, recordo el que es va parar, carregat de soldats, de camions i de canons. Un soldat em va dir alguna cosa. Uns anys més tard, vaig sentir explicar al meu pare que el soldat m'havia dit: «*Toi tu t'en fous de la guerre!*». Si no m'equivoco érem a la Touraine i, en veure que la guerra encara era *drôle*, devíem tornar a París. El 10 de maig de 1940, la guerra va deixar de ser *drôle*. S'havia desfermat l'ofensiva alemanya i el 16 de juny els seus exèrcits ocupaven París. Tinc un record molt borrós d'aquells dies i de la nostra marxa precipitada de la capital, però sí que recordo amb molta claredat canviar de tren diverses vegades, de nit, en unes estacions plenes de fum i atapeïdes de gent traginant maletes, bosses, paquets i farcells i uns altaveus per on repetien sense parar: «*Les réfugiés espagnols: Quai 2! Les réfugiés espagnols: Quai 2!*». Encara avui no sé si els *réfugiés espagnols* érem nosaltres o gent que baixava d'un altre tren. Finalment vam arribar a Perpinyà, on teníem reservada habitació a l'hotel La Font del Gat. El meu pare, que sempre tenia coses per fer, s'havia quedat a París. Va marxar-ne el dia que hi entraven els alemanys, assegut al topall de l'últim vagó de l'últim tren que va sortir de la ciutat. Des de Tours, va haver de continuar el viatge a peu, en bicicleta i dalt d'un camió. Al cap de quatre dies també era a Perpinyà. A finals de l'estiu, ja havíem abandonat La Font del Gat i vivíem amb els meus avis materns, Anna i Amadeu, en un pis d'una casa petita, estreta i trista, al 17 bis del carrer del Castellet. El mes d'octubre de 1940, encara no havia sortit del capoll protector de la família i el món exterior m'era totalment aliè. Sabia, això sí, que s'hi parlava una altra llengua, que ara em tocava aprendre al Cours Reynès, on em feien cantar «*Maréchal, Maréchal, nous voilà!*». Val la pena transcriure algunes estrofes d'aquell himne per adonar-se fins on havia caigut el món que d'ara endavant seria el meu.

Une flamme sacrée
Monte du sol natal
Et la France enivrée
Te salue, Maréchal! [...]

En nous donnant ta vie
Ton génie et ta force
Tu sauves la patrie
Une seconde fois

La guerre est inhumaine
Quel triste épouvantail!
N'écoutons plus la haine
Exaltons le travail [...]

Maréchal, Maréchal, nous voilà!

La França que cantava aquell himne havia quedat estabornida per l'exèrcit alemany, que només va necessitar quatre setmanes per arribar a París. Quan els francesos van recobrar els sentits i van adonar-se del desastre, com han fet altres vegades, van tirar-se als braços d'un general. El mariscal Pétain, heroi llegendari de la batalla de Verdun, que gaudia del prestigi d'haver repel·lit l'enemic i salvat la pàtria, era de tots els generals victoriosos de l'anterior guerra contra Alemanya el que podia fer acceptar millor la derrota i dissimular millor la submissió. S'ha discutit infinitament com es va arribar tan avall tan ràpid; si els francesos havien viscut els últims anys massa cofois de la seva victòria; si exigint a Alemanya el compliment escrupolós de totes les reparacions previstes en el tractat de Versalles van exacerbar el ressentiment i el desig de revenja dels alemanys; si, després d'haver perdut un milió quatre-cents mil homes en una guerra que havia tingut lloc exclusivament en territori francès, havien quedat totalment exhaustos i s'havien acantonat en una posició pacifista; si, malgrat les advertències d'alguns militars (el coronel De Gaulle entre altres), alinear les tropes al llarg de la frontera darrere la famosa línia Maginot havia estat un gravíssim error estratègic; si els acords de Munic havien esperonat els alemanys a continuar la seva política expansionista; si, com va predicar el règim de Vichy per justificar-se, la classe política francesa que havia manat fins aleshores era inepta i corrupta i la culpable de tots els mals. Siguin quines siguin les raons de la davallada, el resultat era inapel·lable. El 10 de juny, amb la Wehrmacht a les portes de la capital, el govern i els parlamentaris fugien cap a Bordeus, el 16 dimitia el govern, i els mateixos parlamentaris que havien portat al poder Léon Blum i el front popular, esporuguits i desmoralitzats, votaven per una majoria aclaparadora plens poders al mariscal Pétain, que tot seguit era nomenat cap de l'estat, lliurava París i la meitat del país als invasors i, des del balneari de Vichy, formava un govern tutelat pels alemanys a l'altra meitat. Tots aquests fets dramàtics em van passar per alt, i no podia saber que la societat a la qual em tocava integrar-me era una societat desfeta i desmoralitzada, però pels comentaris tant amargs com sarcàstics, que sentia fer a casa d'aquell himne i del mariscal, intuïa que hi havien passat coses molt lletges. Tampoc no tenia una consciència clara del que havia passat en el país on havia nascut, però sabia que no hi podíem tornar i deduïa que ens en havien expulsat. Les coses, però, no van anar ben bé així.

A finals de 1936, Indalecio Prieto, amb qui el meu pare havia coincidit en el primer govern de la República, era, el mes de setembre d'aquell any, ministre de Marina i Aire del govern Largo Caballero. No sé exactament quan va demanar al pare que anés a Praga, acompanyat d'un tinent coronel de l'estat major, per negociar un important contracte d'armament. El tinent coronel, Alfredo Sanjuan Colomer, des de Madrid, i el meu pare, des de Barcelona, s'havien de reunir a París per seguir el viatge cap a Praga. És el que van fer, però no van arribar mai a Praga. Com que per anar de París a Praga s'havia de canviar d'avió a Colònia, es va sospitar de seguida dels alemanys i quan van oposar el silenci més absolut a tots els requeriments, el segrest es va fer evident, amb el conseqüent temor per les seves vides. Va ser aleshores que el meu avi matern va decidir anar-se'n a París amb la seva esposa, la mare i jo. La raó que el va moure a prendre aquesta decisió era poder fer des de París, amb l'ajuda de polítics i personalitats franceses amb qui havia mantingut bones relacions, totes les gestions diplomàtiques possibles per aconseguir que fos alliberat el pare, però també devia pesar-hi haver vist fracassar els seus ideals a Catalunya i com el catalanisme polític, per defensar les llibertats enfront dels insurrectes, havia quedat presoner d'un moviment revolucionari totalment descontrolat que es va llançar al carrer a cremar esglésies, matar capellans i tot ciutadà suposadament de classe alta.

El trajecte del pare fins a París va ser més accidentat que el nostre. A l'aeroport de Colònia no els van tornar els passaports amb el pretext d'examinar-ne l'autenticitat. Després de nombroses protestes es va presentar el cap de policia, que molt educadament els va dir que entenia la seva reclamació, però que malauradament no la podia atendre perquè els passaports havien estat requisats per la policia política i ja no tenia cap autoritat. Tot seguit un escamot d'agents de la Gestapo se'ls van endur emmanillats sense cap mena d'explicació, amb l'ordre taxativa de mantenir-se en silenci. A la nit els van traslladar a un centre penitenciari als afores de la ciutat, on els van ingressar en cel·les individuals, on van quedar totalment incomunicats durant tota la seva estada a la presó. No saber absolutament res, ni poder parlar amb ningú, ni veure qui li portava el menjar, que era introduït a la cel·la a través d'una bústia arran de terra, li devia ser molt difícil de suportar i cada dia suplicava que el deixessin parlar amb algú. Fins i tot se li va ocórrer demanar permís per assistir a una cerimònia religiosa, cosa que un diumenge li van concedir, però tancat en una garita de fusta des de la qual només podia veure a través d'un finestró el capellà celebrar la missa al fons de la nau. L'única altra oportunitat d'establir un contacte la va tenir en el pati on a vegades li deixaven prendre l'aire. Un dia hi va trobar un home assegut a terra, mig nu, amb un tatuatge al tors que representava una guitarra, l'ull de la qual coincidia amb el llombrígol, el mànec, amb el braç esquerre, i amb la mà dreta es rascava la panxa fent veure que la tocava. Era probablement un vagabund, potser un dement, que s'expressava amb molta dificultat i en una llengua incomprensible. Al cap d'un mes llarg, que li devia semblar una eternitat, un altre cop sense cap explicació, el van abandonar de nit, al mig d'un bosc, això sí, amb el seu passaport i el bitllet de tornada a París. Quan hi va arribar, ens hi va trobar, i va poder assabentar-se de tot el que havia passat durant la seva absència i de com havia anat la guerra. Tinc entès que a finals del 37 va anar a Barcelona. No sé si es va entrevistar amb Indalecio Prieto, aleshores ministre de Defensa del govern presidit per Juan Negrín, que s'havia traslladat a Barcelona, ni si les opinions del seu amic sobre la situació política i militar el van influir a l'hora de decidir desfer el seu pis i tornar-se'n a París. El meu pare tenia unes idees no gaire allunyades de les del seu sogre. Ni l'un ni l'altre no eren homes de partit, però durant els anys de la República, tant l'un com l'altre es van moure en l'òrbita d'Acció Catalana i, sabent com pensaven, estic segur que s'havien mirat amb recel la deriva que, des dels fets d'octubre, portava el moviment catalanista a participar en la creixent confrontació entre les forces polítiques espanyoles, i veien la Guerra Civil com la continuació del mateix mal. No sé si a aquest parer s'hi van afegir uns auguris pessimistes de Prieto, però de ben segur s'hi devia afegir el risc de fer tornar la família a una ciutat regularment bombardejada.

El que va passar a continuació és prou conegut. La creixent divisió en el camp republicà entre els que donaven prioritat absoluta a l'esforç de guerra i els que creien la revolució imprescindible per alçar-se amb la victòria va acabar amb una confrontació armada el maig del 37. En van sortir victoriosos els primers amb la dimissió del govern Largo Caballero, la il·legalització del POUM i el nomenament de Juan Negrín. Des dels primers dies del seu mandat va quedar clar quina seria la política del nou govern. Primer, guanyar la guerra, objectiu al qual quedaven supeditats tots els altres. Per tant, restabliment de la disciplina a l'exèrcit, que no podia continuar sent un exèrcit popular i revolucionari; ajornament de totes aquelles reformes socials susceptibles de pertorbar les forces productives, o sigui, economia de guerra; restabliment de l'ordre al carrer i absorció per part del govern central, en detriment de la Generalitat, de totes les competències en matèries d'ordre públic i indústries de guerra. Per dur a terme aquesta política Negrín depenia del suport del Partit Comunista i de l'ajuda de la Unió Soviètica. Des d'un primer moment, la intervenció dels comunistes va enterbolir l'acció del govern, sobretot quan, per ordre de Stalin, va ser assassinat Andreu Nin, sense que Negrín pogués fer-hi res. Inevitablement Negrín va començar a perdre partidaris, fins i tot a les files del seu propi partit. Els acords de no-intervenció que havien subscrit França i Anglaterra havien deixat la República en inferioritat de condicions i el progressiu empitjorament de la situació militar, després de la batalla de l'Ebre, el va portar a fer una aposta que, per coherent, no era menys desesperada: resistir a ultrança i perllongar el conflicte fins que l'inevitable atac d'Alemanya a França desencadenés la guerra i unís el destí d'Espanya al de les altres democràcies europees. No ho va aconseguir. La majoria dels que havien donat suport a Negrín no volien sotmetre la població a un sacrifici inútil i la Unió Soviètica, que per mantenir els alemanys ocupats en un conflicte lluny de la seva frontera volia continuar la guerra, tampoc no la volia guanyar i córrer el risc que es regiressin contra seu. Risc que, uns mesos més tard, els russos van creure allunyar firmant un pacte de no-agressió amb Hitler. Acabava de complir tres anys quan queia definitivament derrotada la República, derrotat el catalanisme i escombrades les seves institucions, derrotats aquells que havien volgut aprofitar la guerra per fer la revolució, derrotats els que havien defensat la legalitat republicana recolzant-se en els que la violaven. Una derrota que, sense que me n'adonés, m'havia de mantenir separat de Catalunya durant molts anys.

El primer any que vam passar a Perpinyà en aquella casa estreta i trista del carrer del Castellet devia ser un any difícil. Ens havíem salvat de quedar atrapats a la zona ocupada pels alemanys. El pare ja sabia com actuava aquella gent i la terrible notícia de la detenció, extradició i posterior afusellament del president Companys no deixava cap dubte de les conseqüències que podia tenir caure a les seves mans. Tot ciutadà de nacionalitat espanyola que no tingués papers expedits per les noves autoritats franquistes havia d'obtenir de les franceses un permís de residència que, si al cap de tres mesos no era renovat, no deixava altra alternativa que l'extradició, o el camp de concentració i l'eventual deportació a Alemanya. De la lògica ansietat que van patir els pares aquells primers mesos no me'n van deixar arribar res. Jo estava, a més, totalment absorbit pel nou món que descobria fora de casa i els meus problemes es limitaven a l'esforç que havia de fer per aprendre una llengua nova i per acostumar-me al *rutabaga*, una fècula pudent que, els dies d'escassetat, posaven a taula i no podia empassar-me de cap de les maneres. Quan arribava el *rutabaga*, no hi havia alternativa, tocava *rutabaga* i prou. No sé si al Cours Reynès m'hi van ensenyar gran cosa, però el pati on jugàvem a les hores d'esbarjo va resultar d'una gran eficàcia i, al cap d'un any, ja era tot un rossellonès. També fora de casa, vaig fer tres descobriments, per a mi de gran importància: un riu, la Tet, que passa pels afores de Perpinyà; la «cova del llop», una cavitat que hi havia en un talús anant cap a Canet, i el mar, amb la seva immensa platja de sorra. Fins aleshores, sempre havia viscut tancat en un pis i de la natura només en coneixia les recreacions artificioses dels parcs i jardins de la capital. El riu del Jardin d'Acclimatation de París, on em portaven quan feia bo, era un petit canal de ciment per on desfilaven una darrere l'altra unes petites barques de llauna, totes iguals, entrenades per un corrent uniforme. La Tet, en canvi, vorejada d'unes cortines de canyes, corria plàcida, o embravida, segons l'època de l'any, pel mig d'un llit ample, ple de còdols blancs, on acampaven famílies gitanes, amb cavalls, gossos, foc a terra i roba estesa al vent. El pare organitzava les excursions. Gran amant de la naturalesa, li agradava contar llegendes, sovint inventades, com la del llop que havia viscut en aquella cova, a la qual accedíem escalant el talús sense haver perdut del tot la por que el llop encara hi fos. Abans que quedés prohibit anar a Canet-Plage, on s'arribava amb el tramvia que passava per sota casa, ja m'havia banyat en aquell mar immens i havia jugat a la platja fent castells de sorra, veient, fascinat, com els anava derruint l'ona coronada d'escuma quan romp.

Perpinyà, als anys quaranta, era una petita ciutat provinciana totalment francesa. Tret d'alguns pagesos, que pujaven al tramvia en direcció a Canet-Plage per baixar als masos que hi ha per la plana, no vaig sentir mai parlar català. Al Cours Reynès i, més tard, al Collège François Arago tampoc no vaig sentir mai cap dels meus companys dir una sola paraula en l'idioma que era el meu. El que havia passat és prou conegut. Només cal recordar la determinació centralista dels monarques francesos, reforçada i ampliada per la del nou estat sorgit de la *Revolution* i, durant cent cinquanta anys, l'efecte devastador del sacrosant ideal igualitari en virtut del qual no es podia deixar en inferioritat de condicions davant d'una administració que els parlava en una llengua que no entenien tots aquells ciutadans, més d'una quarta part de la població, que parlaven occità, provençal, basc, bretó o català. Per això es va decretar l'eradicació de totes aquestes llengües i l'ensenyament d'una de sola. L'argument era d'una simplicitat i d'una lògica irrefutables. Durant més d'un segle, els mecanismes de la unificació lingüística a favor del francès van funcionar a ple rendiment i de 1914 a 1918 la sang dels soldats que no el parlaven el va acabar de convertir en irreversible. Quan l'any 1941 sortia de casa per anar a escola, entrava en un món sense esquerdes, ni escletxes. Però quan tornava a casa, tret de comptades excepcions, no hi trobava mai cap francès. No vaig trigar gaire a convertir-me en totalment bilingüe. Les hores que passava al col·legi, o amb els amics, era un francès com qualsevol altre. Les hores que compartia amb els pares, no era gaire diferent de qualsevol nen català que vivia a Catalunya a qui ensenyaven un idioma diferent del de casa. A partir dels cinc anys fins que en compliré vint-i-tres i marxaré a Amèrica, portaré dues vides. A la primera parlaré una llengua que ni de bon tros no sabia escriure, ni tenia gaires ocasions de llegir, ja que tots els llibres havien quedat allà baix; a l'altra, parlaré una llengua que aprendré a escola i en la qual m'acostumaré a llegir i escriure. Durant molts anys viuré el bilingüisme com la cosa més natural del món, però més endavant, se m'anirà fent incòmode. Actualment, el bilingüisme està de moda i sento una gran quantitat de pronunciaments definitius sobre aquesta qüestió. Des de l'opinió generalitzada d'avui en dia que hi veu grans avantatges, entre altres, el de facilitar la comunicació, la comprensió i la convivència, fins a la de Josep Pla, que el considerava «una tragèdia indescriptible», o la de Nicolau d'Olwer, que el veia com «un estat inestable i transitori que de continuar ens portarà a conèixer la sort dels occitans». També he sentit dir que l'esforç que exigeix aprendre dues llengües al mateix temps va en detriment de l'adquisició d'altres coneixements, i també gent qualificada afirmar que si des d'un primer moment se saben dues llengües és més fàcil aprendre'n una tercera i una quarta. Hi ha opinions per a tots els gustos. No tots els bilingüismes són iguals. Cadascú el viu segons les seves aptituds, el seu caràcter, les circumstàncies i l'edat en què l'adquireix. És difícil definir-lo. Jo no m'atreveixo a treure conclusions de la meva experiència personal, ni estic segur de poder valorar-ne els resultats. Un fet singular, però, em farà pensar més endavant que m'acostava a una veritat quan vaig descobrir que, tot i no saber escriure en català com en francès, no m'avergonyia tant del que havia escrit en la llengua materna com del que havia escrit en la llengua de Pascal. Fa poc em van explicar la següent anècdota. El president Mitterrand va rebre un dia Jorge Semprún, a qui va preguntar si era veritat que escrivia tant en francès com en castellà, i després d'una resposta afirmativa va dir-li entre sorprès i irònic: «*Mais alors, vous avez deux âmes!*». Conto aquesta anècdota perquè és possible que durant un llarg període de la meva vida, sense saber-ho, tingués dues ànimes, però no és menys cert que a partir d'un determinat moment vaig descobrir que només en tenia una, o potser vaig sentir la imperiosa necessitat de deixar de tenir-ne dues.

El record que tinc del Cours Reynès és tan llunyà que no puc dir-ne gran cosa. Era un *jardin d'enfants*, o sigui, una escola bressol, regentada per dues senyoretes, amb un pati ombrejat per un gran arbre sempre verd, que donava al carrer i on s'entrava per un gran portal de ferro. Tret de fer-me cantar «*Maréchal, Maréchal, nous voilà!*», no sé què m'hi van ensenyar, però va ser formant part de l'eixam de nens que papallonejaven en aquell pati que, de ben segur, va començar la meva metamorfosi lingüística. El Collège François Arago, on vaig anar tot seguit, ja formava part de la famosa xarxa escolar, pública, laica i gratuïta, consolidada i perfilada per les lleis del ministre Jules Ferry a finals del segle XIX. A la meva època, aquest centre docent, que també va passar a dir-se *Lycée*, no era mixt. Amb edificis i pupitres tronats, una *Cour d'Honneur* napoleònica separada de la *cour de récréation* i un excombatent que tocava el timbal per marcar l'hora d'entrar i sortir de classe, no deixava de tenir un regust de burocràcia vetusta. El responsable de l'administració era un *proviseur*, o sigui director, i la disciplina anava a càrrec d'un *surveillant général*, l'odiós *surgé* dels alumnes, assistit pels seus no menys odiosos *pions*, o sigui literalment, peons. El sistema educatiu que em va convertir en francès era, a Perpinyà, sensiblement diferent del que em vaig trobar a París, on la disciplina era més rígida, l'atmosfera més cerimoniosa i els professors més distants i més convençuts d'ells mateixos. L'ambient al François Arago era, en canvi, desenfadat, meridional i casolà. El *proviseur* era un excombatent i mutilat de la guerra del 14 a qui faltava una orella i a qui dèiem «*ventre affamé*». Al *surgé* li dèiem «*la mouche*» i quan apareixia al pati, tots imitàvem, serrant les dents, el brunzit de la mosca. Fins i tot, omplíem la bústia de casa seva amb la propaganda d'un insecticida que no deixava dubte de la seva eficàcia: «*Styx tue la mouche*». Com si els veiés, recordo el professor de ciències naturals, un atlètic exjugador de rugbi, amb unes mans enormes, que, abans de començar la classe, va assentar la seva autoritat arrabassant el joc de cartes que encara tenien a les mans uns alumnes i el va partir en dos d'un sol cop; el professor d'història, un home jovial, de cabells blancs i arrissats, que semblava un senador de l'imperi del qual ens explicava les guerres i que per cridar l'atenció a un alumne distret, mentre ens deia com els legionaris romans llançaven la javelina, li va llançar al cap el regle que tenia a la mà; la professora de música, una doneta grassona a qui dèiem «*Bonbonne*» i a qui cantàvem «*Bonbonne! Bonbonne! Qui joue de la trombone. À Carcassonne!*» i era incapaç, la pobra, de parar la gresca i el xivarri que armàvem; i el professor de francès, un altre excombatent de la Primera Guerra Mundial de qui temíem el terrible calbot, administrat amb el monyó que un esclat d'obús li havia deixat, dur com una pedra, al capdamunt de la primera falange de dos dits de la mà esquerra. Si la disciplina no era el plat fort de l'escola i els professors recorrien sovint a una sana vehemència per fer entrar als cervells dels esventats fills de vinyater que tenia per companys alguns rudiments de les matèries que ensenyaven, no és menys cert que els coneixements que ens inculcaven a toc de timbal, sense cap pretensió i despullats de tota connotació religiosa, així com el companyonatge i l'amistat entre nens de diferent extracció social, conferien al sistema unes virtuts innegables. Com tot record de la infància i de l'adolescència, els que tinc del François Arago i dels primers amics que hi vaig fer són tan sucosos que m'han fet anar massa de pressa i hem de tornar al 1941.

«El Lluís i la Roser estan decidits, però encara no tenen ni visats, ni passatges... La Maria no ha pogut embarcar, o potser a l'últim moment s'ha fet enrere. Tenia molta por de travessar l'Atlàntic... Diuen que els submarins alemanys ja han enfonsat més d'un vaixell...». Aquell primer any a Perpinyà, sentiria més d'una vegada parlar del viatge a Amèrica, però no sabia de quina Amèrica es tractava, ni em feia càrrec de les circumstàncies que el justificaven. L'Odó i la Carme, el germà de la mare i la seva muller, havien marxat cap a Mèxic abans que entressin els alemanys. Ara era pràcticament impossible des de la zona ocupada i molt difícil des de la zona lliure, on teníem la sort de residir. Els avis, a la seva edat, tampoc no estaven per aventures americanes i el pare i la mare no els volien deixar sols, ni tenien gaires ganes d'allunyar-se de Catalunya. Tot i sentir-ne parlar, una vegada i una altra, mai no vaig tenir la sensació que a Perpinyà hi érem provisionalment. Anaven passant els dies i el pati del Cours Reynès, les excursions a la vora de la Tet, a la platja de Canet o a «la cova del llop» em tenien cada vegada més ocupat. L'altra cosa de la qual sentia parlar constantment era evidentment de la guerra. No podia ser d'altra manera, però no existia la televisió, i la guerra, jo no la veia enlloc. Portava, doncs, tret del *rutabaga*, la vida feliç i despreocupada d'un nen rossellonès com qualsevol altre. A finals d'aquell estiu, però, un viatge a Barcelona em va obrir els ulls sobre un altre món.

Amb el pretext de portar-me a conèixer l'àvia paterna, de salut ja molt delicada, la mare, que no tenia antecedents polítics, va demanar al consolat d'Espanya a Perpinyà i a les autoritats franceses el visat i les autoritzacions per entrar i sortir dels respectius països. Després d'una llarga enquesta li van concedir finalment el visat amb validesa d'un mes i per a un sol viatge. Tot i la meva edat, era perfectament conscient que ni l'avi ni el pare no podien anar a Barcelona i que l'ordre que hi imperava els era hostil, però com que el viatge va quedar circumscrit a l'àmbit de la família i de les amistats, no vaig detectar enlloc cap forma d'hostilitat, sinó tot el contrari, allà on anava l'acolliment no podia ser més afectuós, les benvingudes més caloroses. Fins i tot em sorprenia, a cada visita, l'alegria i les emocions que provocava la nostra presència. Eren emocions fortes de persones que es retrobaven després d'haver sortit miraculosament escàpols d'un mateix perill. Jo no podia apreciar-ne tota la intensitat, però en el moment dels adéus, no em van passar per alt les aprensions de tota aquella gent que acabaven de sortir d'una guerra i ens veien tornar a un país on tot just en començava una altra. El viatge em va produir una enorme impressió. El fet de descobrir tanta gent que, sense haver-me vist mai, em coneixia i m'estimava, em feia sentir part d'una altra família, un altre, en una altra vida. La casa on vivia l'àvia Rosa amb les seves filles, la Lolita i l'Aurora, totes dues solteres, era una casa amb jardí, hort i galliner, un sortidor a l'ombra d'un *palo santo* i un safareig al costat d'una figuera. Era una casa vella, amb piano i biblioteca, plena de llibres enquadernats amb pell, on manifestament vivia una mateixa família des de feia molts anys. S'hi respirava pau i tranquil·litat. Des d'un primer moment, vaig tenir l'estranya sensació i a la vegada l'absoluta certitud d'haver-hi viscut abans, que no era simplement una altra casa, sinó casa meva. Em van fer de cicerone el germà petit del pare, l'oncle Santiago, un home atrafegat i servicial, que em va portar a veure Barcelona des del Tibidabo i amb *golondrina* fins a la punta de l'escullera, i l'oncle Rogelio, el germà de l'àvia materna, que em va portar al zoològic i a donar pa als coloms de la plaça Catalunya. Anys després, vaig saber que aquell mateix any 1941, a Barcelona, es passava fam i que la tieta Aurora anava a peu a una masia del Prat de Llobregat on li proporcionaven peles de patata i fulles de col, aliments bàsics amb els quals se sustentaven ella, la mare i la germana, però misteriosament no va aparèixer cap dia a taula el temut *rutabaga* i, a casa de les amigues de la mare, vaig fer-hi àpats memorables amb pollastre i pastissos de nata! En tornar a Perpinyà explicava a qui volia escoltar-me que a Barcelona tothom parlava català i es menjava pollastre cada dia. De tornada al Cours Reynès no vaig tardar a convertir-me novament en rossellonès, però aquesta vegada no com qualsevol altre.

A Perpinyà m'esperava una altra sorpresa que també va canviar la meva vida: vam canviar de casa. Del pis estret i trist del carrer del Castellet vam passar a un segon pis, ample i assolellat, al 15 del carrer Ramon Llull. Tenia dos dormitoris, separats per un menjador, que donaven al carrer. A l'altre costat del passadís, hi havia una petita habitació que va acabar sent la meva, una cambra de bany, una cuina i, entrant a mà esquerra, una petita sala on el pare va installar la seva biblioteca, el famós *Vieux Chêne*, del qual tindré ocasió de parlar més endavant. Les habitacions d'aquesta banda del passadís donaven a un solar sense edificar que vorejava l'avinguda del President Wilson, per on passava el tramvia que anava a Canet. Des de la finestra de la cuina es veia una esplanada coronada per un imposant monument als morts de la Primera Guerra Mundial, a continuació, un parc de plàtans gegants, que serà el territori predilecte dels primers jocs i, a l'horitzó, el massís grisós de les Corberes que tanca la plana del Rosselló. Aquest va ser el món de la meva infància i part de la meva adolescència, i deu ser veritat que aquesta època de la vida és la nostra veritable pàtria perquè n'he conservat uns records tan vius i tan forts que fins i tot he intentat reconstruir-la en un llibre. A la porta de casa, moria el carrer Jean Racine, perpendicular al carrer Ramon Llull. Al seu inici, el travessava un carrer més estret, que també donava a l'avinguda del President Wilson. Hi vivia en Claudi Ametlla, gran amic de l'avi i dels pares, a casa del qual es reunien a fer tertúlia, cada vespre, una colla d'exiliats catalans. Jo evidentment no participava en les tertúlies, però hi anava tot sovint a avisar el pare i l'avi que el sopar era a taula. Aquestes reunions van ser la meva primera visió de l'exili. Eren reunions apassionades entre amics d'una mateixa corda i que compartien un gran nombre d'idees, però on cadascú defensava el seu punt de vista amb un ardor poc habitual, que només s'explica pel dramatisme dels fets que es comentaven, o s'havien viscut. S'hi parlava sobretot de la guerra que s'estava estenent per tot Europa i de la que els havia obligat a refugiar-se a Perpinyà, com si totes dues fossin la mateixa, o continuació una de l'altra. Jo només en sentia parlar, però no n'havia vist mai cap, tret de les traces que una de més antiga, la del 1914, havia deixat en els cossos d'alguns supervivents, com el timbaler del col·legi, el *proviseur* sense orella, el professor de llatí sense dits, o aquells éssers estranys que es reunien davant del monument als morts de darrere de casa i que Claude Simon descriu tan bé a la seva última novel·la: «En uns cotxets de vímet pintats de negre, de dues rodes i dirigits per una de més petita col·locada a la punta d'una llarga forca orientable, al llarg de la qual corria una cadena de bicicleta que, des d'una maneta doble, que servia al mateix temps de manillar, feien girar les mans d'aquells personatges que més aviat semblaven còpies exactes d'un mateix personatge: mateixa cara ossuda i dura de rapinyaire, mateix bigoti negre de puntes esfilagarsades (paròdia de les arrissades amb ferros), mateixa burilla de cigarreta cargolada a mà, mateix vano de cintes descolorides a la botonera de l'americana, mateix hule negre i lluent que a partir de la cintura es desplegava amb plecs i clots fins a una solera estreta on no descansava cap peu; als quals la mamà, amb una mena de joia malvada, donava el nom compost d'*hometronc*, que, com els de ratapinyada, centcames, o pregadéu, feia estremir-se». Recordo perfectament veure'ls des de la finestra de la cuina anant d'una banda a l'altra de l'esplanada igual que escarabats. Amb els mutilats del col·legi, formaven part del meu paisatge quotidià i, si a la ignorància de la infantesa hi afegim la poca transcendència de tot el que és habitual, s'entén perfectament que tots aquells homes, que havien sortit de la guerra escapçats i fins i tot tallats en dos, no m'estremissin el més mínim i, junt amb els incessants comentaris que sentia fer de la guerra, anessin conformant en el meu esperit la idea que les guerres són totes una sola i mateixa cosa natural, com ho eren les baralles al pati de l'escola. Encara avui, penso que en el fons no són altra cosa que les manifestacions d'un mateix microbi particularment virulent que nia al cor de la humanitat i, de tant en tant, per raons sovint incomprensibles, l'envaeix, la infecta i l'enfolleix.

A finals del mes de juny del 41, els alemanys havien entrat a Rússia i les reunions a casa de l'Ametlla es van fer més intenses. Tret del maleït *rutabaga* i d'un bacallà, que no devia ser-ne, l'olor del qual em regirava els budells només entrar a casa, la meva vida de rossellonès continuava sense entrebancs. Al pis de sobre havien vingut a viure el germà de la mare i la seva dona, en Víctor i la Molly, amb els seus fills, en Joan i en Marc, que eren de la meva edat i amb qui podia jugar cada dia. Al mateix temps, vaig començar a conèixer els nens del barri, que serien els primers amics i companys del

François Arago. Continuava sentint parlar de permisos de residència i salconduits, de cartes que no arribaven, de viatges a Amèrica que no es concretaven i de misteriosos camps de concentració on avui tancaven un conegut, l'endemà en sortia un altre. El pare, en aquells anys incerts, amb problemes de papers i problemes de diners, va sorprendre tota la família encarregant una gran biblioteca de roure massís al seu amic, el senyor Nat, fuster de professió i anarquista d'idees, que vivia al costat de casa i al taller del qual em portava cada dos per tres per seguir el progrés de l'obra. A les possibles objeccions per aquell costós encàrrec, el pare hi feia front declamant en francès i amb un to de veu a la vegada lànguid i teatral: «*Ah! Le Vieux Chêne! Le Vieux Chêne!*». Sempre he pensat que aquesta manera entre còmica i melodramàtica de referir-se al seu encàrrec amagava la secreta joia d'haver descobert com contrarestar les forces que l'amenaçaven. En aquells anys, quan els termes del dilema eren a Espanya o al camp de concentració si no et renovaven el permís, i no podia fer-hi res, ni tenia res per fer (els refugiats no tenien permís de treball), la impotència i la inacció li deixaven, però, totes les hores del dia per llegir, i com el paleta col·locant d'un en un els maons de la casa on ha de viure, anava desant llibres en aquella biblioteca, que havia volgut de roure massís, com una muralla infranquejable. El pare era un home d'una sorprenent energia i d'un optimisme que el seu realisme no va rebaixar mai. En aquell mateix any 41, escriu al seu gran amic i mentor Lluís Nicolau d'Olwer: «La meva confiança no neix de girar la cara a l'adversitat sinó de capbussar-m'hi». El recordo, dia rere dia, matí i tarda, en màniques de camisa, el drap de la pols a la mà, ordenant els llibres en els diferents prestatges, o assegut en una butaca, llegint, amb la pipa apagada a la boca. A la meva edat, no podia entendre la veneració que tenia per la lletra escrita, ni era conscient de les circumstàncies en què llegia, ni de la determinació amb què ho feia, però la importància que tenia per al pare el *Vieux Chêne* em va quedar gravada a la memòria i li dec, sens dubte, el meu interès per la lectura. Avui el *Vieux Chêne*, després de seguir-nos a París, ha anat a parar a la caseta del safareig que hi havia al fons del jardí de casa les tietes, on visc des de 1976.

El 7 de desembre d'aquell any 41, el Japó va atacar la base americana de Pearl Harbour i la guerra, igual que una epidèmia, es va escampar per tot l'Extrem Orient. A ca l'Ametlla, es van multiplicar les conjectures; a casa, el pare continuava llegint, esperant el correu que no arribava, i l'avi es passava tot el dia tancat a l'habitació escrivint una carta que no acabava mai. Més tard vaig saber que escrivia les seves memòries. El teatre de la guerra s'havia desplaçat a mils de kilòmetres, però la situació dels tertulians no canviava: mateixa inseguretat jurídica, mateixa escassetat d'aliments. Desarmats i desemparats, es van posar a jugar al bridge, com va dir un d'ells, «per matar el temps, esperant que el temps ens mati». Poca cosa més podien fer. Un dels tertulians i la seva dona venien tot sovint a casa. L'Eugeni Xammar era un vell amic de l'avi, del temps en què col·laborava a *La Publicidad* com a corresponsal a Londres durant la Primera Guerra Mundial i com a redactor i cronista social a partir de 1918. Era igualment amic del pare, de l'època del primer govern de la República, i també serà amic meu als anys seixanta, fins a la seva mort. Venia amb la seva esposa, l'Amanda, una alemanya alta, esprimatxada, enèrgica, d'una vitalitat i simpatia desbordants, que tenia un do especial per fer-se estimar, especialment per les criatures. Jo li deia *Muti*, probablement perquè m'ho havia demanat ella, i perquè tampoc no m'hauria desagradat que em fes de mare. Enamorada de gats i gossos (en tenia tres o quatre) i de tots els animals haguts i per haver, s'indignava i s'exaltava en presència de qualsevol mal tracte que se'ls infligís. Recordo, com si fos ara, sentir-li explicar, amb el seu inconfusible accent germànic, com al funcionari responsable de la gossera que havia tancat el seu gos en un catau fosc i sense aigua «*Je loui a donné un gifel*» i, amb la mà alçada i ben oberta, refeia el gest amb què havia castigat el culpable. El Xammar que vaig conèixer aleshores encara no era el liberal conservador, catalanista *enragé* i antic lector de la revista monàrquica *Action Française* que vaig tenir el privilegi i el gust de conèixer i tractar més tard, sinó senzillament un amic dels pares, particularment afectuós, un home jovial, de cabellera i veu lleonines, ullets vius i llavis sensuals, que fumava amb broquet i tenia un especial enginy per delectar i divertir grans i petits. Ens el trobarem més d'una vegada al llarg d'aquestes pàgines.

Els sis primers mesos de 1942, les coses van seguir igual. La Maria, filla del president Macià, va embarcar finalment cap a Mèxic, en Lluís i la Roser Moles també. A casa, vaig tornar a sentir parlar d'un viatge a Amèrica, però no vaig tenir mai la sensació que se'n parlés seriosament. La vida al 15 del carrer Ramon Llull era molt més agradable, el pis més gran, i a més dels cosins, vaig conèixer tres nois del barri que seran els tres primers amics. En Claude Pla, fill d'un comerciant de licors, era un nen ros de cabells llisos i cara rodona que vivia a l'últim pis de la casa del costat; en Pierrot era un nen prim i tabalot amb un cap petit com un pinyol de cirera que vivia al davant; i en Bourjade, a qui sempre vam dir pel seu cognom, era un noi retret i pacífic, fill d'una funcionària de correus que havia quedat vídua i vivia tres cases més avall. Amb ells tres vaig començar una vida fora de la família, jugant al carrer i al parc dels grans plàtans centenaris que hi havia al costat de casa, lluny dels greus esdeveniments que preocupaven els pares. No tots els tertulians de ca l'Ametlla jugaven al bridge. Els més aficionats eren en Xammar, el mateix Ametlla, el pare i en Joaquim Camps i Arboix, un home menut, de cap i ulls rodons, dotat d'una veu articulada i metàl·lica, que havia estat alcalde de Girona, també gran amic de casa. Com que les tertúlies i les partides de bridge solien allargar-se, m'enviaven tot sovint a cercar el pare. Només tocar el timbre, sentia la voluminosa i riallera senyora Ametlla dir a la seva no menys riallera filla: «Anna Maria, ha arribat el Cuito petit, vés a cridar son pare». En Claudi Ametlla era un home baixet de cap quadrat i cabells negres, arrissats i curts, portava ulleres i, sota un bigoti igualment quadrat, un somriure acollidor li il·luminava la cara. No sabria posar noms als altres tertulians d'aquella primera època. Recordo, entre ells, un home llarg i prim, que portava els cabells llargs i un llacet en lloc de corbata, sempre terriblement excitat, i un altre, petit i sec amb una veu esquerdada. Aquelles reunions es van continuar celebrant fins a finals de 1947.

Sempre havia pensat que el pare era un gran atleta, no perquè fos més alt i més fort que jo, sinó perquè l'havia vist córrer per la platja de Canet i capbussar-se al mar fent un salt que no havia vist fer mai a ningú. Però aquell estiu, vaig conèixer un altre atleta, més alt i encara més fort. L'Eduard

Ragasol vivia a Vallières, un poblet del massís central on estava confinat amb la seva família. La idea de reunir-nos durant el mes d'agost amb els Ragasol i en Nicolau d'Olwer, si el deixaven sortir de Vichy, on també estava confinat, tenia a més l'al·licient de la bona cuina que encara no havia desaparegut del tot dels poblets retirats. El gran Eduard era un home alt, d'espatlles amples, forçut i d'una activitat desbordant. Avui, a banyar-se al llac, demà al riu a pescar crancs, al matí a veure els cavalls, a la tarda a caçar bolets. No parava. El Ragasol petit, l'Albert, tenia dos anys més que jo, però tot i la diferència d'edat ens va unir des d'un primer moment una molt bona amistat. Anàvem pel poble amb tota llibertat, descobrint la vida de pagès, com segaven el blat, ferraven els cavalls, serraven la llenya. Un dia em va portar a veure com mataven una vaca a l'única carnisseria que hi havia al poble. Li van lligar una corda a una pota de darrere i per una corriola la van penjar de cap per avall. Tot i espernegar, el carnisser, un home panxut, li va esberlar el cap d'un sol cop de mall i la sang, després d'esquitxar-li el davantal, va continuar rajant del cap de la vaca morta. La rapidesa dels moviments i la desimboltura amb què va actuar el carnisser em van fer una impressió tremenda. Aquells dies, vaig tornar a sentir parlar dels alemanys, que no eren gaire lluny del poble, a la zona ocupada, i de la Gestapo, una casa, o una organització, no vaig entendre ben bé què era, on havien tingut en Nicolau tancat per interrogar-lo, però a mi el que realment m'interessava era anar a pescar crancs i banyar-me a l'estany. Eren les meves primeres vacances fora de casa. Al cap d'unes setmanes, de tornada a Perpinyà, em vaig assabentar per una conversa entre el pare i la mare que en Ragasol era en un camp de concentració i que aquella amiga seva, tan guapa i tan graciosa, l'havien tancada al camp de Ribesaltes i els seus pares s'havien suïcidat llançant-se daltabaix del tren que els portava a la força de Bèlgica cap a Alemanya. A la mare, que volia anar un altre cop a Barcelona, li van negar el visat. L'Onze de Novembre del 42, els aliats havien desembarcat a l'Àfrica i els alemanys van ocupar la zona lliure. El dia que van entrar a Perpinyà, era a la cuina i des de la finestra vaig veure passar lentament per l'avinguda, davant del monument als morts, un gran automòbil negre i brillant, descapotable, on asseguts al seient de darrere fumaven tranquil·lament dos oficials alemanys. Aquella mateixa nit el soroll estrepitós dels carros blindats d'un comboi militar va despertar tothom. Havia arribat la guerra. La violència que anunciava intranquil·litzava la família, jo només recordava la d'aquella carnisseria.

A la paret del saló tinc penjat un retrat del pare, firmat per Claude Simon i datat del 43. És hora que faci entrar a escena l'únic francès que venia regularment a casa. Fill d'un militar originari del Jura, mort a la guerra del 14, i d'una terratinent perpinyanesa, s'havia escapolit d'un camp de presoners on el tenien els alemanys des del dia en què el seu regiment de cavalleria va caure en una emboscada mortífera de la qual només van sortir vius ell i un altre soldat. Vivia a casa d'unes ties, amb la seva dona, la Renée, una espectacular jove alsaciana, alta, rossa, que lluïa un gran somriure i unes dents resplendents. En Simon havia portat a París la vida bohèmia dels joves pintors. Havia viatjat a Rússia i a Barcelona els primers mesos de la nostra guerra. Tot i una vida desordenada i aventurera, era un home culte i d'una educació exquisida. Simpatitzant de la causa republicana, venia tot sovint a casa i mantenia llargues converses amb el pare sobre política, literatura i naturalment pintura. En Claude i la Renée em tenien un afecte molt especial, dels que se solen tenir pel fill que no s'ha tingut, amb tots els avantatges que comporta aquesta mena de relació. Quan després de la guerra van tornar a obrir la carretera de Canet, la Renée em portava a la platja i jo era el nen més feliç del món. Misteriosament al cap d'uns mesos se'n va anar a París i no va tornar. En Claude va venir a viure uns dies a casa, me'l trobava assegut a la butaca de la sala del *Vieux Chêne*, silenciós, mirant a terra, o parlant en veu baixa amb el pare. Vaig acabar sabent que la Renée s'havia tret la vida. El 1947, en Claude, que ja havia publicat un primer llibre, va dedicar el segon als meus pares. Una dedicatòria que va voler escrita en català. A la paret del dormitori tinc penjat el dibuix preparatori d'aquell retrat, que en Claude va trobar per casualitat entre els seus papers i em va donar pocs anys abans de la seva mort, el 2005. De l'adolescència ençà m'ha unit a ell una amistat personal no exempta d'admiració.

A principis de 1943, aquesta vegada sí, la història es repetia. De la mateixa manera que els exèrcits de Napoleó havien quedat immobilitzats en el fang i la neu davant de Moscou, les divisions de la Wehrmacht havien quedat congelades davant de Stalingrad i després d'una duríssima batalla van capitular. A ca l'Ametlla, es començava a veure la llum al final del túnel, però, amb els alemanys a Perpinyà, les coses van empitjorar. Va haver-hi noves detencions, internaments a camps de concentració, van decretar l'evacuació de certes zones i prohibir circular sense salconduit. Amb els antecedents que tenia el pare a Alemanya i sense poder recórrer a la protecció de cap autoritat diplomàtica, la seva situació era més que precària. Una tarda, els pares estaven reunits a la sala del *Vieux Chêne* amb uns amics, en Miron i la Marcel·la Galitzki, quan van trucar a la porta. Vaig anar a obrir, era un oficial alemany uniformat de dalt a baix que, després de fer petar els talons, va preguntar pel «*señor Cuito*». Vaig anar a cercar el pare, que va fer entrar l'oficial al menjador. Al cap d'una estona, que ens va semblar una eternitat, el pare va acompanyar l'oficial a la porta amb demostracions de gran cordialitat. Era un antic col·laborador que havia treballat a les seves ordres, abans de la Guerra Civil, i amb qui havia tingut una molt bona relació professional. Pel que va explicar, havia aconseguit la nostra direcció a Barcelona. L'ensurt es va comentar efusivament, especialment amb els Galitzki. En Miron era jueu. De jove havia viscut a Catalunya i s'havia casat amb una amiga de la mare. Les lleis antisemites de Vichy l'havien obligat a vendre l'estanc que regentava, tot i tenir-lo declarat a nom de la dona, i ara sobrevivia comerciant d'amagat amb segells. Era un home summament divertit que comparava l'habitació de la fonda on vivien amb un taxi que tenia el comptador sempre en marxa, però que malauradament el xofer no el parava quan sortien de l'habitació. El seu fill, en Georgic, era un noi alt, dolç, amable i malenconiós, encara més rus que el seu pare, que vaig tornar a veure uns anys més tard a París. Tot i les angúnies que passaven els pares, la meva vida continuava tranquil·la. Acabava d'entrar al François Arago, on vaig fer nous amics, i amb els del barri i els cosins ens vam construir una barraca en el solar del costat de casa que ens tenia tots molt atrafegats. Però quan va arribar el bon temps i els dies s'allargaven, no podíem jugar al carrer per culpa del toc de queda que els alemanys imposaven a partir de les vuit del vespre. Des del balcó observàvem la parella de soldats, generalment acompanyats d'un gos llop, fent la ronda. Tot sovint, quan giraven la cantonada, sortíem disparats d'una casa a l'altra per anar a jugar a casa del veí. Avui no resulta ben vist dir que, tret d'alguna violenta represàlia quan era atacat, l'exèrcit alemany es va comportar d'una manera prou civilitzada durant l'ocupació. Una altra cosa va ser l'actuació de les unitats paramilitars, com la SS i la Gestapo, que tenien a tothom terroritzat, o la de les milícies franceses i les diverses administracions del govern de Vichy, responsables de les denúncies, detencions i deportacions de jueus, gitanos, resistents i refugiats polítics als camps d'extermini. En aquells anys, a Perpinyà, no vaig sentir parlar mai de cap barbaritat comesa pels soldats alemanys, ni tampoc retrospectivament. Si avui, que ho podem fer amb coneixement de causa, comparem el comportament dels militars alemanys amb el dels russos quan van ocupar Alemanya, Polònia o Hongria, aquest parer ja no sembla tan fora de to. No és, d'altra banda, gaire diferent del testimoni, tan poc suspecte, venint de qui ve, que ens ha deixat Irène Némirovsky de la seva experiència a França abans de ser deportada i morir a Auschwitz.

Aquell any 43, vaig conèixer dos catalans il·lustres. Jo no sabia que ho eren, però no se m'escapava la consideració especial que se'ls tenia. Pau Casals i Pompeu Fabra vivien tots dos a Prada. Vaig veure Pau Casals tres vegades. Dues vegades a Prada, a casa seva, i una tercera, uns anys més tard, a París, en una sala de concert on ens havia invitat a assistir a un assaig de l'orquestra que dirigia en aquella ocasió. Desconeixia el motiu exacte d'aquella primera visita, però no em va semblar diferent de les moltes que fèiem a altres catalans refugiats. No crec que els pares haguessin mantingut en el passat cap relació personal amb Pau Casals i suposo que en Pompeu Fabra, que era molt amic del pare, vivint a Prada, havia organitzat la trobada. El Pau Casals que recordo era un home baixet, rodonet i calb. La conversa—res a veure amb la trepidant i alegre de ca l'Ametlla—llanguia interminablement i els meus ulls, després de donar tombs per tota l'habitació, van acabar fixant-se en la berruga, piga o efèlide que creia veure en el front bombat i lluent del nostre il·lustre músic. Només em va treure d'aquella anguniosa contemplació el so del violoncel. Tothom havia quedat absort i la mare plorava en silenci. Ara entenia el motiu de la visita. La segona anada a Prada va transcórrer exactament com la primera: conversa interminable, contemplació anguniosa de la piga o berruga i, finalment, cant del violoncel. S'entén doncs que l'oportunitat d'assistir a un assaig dirigit pel mestre no em motivés especialment, però vint anys més tard, ja havia desenvolupat un interès per la música i estava més aguerrit per afrontar el tedi d'una conversa. Sortosament no va haver-hi conversa, tot just unes breus salutacions; aquesta vegada el mestre anava per feina i, quan vam entrar a la sala, l'orquestra ja estava reunida i el mestre assegut dalt d'un tamboret amb la batuta a la mà. Després d'unes paraules de benvinguda, va reprendre l'assaig que havia començat al matí. De tant en tant, amb un senyal, feia parar els músics, baixava del tamboret i, després de felicitar-los afectuosament per la seva execució, els indicava el canvi que volia amb la veu: «Ta, ta, ta…Taa… ta, ta, ta». Tornava a asseure's al tamboret i tornaven a repetir la frase. De tant en tant deixava la batuta i dirigia amb les mans. Aquell dia no em vaig fixar en cap berruga, ni en cap efèlide, només en aquelles mans que anaven modelant la música i de les quals naixia, com per encant, perfectament esculpida, la peça que tocaven. Fou una experiència inoblidable.

En Pompeu Fabra, igual que el pare, fumava la pipa, era enginyer industrial i excursionista. Venia a veure'ns cada setmana. Era un home no gaire alt, prim, elegant, amb un floc de cabells ondulant sobre un front serè, sota el qual lluïen uns ulls vius i s'obria un somriure dolç. Se l'estimava tothom. La senzillesa i modèstia del savi personificada. Jo no sabia ben bé què era un savi, ni que ho pogués ser un professor de gramàtica, però em va impressionar que hagués escrit les 1782 pàgines del diccionari que hi havia a casa. La idea que tenia d'en Fabra era la d'un professor que, en lloc de sever, era afable i distret i podia fer riure tothom, com aquell dia, després d'un àpat a la fonda d'un poblet, quan, una altra vegada al cotxe per continuar l'excursió, es va sentir una pudor molt forta i en Fabra amb un somriure avergonyit es va treure de la butxaca un sobre on tenia les parts fermentades del formatge de rocafort que—eren temps de penúria alimentària—havia cregut podrides. L'admiració que el pare tenia pel seu amic era la de tots els catalans que han cregut i encara creuen que allò que ens uneix és la nostra llengua. Avui, sento dir que el que ens uneix de veritat és la nostra condició d'afiliats a la Seguretat Social.

L'estiu d'aquell any 43, la mare em va portar a Ax-les-Thermes. L'home alt i gros que m'havia tret les amígdales a París no havia aconseguit treure-me-les del tot i tenia sovint angines. La mare, hipocondríaca com poques, es va ficar al cap guarir-me definitivament d'aquesta propensió fent-me fer gàrgares amb l'aigua sulfurosa d'aquell poble pirinenc on passàvem un parell de setmanes cada estiu. Tinc un record execrable de la vida de *termalista*. Sortosament vaig conèixer un nen del poble, força entremaliat, amb qui anava a matar colobres, i el mes d'agost vam tornar a Vallières a fer companyia a la Pilar, que s'havia quedat sense el gran Eduard, novament internat, i amb el meu amic Albert vam tornar a pescar crancs i a banyar-nos al riu. En tornar a Perpinyà, a la tardor, el panorama es va enfosquir. Sentia parlar de noves detencions, de noves evacuacions. El toc de queda, a les vuit del vespre, ens tenia tancats a casa. A principis de febrer, la Gestapo va empresonar en Nicolau d'Olwer i em vaig quedar sense els segells de les seves cartes. Fins aleshores la guerra havia estat un conte d'aventures que els grans s'explicaven entre ells i els signes que en captava no revestien la violència anunciada. L'entrada de l'exèrcit alemany a la ciutat, per espectacular que fos, no m'havia semblat diferent de la desfilada militar que havia vist a París; el toc de queda que feia respectar la patrulla amb el seu gos no passava de ser una ocasió més per infringir una regla, i el canvi de cara del pare el dia que li vaig dir que un soldat alemany era a la porta preguntant per ell, si bé em va impressionar, com que l'ensurt es va convertir en una anècdota, l'endemà me n'havia oblidat. Però, de sobte, un dia, havíem anat a buscar queviures a una masia al costat de l'estació, a penes havia sonat la sirena es va desfermar un tiroteig estrepitós. No sabia d'on venien els trets, qui disparava, ni contra qui. No sé qui em va fer caure a terra en una clotada al costat del paller, ni qui tenia al damunt. No sé si cridava algú, o cridava jo. No sé quant temps va durar el tiroteig, cada vegada més tronador, ni quant temps ens vam quedar a terra un cop va haver parat. Uns avions de reconeixement anglesos havien sobrevolat l'estació, probablement per fotografiar les instal·lacions ferroviàries, i el foc antiaeri alemany és el que havíem sentit. Jo estava convençut que havia sortit il·lès d'una de les tremendes batalles que es comentaven a ca l'Ametlla. Al cap d'uns dies, al capvespre, els mateixos avions de reconeixement van sobrevolar l'aeroport de Llavaneres i des de la finestra de la cuina vèiem els feixos lluminosos de la defensa antiaèria escombrant el cel i sentíem, esmorteït, l'estrèpit de la DCA alemanya. L'espectacle va durar uns vint minuts i em va costar molt adormir la meva imaginació. Per sort, el Rosselló no va ser mai teatre d'operacions militars i aquests dos episodis van ser els dos únics de caràcter bèl·lic que vaig presenciar.

A principis del 44, va quedar clar que Alemanya ja no podia guanyar la guerra. Després de la derrota de Stalingrad i l'esfondrament del front de l'est, els seus exèrcits van haver d'abandonar finalment el continent africà. Mussolini havia estat destituït i els aliats després d'envair Sicília havien saltat a la península i marxaven sobre Roma. El mes de juny, desembarcaven a Normandia. Era el principi de la fi. A mesura que les tropes alemanyes es retiraven de les ciutats franceses per intentar detenir l'avanç dels aliats, els resistents sortien al carrer i les autoritats del govern col·laboracionista de Vichy eren destituïdes. Vaig viure els dies de l'alliberament del Rosselló a Ax-les-Thermes. Els alemanys, abans de retirar-se, van fer explotar el dipòsit de municions que tenien a la muntanya, just a la vertical del balneari on aquell dia estava fent gàrgares. El sostre, tot de vidre, va volar en trenta mil trossos. Per sort, el sostre de la sala de les gàrgares era de pedra i no ens va caure cap vidre al cap. Era la primera vegada que les gàrgares em preservaven d'algun mal. Quan l'endemà vam arribar a Perpinyà, els alemanys ja havien marxat i una colla de ganàpies amb braçals plens de lletres, alguns armats, alguns altres arborant banderes, corrien pels carrers cantant. Al cap d'uns dies, la ciutat havia recuperat la tranquil·litat i em van deixar anar sol a casa d'un amic. Pel camí vaig topar amb un grup d'homes i dones que escridassaven dues noies amb el cap rapat. A una li rajava sang del nas. Una dona grassa que cridava més que les altres li va donar un cop al cap amb la seva bossa. Escarnis i humiliacions públiques a noies que havien mantingut relacions íntimes amb soldats alemanys van ser cosa comuna a les ciutats i pobles de França aquells primers mesos, però jo no entenia què passava. Inexplicablement vaig recordar la carnisseria de Vallières, i que una persona pogués quedar indefensa i sagnar com aquella vaca em va deixar torbat i confós. Però aquella sensació desagradable no va durar gaire, se la va endur l'eufòria general, especialment la de casa i de tots els parents i amics que havien viscut tots aquells anys sense papers i ara respiraven tranquils. Va haver-hi desfilades per tota la ciutat, gran nombre de reunions, gent que entrava i sortia constantment de casa. Sempre sentir parlar de la guerra i, de cop i volta, tothom parlava de política, de comitès, de juntes, de governs provisionals, de pactes, de partits. No sabia ben bé què volien dir totes aquestes coses, però l'excitació era tal que per força havien de ser coses importants que podien canviar la meva vida.

En aquells dies d'agost, va quedar definitivament configurat el discurs oficial que dominarà la societat francesa durant molts anys. A la seva famosa al·locució radiofònica del 18 de juny de 1940, des de Londres, dos dies després que el mariscal Pétain firmés l'armistici i entregués el país als alemanys, el general De Gaulle ja havia formulat les línies mestres d'aquest discurs: la derrota militar era culpa dels errors tàctics dels militars i si s'havia perdut la batalla de França no s'havia perdut la guerra. A França encara li quedava el seu imperi i amb l'ajuda d'Anglaterra, que dominava el mar i la potència de la indústria americana, la victòria era possible. Els francesos havien de resistir als invasors i els militars havien de continuar, allà on fos, el combat contra l'enemic. Al cap de quatre anys s'havien complert els seus objectius i els esdeveniments li donaven la raó. La resistència als invasors culminava amb l'alçament del poble de París i un exèrcit francès, la divisió blindada del general Leclerc, entrava victoriosa a la capital i en foragitava l'enemic. El 26 de juny, De Gaulle baixava l'avinguda dels Camps Elisis aclamat per les multituds com a cap de govern. França havia renascut de les cendres i els traïdors que havien entregat el país a l'enemic serien castigats. Al cap de quatre anys de sacrificis heroics, els francesos havien restablert les llibertats i el seu exèrcit, reconstituït i victoriós, tornava a fer honor al país i a garantir-li la independència. Tot i que l'alliberament que havia presenciat a Ax-les-Thermes i a Perpinyà distava molt de la gesta gloriosa que passava als llibres d'història, vaig subscriure aquesta visió heroica durant molts anys, però la realitat que el discurs oficial tapava va acabar aflorant i, encara avui, avergonyeix el francès que vaig ser. La immensa majoria de la població, per activa o per passiva, s'havia, en efecte, adherit al règim de Vichy i la resistència, per heroica que hagués estat la conducta dels seus membres, va ser cosa d'una minoria. El vell antisemitisme de la societat francesa es va convertir en llei i la França de la llibertat, igualtat i fraternitat va enviar setanta-cinc mil jueus als camps de la mort. Els soldats que van seguir el general De Gaulle van ser pocs i les primeres unitats que va poder constituir eren de voluntaris civils i de refugiats d'altres nacionalitats, principalment espanyols. Els militars de les colònies, majoritàriament fidels al règim de Vichy, només se li van adherir després del desembarcament dels aliats a l'Àfrica del Nord. El resultat va ser una contribució a l'esforç de guerra relativament modesta i proporcional a uns efectius reduïts. Però en aquest panorama desolador va sorgir un militar que tenia la perspicàcia i l'habilitat d'un polític. Tot i la deficiència de mitjans i les múltiples rivalitats, no únicament va saber unir els diferents grups de la resistència i els diferents exèrcits colonials sota el seu comandament, així com imposar-se als aliats com a únic interlocutor, sinó que va saber dir als seus compatriotes el que necessitaven sentir per poder tornar a aixecar el cap. De la mateixa manera que els francesos s'havien entregat al mariscal Pétain perquè els havia dissimulat la derrota, ara, s'entregaven al general De Gaulle perquè els permetia creure en la victòria. M'havien fet cantar «*Maréchal, Maréchal, nous voilà!*», ara, cantava *Le chant des partisans*, que em feia creure en la gesta gloriosa de *La Résistance*.

No sé si a França encara és costum dir als nens, quan compleixen vuit anys: «*Tu as déjà huit ans. Eh bien mon petit! Te voilà arrivé à l'âge de raison*». M'ho vaig sentir dir més d'una vegada, com si a partir dels vuit anys ja no es pogués actuar a la babalà, sinó de manera responsable, guiat per raonaments lògics, que no poden ser altres que els que ens inculquen a casa i a escola. Si bé és cert que a partir d'una certa edat som més conscients dels objectius i les raons que ens marquen pares i mestres, no és menys cert que en aquesta mateixa etapa de la vida és quan apareixen, i de sobte, els trastorns biològics i emocionals més contraris als dictats de la raó i que tanta repercussió tenen sobre la voluntat, les inclinacions i fins i tot les idees que defensarem en el futur. Abans que m'arribessin els primers efluvis de la pubertat, jugant al rugbi al pati de l'escola, ja havia pres consciència del meu cos. Entre trompades i corredisses ja havia notat com, a mesura que m'acalorava, era més destre i més ràpid i em podia desfer més fàcilment del contrincant, com, després del plaer d'una dutxa tèbia, era tot un altre, atordit i feliç i, si des que vaig néixer, el cos sempre havia manat el meu humor, ara, descobria que jo també podia donar-li ordres i obtenir-ne satisfaccions. Aquesta primera consciència física i la relació competitiva que s'estableix en els jocs d'equip com el rugbi anaven canviant la meva manera de ser. En acabar la guerra, la llibertat de moviments (es podia tornar a anar a Canet i tenia bicicleta) així com l'agitació política que hi havia a casa em van obrir els ulls sobre altres realitats.

Els anys 45, 46 i 47 seran els tres últims que passaré a Perpinyà. Per la seva proximitat són els que m'han deixat més records i és probable que alguns dels que he situat en anys anteriors siguin d'aquesta època. No tots han perdurat amb la mateixa intensitat, ni tots tenen per a mi la mateixa importància. Molts són irrellevants, altres m'han servit de primera matèria per escriure un llibre amb pretensions literàries. Veure passar en Fangio a tota velocitat al volant del seu bòlid per l'avinguda del President Wilson a collibè de Claude Simon el dia de la primera cursa automobilística que es va veure a Perpinyà, o acompanyar el pare, algun capvespre, a casa de Raoul Dufy i sentir dir al pintor «*Alors Ferran, encore un petit coup?*» mentre treia d'amagat de la infermera que el cuidava, la temible Berta, una ampolla de licor, són anècdotes que el nom dels protagonistes em fan recordar avui, però que en el moment no tingueren cap mena d'importància; a diferència de les pedrades que ens tiraven els fills dels gitanos de la plaça Cassanyes i del dia que em van acorralar al parc de sota casa i el gos que els acompanyava em va mossegar el cul, cosa que va provocar les humiliants rialles de tots ells i, quan vaig arribar a casa, les mal dissimulades del pare, que ens havia vist des de la finestra de la cuina i havia dit a la mare: «Mira't aquests! Descalços i sense fer gàrgares»; o, a diferència del primer enamorament, un estiu a Font Romeu, de la Michou, aquella nena altiva, amb cara pigallada, ulls verds i boca polposa lleugerament entreoberta sobre dues dents de ratolí carnisser, que no em feia cap cas i, ostensiblement mirant a una altra banda, continuava explicant les seves proeses d'excursionista, que si la setmana passada havia anat al llac de les Bulloses, que si demà faria el cim del Carlit, i jo, que els pares no m'havien deixat arribar ni fins aquell maleït llac, completament atordit per un desig incomprensible i furiós que no endolcia cap fantasia romàntica, sense poder apartar els ulls d'aquells llavis polposos. S'entendrà doncs que la irrupció de la política al meu horitzó fos per a mi una novetat més entre les moltes que s'hi acumulaven. Com és natural, els amics del François Arago, els partits de rugbi, les primeres febres de la pubertat, les escapades en bicicleta i la platja de Canet em tenien més ocupat que les maniobres militars i diplomàtiques que configuraven el nou ordre europeu.

La gresca de l'alliberament va ser cosa de quatre dies, però l'agitació que va provocar a casa va durar sense interrupció fins a finals del 47, que vam marxar altre cop cap a París. Venia molta gent a casa, es multiplicaven les reunions, el pare entrava i sortia a cada punt i no tenia temps per anar d'excursió. Ja no el veia, com abans, passar-se hores llegint, o remenant llibres en el *Vieux Chêne*, i és que a partir del setembre d'aquell any 44, va dedicar tota la seva energia, que no era poca, a la constitució d'un grup d'estudis polítics que tenia per objectiu restablir el contacte entre tots els catalans que la guerra havia dispersat i, com va escriure a l'editorial de presentació de la revista: «Per damunt dels nerviosismes de l'hora i al marge de les divergències, reunir i publicar tots els estudis polítics, econòmics i socials que, aprofitant les lliçons de l'experiència, proposessin solucions útils per a Catalunya». Si bé el nucli del grup el formaven principalment gent d'Acció Catalana, el grup estava obert a totes les tendències i no volia substituir cap partit polític. El gener de 1945 es publicava el primer número de *Quaderns d'Estudis Polítics Econòmics i Socials*, que continuarà apareixent mensualment fins al maig de 1947. El pare s'ocupava de tot, també de la impressió, la distribució i l'administració. Hi van escriure, entre molts altres, Claudi Ametlla, Joaquim de Camps i Arboix, Josep Maria Corredor, Amadeu Hurtado, Lluís Nicolau d'Olwer, Josep Quero Morales, Antoni Rovira i Virgili, Nicolau Maria Rubió, Ferran Soldevila, Rafael Tasis, Humbert Torres, Ramon Xuriguera, Josep Pallach i Eugeni Xammar. A les seves pàgines s'hi poden anar llegint, mes a mes, les diferents etapes de l'últim acte de la tragèdia amb què queda definitivament tancada l'etapa republicana al nostre país. De la política, jo només en vaig veure els cartells bigarrats i algunes manifestacions pels carrers de Perpinyà arran de les eleccions municipals i de l'assemblea constituent, l'abril i l'octubre de 1945, però van ser els esdeveniments invisibles que passaven a les pàgines de *Quaderns* els que van decidir què seria de mi.

La guerra encara no s'havia acabat, però a la França alliberada ja es vivien hores d'eufòria i exaltació. Una onada d'esperança va recórrer l'exili. Per primera vegada el retorn semblava possible. En aquell clima engrescador, que anunciava una nova era per a tots els pobles, es va estendre la creença que a partir de llavors res no seria com abans, i no s'havien de tornar a cometre els errors que ens havien portat a la vora del precipici. Els catalans, que, com deia el meu avi, «som més multitud que no pas poble políticament fet», no podíem deixar passar aquesta ocasió per plantejar les nostres aspiracions més elevades. Els refugiats a Londres, que havien continuat gaudint de la llibertat durant la guerra, contagiats de l'eufòria general, van ser els primers a obrir la caixa dels trons. En un document, firmat entre altres per Carles Pi i Sunyer i Batista i Roca, que va tenir gran repercussió, abandonaven la idea de l'autonomia i reclamaven el dret a l'autodeterminació, tot i proclamar-se partidaris d'una Espanya confederal. El debat sobre si calia revisar el catalanisme estava servit. Com és habitual a casa nostra, és quan les circumstàncies ens són més adverses que edifiquem els projectes més ambiciosos. Però, com també és habitual, la realitat s'acaba imposant. Per sort, aquesta vegada, els entusiastes no tenien càrrecs de responsabilitat i no es produïren les decepcions que acompanyen generalment aquests embraviments. A les pàgines de *Quaderns* veus assenyades van contribuir a asserenar els esperits i fer veure que si es restablien les llibertats, seria aconsellable defensar altre cop una autonomia com la que havíem obtingut, en lloc de tirar les velles idees per la borda i proposar solucions utòpiques. Més d'una vegada, seré testimoni de la nostra inclinació congènita a l'exageració i encara avui no sé si és pròpia de l'exiliat, que, atrapat entre un passat que enyora i un futur al qual no renuncia, no viu en el present i es condemna a recrear el món que ha perdut amb idees fermentades en vas clos, o és en canvi el producte d'una frustració secular que només podem superar amb l'embraviment. El que va agitar els catalans a finals del 44 es va esvair ràpidament.

Els refugiats no podien fer-se gaires il·lusions. Estaven dispersats, tret dels minúsculs escamots que els comunistes enviaven de l'altre costat de la frontera amb la quimera de desencadenar una insurrecció general, no disposaven de cap força militar, ni de recursos econòmics; els quedava, però, una idea a què agafar-se. Els pobles que perden una guerra no accepten mai la derrota i sempre busquen una raó que els doni motius per creure que només han perdut una batalla. L'única manera que tenien els refugiats d'oblidar la seva condició de vençuts era pretendre que la Guerra Civil havia estat el primer capítol de la guerra mundial i que si la República havia estat enderrocada ho havia estat gràcies a l'ajuda decisiva dels exèrcits alemany i italià. Un cop aquests definitivament anihilats, de la mateixa manera que s'anaven restaurant els governs democràtics europeus, també seria restaurat el que havien votat els espanyols el 1936. Aquesta idea feia ineluctable la formació d'un govern continuador de la legitimitat anterior. El mes d'agost de 1945, a Mèxic, el polític republicà José Giral formava el govern de la República, el mes de setembre, el president Irla, des de Montpeller, nomenava un consell de la Generalitat i, a Nova York, el lehendakari José Antonio Aguirre preparava el trasllat del govern basc a París. Però cap dels països democràtics que sortien victoriosos del conflicte bèl·lic no estava disposat a començar-ne un altre. Si Negrín havia fracassat en l'intent de prolongar la Guerra Civil per unir-la a la mundial, era absurd pensar que, a la inversa, els aliats prolongarien la que s'estava acabant per tornar-ne a fer una que s'havia acabat feia sis anys. Ningú no volia sentir parlar de cap més guerra, ni els refugiats, ni els que, a casa nostra, encara en patien les conseqüències. Descartada la intervenció militar, quedava la diplomàtica. La condemna general del règim franquista, que tothom associava al de Hitler i Mussolini, havia de portar els governs democràtics a reconèixer el que havien format els exiliats i la pressió diplomàtica acompanyada de sancions econòmiques acabaria fent caure el dictador. L'exclusió de l'Espanya franquista dels treballs preparatius de l'Assemblea de les Nacions Unides, posteriorment confirmada a la conferència de Potsdam, va aixecar els ànims de l'exili. Mèxic i altres repúbliques llatines d'Amèrica van reconèixer el govern exiliat que s'acabava de constituir, se succeïen les condemnes del règim franquista als parlaments europeus i als fòrums internacionals, però com més pròxima semblava la caiguda del dictador, més fictici semblava el govern exiliat. Havien passat deu anys de les últimes eleccions i no faltaven veus que dubtaven que gaudís de la mateixa aprovació ciutadana i recordaven, molt justament, que si no es renoven, les legitimitats caduquen. Tampoc no es podia oblidar que una part de la població i de l'exèrcit, amb el beneplàcit de l'Església, s'havien aixecat contra la República. Era doncs previsible que el retorn al poder dels polítics republicans provocaria una nova confrontació que tothom volia evitar. A la raó de ser del govern republicà estava inscrita la del seu fracàs, ja que unia les forces partidàries del dictador en lloc de dividir-les. La inoperància a què conduïa la seva justificació va ser advertida per les ments més lúcides. Indalecio Prieto, en un famós discurs pronunciat a les corts republicanes reunides a Mèxic, va declarar-se disposat en nom de la minoria socialista a col·laborar, al marge del govern exiliat, en qualsevol altra solució digna que restablís les llibertats democràtiques. A les pàgines de *Quaderns* es van advertir les mateixes deficiències i explorar altres alternatives, però cap exiliat no s'atrevia a pronunciar-se obertament contra el seu govern. Era l'única cosa que els unia, si bé els unia al voltant de la derrota.

El 1946, la dura realitat acabarà despertant els exiliats del seu somni. Espanya havia estat exclosa de les Nacions Unides; Franco, impertèrrit, continuava passant els seus adversaris pel garrot. El 21 de febrer va fer executar el dirigent comunista Cristino Garcia i els membres del seu escamot. Cristino Garcia era tinent coronel de les Forces Françaises de l'Intérieur i heroi de *La Résistance*. En resposta a aquesta ferocitat, el govern francès va tancar la frontera amb Espanya. Mai Franco no havia estat tan unànimement condemnat. A petició francesa es van reunir França, Anglaterra i els Estats Units per examinar la qüestió espanyola. El comunicat que fixava la posició conjunta dels tres països va significar, però, un clar revés per a l'exili. Hi era condemnat el règim franquista i confirmada l'exclusió del concert de nacions, però també reafirmat el principi de no-intervenció.

Ni es mencionava el govern exiliat i s'esperonava platònicament els espanyols a «provocar la partida pacífica de Franco i formar un govern que restablís les llibertats». Respecte a les relacions diplomàtiques, només s'hi deia que serien «decidides a la llum dels esdeveniments». Els exiliats van confiar aleshores que el plet espanyol seria portat al Consell de Seguretat. Anglaterra i els Estats Units s'hi van oposar, però a petició de Polònia, amb el suport de França, va ser finalment admès a tràmit. A finals d'abril, va ser nomenada una comissió per preparar l'informe final, però a finals de juny, aquest no va ser acceptat pel Consell. L'exili encara va confiar que la qüestió seria examinada a l'assemblea general que havia de començar els seus treballs a finals d'octubre. Res de substancial s'hi va decidir que anés més enllà de la nota tripartida. El mes de gener, el govern Giral, que no havia aconseguit cap resolució favorable, ni cap reconeixement decisiu, va dimitir. Havia quedat clar que, per molta pressió que s'exercís, Franco no abandonaria el poder. S'havia dit que els militars monàrquics eren els únics que podien fer-lo caure, fins i tot s'havia especulat que militars descontents podien destituir-lo i formar un govern de transició. Indalecio Prieto va suggerir una mediació dels governs de les repúbliques d'Amèrica llatina i a finals del 47, sota els auspicis del ministre laborista anglès, Bevin, va intentar un acord amb Gil Robles, que era partidari de la restauració monàrquica. Don Juan, fill d'Alfons XIII i pretendent al tron, que durant la Guerra Civil s'havia declarat a favor de Franco, enardit per la situació internacional, ara favorable a les democràcies, li va demanar ingènuament que dimitís i no s'oposés a la restauració de la monarquia. Davant la condemna general del seu règim i totes aquestes especulacions, Franco es va limitar a reduir el pes de la Falange en el govern fent-hi entrar Martín Artajo, president d'Acción Católica, tot i continuar tacant les mans dels seus socis amb la sang dels seus adversaris. Al cap d'uns mesos, va fer aprovar una llei de successió que deixava entendre als monàrquics que ell també era partidari de la monarquia, i que ja la portaria, però sense precisar quan, ni amb quin pretendent. No recordo a quin corresponsal estranger Franco va reconèixer que existien similituds entre el seu règim i els de Hitler i Mussolini, però que hi havia una gran diferència: Hitler i Mussolini havien perdut la guerra, ell havia guanyat la seva.

Quaderns es va deixar de publicar el juny del 47. Al final de cada número venia un recull de notícies per mantenir els lectors al corrent de l'actualitat al nostre país. A l'últim número es pot llegir el següent:

ABRIL DE 1947

Dia 2   A Còrdova, la Guàrdia Civil mata quatre «bandolers».
Dia 5   Estrena al Romea de la comèdia *La fortuna de Sílvia* de Josep Maria de Sagarra.
Dia 9   La Comissió Abat Oliba que organitza els actes de la nova entronització de la Verge de Montserrat porta repartides un milió d'estampes.
Dia 10 A València, la policia deté trenta-vuit components d'una organització clandestina. Prop de Terol, la Guàrdia Civil en mata nou.
Dia 14 En una pastoral, el cardenal Segura afirma: «*Los bailes son un disolvente de la piedad y todas las personas que frecuentan los bailes no pueden acercarse a recibir la sagrada comunión*».
Dia 15 En unes declaracions a l'*Observer* el pretendent diu es-

tar disposat a arribar a un acord amb el general Franco, limitat a facilitar una pacífica, però incondicional, transmissió de poders.

Dia 16 La policia ha detingut quaranta-vuit membres del nucli dirigent de la CNT de Galícia. A València són afusellats tres condemnats.

Dia 22 Josep M. de Sagarra llegeix el seu poema «Montserrat» al Palau de la Música. Estrena de *Fuga i variacions* de Carles Soldevila al Romea.

Dia 27 A Montserrat, organitzat per la Comissió Abat Oliba, té lloc un imponent aplec. És entronitzada la Moreneta en un nou setial de cinc-cents quilos d'argent i quinze d'or procedents de donatius. Hi assisteix el cardenal de Tarragona. El Cabdill està representat pel ministre d'Assumptes Exteriors.

Dia 28 Franco declara al *Sunday Times* que el pretendent desconeix les necessitats d'Espanya, que no es tracta de restaurar sinó d'instaurar i que la monarquia futura no serà la mateixa que presidí la decadència espanyola.

MAIG DE 1947

Dia 2 Nova llei de repressió del «*bandidaje y terrorismo*» que castiga amb la pena de mort els delictes atemptatoris a l'ordre públic.

Dia 5 Executats a Oviedo tres joves «terroristes».

Dia 7 A Madrid són condemnats a mort sis «comunistes».

Dia 13 Xavier Regàs estrena la comèdia *Tieta* al Romea.

Dia 16 Rossend Llates guanya la Flor Natural dels Jocs Florals de la barriada de Sant Martí de Barcelona.

Dia 17 Viatge triomfal de Franco a Catalunya. Mataró, Manresa, Sabadell, Terrassa, Igualada, Vic, Lleida. Se succeeixen manifestacions, desfilades i banquets. A Montserrat recorda que és el defensor de la fe contra el comunisme. A Barcelona visita a la Universitat, funció al Liceu, magna concentració sindical a Montjuïc i celebració d'un Consell de Ministres. Els ajuntaments li fan entrega de cent volums amb dos milions de signatures d'adhesió. A Capitania declara: «*Nuestro deber es cosa bien sencilla: vivir con la victoria, o salir con los pies por delante*».

En aquest recull de notícies queda perfectament retratat el país tal com era el 1947. Davant la condemna de què és objecte per part de les democràcies, la dictadura exhibeix sense complexos el seu populisme xovinista i continua perseguint els dissidents amb la mateixa ferocitat. Els que manen parlen amb el desvergonyiment dels que no poden ser criticats i l'Església caricatura els més purs valors cristians. Franco no té res d'un líder totalitari. És un tirà arbitrari, despietat i astut. Ha aconseguit reunir a les seves mans tots els ressorts del poder i es pot permetre el luxe de tolerar les manifestacions dels qui no l'adulen, però no l'amenacen, sabent que en tot moment pot contaminar-les, o suprimir-les. Les llibertats catalanes havien estat una de les causes fonamentals de la Guerra Civil. Més enllà de la intransigència d'una Església perseguida i els interessos amenaçats per les reformes socials, havien estat l'aglutinant de les forces enemigues de la República i l'objectiu principal de la sublevació militar. No és doncs per casualitat que Franco decideix consagrar la seva victòria i la consolidació definitiva del seu règim amb un viatge triomfal de quinze dies per tot Catalunya. No en fa cap de tan prolongat i tan triomfal a una altra regió. Els amics de la família que han pogut tornar refan amb penes i treballs les seves vides, suportant, cadascú a la seva manera, la repressió, la censura i les humiliacions. Els que, com el pare, s'han significat en el bàndol republicà no poden tornar i han de refer les seves vides en un país que no és el seu.

Aquest últim número de *Quaderns* està quasi totalment dedicat a una discussió, apassionada i polèmica, entre els seus col·laboradors. Es tractava de saber si la nova actitud aliadòfila, més tolerant i més oberta, dels redactors de la revista *Destino* representava una evolució esperançadora i eventualment aprofitable per crear un nou clima de concòrdia i avançar cap a un restabliment de les llibertats, com creia en Claudi Ametlla, o si al contrari, com defensava l'Eugeni Xammar, s'havia d'excloure tota col·laboració amb aquests suposats liberals que només intentaven tenyir el règim franquista d'un enganyós color catalanista i democràtic a fi de prolongar-li la vida. En aquest debat sobre com s'havia d'orientar a partir d'ara la lluita antifranquista estava implícit el reconeixement de no haver perdut una batalla sinó la guerra i que la República no seria restaurada. S'acceptava de mala gana que les llibertats democràtiques només poguessin ser restablertes amb l'ajuda i la complicitat d'algunes de les forces que havien contribuït a abolir-les. Quedava per discutir amb quines d'aquestes forces es podria comptar i en quines condicions. Aquesta discussió durarà trenta anys. Encara avui és la que, millor que cap altra, ens fa entendre la democràcia que acabarem instaurant.

Un cop tancada *Quaderns* i pagada l'última factura de la impremta, el pare, a un any de complir-ne cinquanta, havia de tornar a començar de zero. Li havien quedat les butxaques escurades i les rendes d'unes patents que ens havien ajudat a mantenir el cap fora de l'aigua havien caducat. A Perpinyà molt difícilment s'hi podia guanyar la vida i el mes d'agost se'n va anar a provar sort a Nova York i Mèxic. La majoria dels catalans refugiats a Amèrica s'havien obert camí gràcies a la gran prosperitat del continent americà durant la guerra i lògicament eren els primers que visitava. La mare es va quedar a Perpinyà fent maletes, esperant notícies de cap a on havíem de tirar i a mi em van enviar a passar uns dies a Barcelona a casa de les ties i a Blanes, on estiuejava una amiga de la mare amb els seus fills. En aquest nou sojorn, era el tercer, em vaig impregnar molt més que en els altres dos del món al qual fins aleshores havíem aspirat tornar. Fer vida en català i en companyia de xicots de la meva edat va ser per a mi tota una novetat i al cap de quatre dies era un més de la colla. Van ser unes veritables vacances, per primera vegada, sense vigilància dels pares. Anàvem a banyar-nos a una platja de sorra com la de Canet i a capbussar-nos de dalt de l'escullera del port. Els pares dels meus nous amics, tots dos molt esportistes, disposaven de tant en tant d'una petita embarcació i banyar-me en alta mar em semblava una heroïcitat. L'única nota, no pas discordant, però que em va deixar perplex, va ser la pregunta que em va fer un noi de la colla sobre la moralitat de la vida a França. Com és de suposar, aquest no era motiu habitual de conversa entre els amics del François Arago i d'entrada no vaig entendre la pregunta, ni exactament què la motivava, però em va deixar l'estranya sensació que alguna cosa ens separava. A Barcelona, l'oncle Santiago em va portar a veure la caseta de fusta que el pare tenia al Montseny i de la qual havia sentit parlar tantes vegades. L'acabava d'abandonar el Frente de Juventudes amb les finestres rebentades i un forat a la teulada, però ja s'hi podia anar. A casa, les tietes em van ensenyar l'amagatall on tenien els papers que el pare no es va emportar quan va venir a desfer el pis de lloguer on vivíem abans de la guerra. Un altre dia, l'oncle Rogelio, tot passejant, em va assenyalar el pis on vivien els avis materns, que havia anat a parar a les mateixes mans que la caseta del Montseny, però no s'havia recuperat. Al jardí de les tietes no hi era asseguda l'àvia bondadosa que havia conegut en el primer viatge i de qui el pare no es va poder acomiadar. Tots aquests detalls no podien passar desapercebuts al noi d'onze anys que era, però a Perpinyà m'esperava una notícia que tancaria definitivament el capítol de la meva vida rossellonesa. A Amèrica el pare havia trobat feina, però a París, on tornàvem a ser a principis d'any.

Quan avui passo per Perpinyà i em passejo pel barri on vivíem, constato que no ha canviat gens. Tret de La Font del Gat, que, amb un restaurant de plàstic i un rètol lluminós de colors llampants, porta avui el nom pompós de Park-Hotel, i d'un parell d'edificis aixecats en el solar del costat de casa, que tenen en comú el bon gust d'haver mantingut el nom de l'arquitecte en l'anonimat, tot està com quan hi vam arribar l'any 40. La mateixa atmosfera de ciutat provinciana, neta i endreçada, la mateixa tranquil·litat, el mateix silenci. Ja no passa el tramvia per l'avinguda que voreja el parc, però encara hi són els grans plàtans centenaris, les fonts, l'estany circular de pedra i les estàtues de marbre. Cada vegada que passo davant de la casa del senyor Ametlla, on dia sí dia no l'avi, el pare i els seus amics es reunien per escoltar la BBC i comentar els fets de la guerra, i la veig tal com era, amb les mateixes persianes, del mateix color gris, tinc l'estranya sensació de percebre físicament, no pas allò que anomenem vulgarment «l'inexorable pas del temps», sinó la seva vertiginosa velocitat, com si guerres, batalles, revolucions, presidents, generals, ministres, governadors haguessin passat per davant d'aquella casa com una d'aquelles ventades que solen fer a Perpinyà i ni haguessin fet trontollar les persianes. Tots els protagonistes que han tenyit de sang el món han mort i ara que vivim en la torpor del benestar econòmic ens creiem capaços de discernir les causes dels nostres antics mals i poder-los evitar en el futur. Som incorregibles.

II

Feia fred, plovia, el cel sempre tapat i gris. Ens vam repartir entre la pensió acollidora i desordenada de la senyora Mamachon i un hotel impersonal i trist que hi havia a la cantonada. La Mamachon era una russa blanca corpulenta. Aristòcrata destronada de feia molts anys, havia conservat la seva antiga desimboltura. Anava sempre vestida amb una bata blanca fins als peus i una majestuosa trossa de cabells li descansava sobre l'esquena. Feia que estava exiliada molts més anys que nosaltres, però no havia deixat de ser russa, ni exiliada, i més d'un client de la pensió era compatriota seu. També tenia d'hostes un matrimoni de refugiats espanyols i el seu fill, un noi alt i gros, de celles espesses, llavis gruixuts i cabells negres tots engomats cap endarrere que es passava el dia tocant la guitarra. Continuava plovent i fent fred, els carrers plens de cotxes, les voreres plenes de gent. No coneixia ningú. Els pares atrafegats, tot el dia buscant pis, i jo tancat a l'habitació de l'hotel, o a la pensió de la Mamachon escoltant tocar la guitarra. Tret de pujar a la torre Eiffel i fer un tomb per la plaça del Trocadéro, poca cosa vaig veure de París abans d'anar a escola. A principis de gener entrava al liceu Janson de Sailly. Havia cursat el primer trimestre a Perpinyà i canviar d'escola a mig curs, sense amics, amb professors desconeguts i sense saber què havien donat el primer trimestre, em tenia capficat. El primer dia de classe, el professor de francès, un home baixet, de cara pàl·lida, celles clares i ulls destenyits, a qui, en passar llista, vaig respondre amb el meu inconfusible accent rossellonès un sonor «present», va abaixar-se les ulleres a la punta del nas i amb un somriure afable em va dir «*Jeune homme, il faudra me perdre ça*», remarca que va provocar una riallada general. No hi havia dubte: havia aterrat a un altre planeta.

A la meva època, la classe de francès era la més important de totes. Girava sempre al voltant d'una explicació de text. A Perpinyà havia trobat aquestes explicacions sovint àrides. Eren generalment explicacions ortogràfiques, gramaticals o de sintaxi, però de fragments de textos massa curts, trets d'obres que no havia llegit i de les quals no sabia res. Aquell zelador de l'ortodòxia, que havia saltat en sentir com la meva pronunciació destrossava la llengua que ensenyava, va trobar en canvi la manera de fer-me entendre tot l'interès que podien tenir. Recordo que el primer text que ens va comentar era un poema satíric de Boileau, «Les Embarras de Paris». El poema no em va semblar gran cosa, però em va cridar l'atenció que, per fer més comprensible la cadència de l'alexandrí, recorregués a dos alexandrins del mateix Boileau:

> *Que toujours dans vos vers le sens coupant les mots*
> *suspende l'hémistiche, en marque le repos.*

Aquesta manera enginyosa i tan aclaridora de fer-nos entendre què era un alexandrí li va donar peu a comentar-nos *L'Art Poétique*, obra de la qual els havia tret. A continuació va exposar-nos les regles que, segons Boileau, han de regir tota creació literària i quines són les que s'han d'aplicar a cada gènere. No són altres que les que han acabat donant a la llengua francesa les seves principals virtuts. Els professors del Janson de Sailly ens les continuaran repetint durant tot el batxillerat. No les he oblidat, però amb el pas del temps, les lectures d'obres d'altres èpoques i les virtuts d'altres llengües, no totes em semblen avui tan definitives. Potser perquè el pare no es cansava de repetir-la, m'ha quedat gravada aquella que Boileau resumeix tan bé en un sol alexandrí:

> *Ce qui se conçoit bien s'énonce clairement.*

Boileau encara ens va tenir entretinguts unes setmanes més. Vam descobrir que «Les Embarras de Paris» eren inspirats en una sàtira de Juvenal i el seu «Art Poétique», en una epístola d'Horaci, i d'allà vam passar a la famosa querella dels antics i moderns. No crec que en aquella època entengués tot l'interès que va tenir, i encara té, aquesta querella, ni com els triomfs militars del *Roi Soleil*, la revifalla del catolicisme francès i els primers descobriments de la raó científica donaven ales als moderns per imposar la més que discutible idea que les belles arts són susceptibles de progressar com la ciència i la riquesa de les nacions. Però el que sí que em va quedar gravat és que les disputes literàries poguessin ser tan polèmiques, que, al costat dels escriptors, hi intervinguessin tots els grans personatges de la cort, les dones igual que els homes i, fins i tot, el rei. A l'època de Boileau, la societat francesa estava clarament dividida entre *la Cour et la Ville*. En català «Cort» i «Vila» no sonen ni de bon tros igual. Fa segles que no tenim cort i la paraula *vila* només ens evoca la vida urbana a diferència de la rural i no engloba tot allò que belluga fora del castell on viu el sobirà. *La Cour* francesa tenia tentacles que arribaven a tot arreu i no es privava de reclutar els millors homes de *la Ville*, però vivia en vas clos, separada de les altres vides. Centre del món, on s'ordien totes les intrigues, s'hi lliuraven totes les batalles, era a la vegada una societat literària on la paraula escrita mereixia la mateixa reverència que el poder. No trigaré gaires anys a adonar-me de la inesborrable empremta que ha deixat el seu regne. Encara avui, quan sento els discursos dels representants de l'alta administració francesa, hi retrobo, amb l'orgull dels antics triomfs militars i la claredat de les exposicions, la distància entre els que manen des de *la Cour* i els que pul·lulen a *la Ville*.

El pare, que, amb el seu sempitern sentit de l'humor, s'havia referit a l'època en què esperava indefens la renovació del permís de residència, «sense res per fer, ni poder-hi fer res», però llegint tot el sant dia, com la seva «Edat d'or», i a les restriccions alimentàries d'aquells anys com «*la fin des haricots*», ara, es proclamava triomfalment «*travailleur en chambre*». Havíem trobat finalment pis en una caseta d'un carrer tranquil del barri de Passy. No arribava als noranta metres quadrats. Tenia bany, cuina i tres habitacions: una per al *Vieux Chêne* on dormia jo, una on dormien els avis, i la dels pares, que també servia de despatx, amb taula metàl·lica, arxivador i màquina d'escriure, al costat del llit. Tot i les ofertes llamineres que li havien fet a Mèxic, s'havia estimat més associar-se amb els fills d'un coronel d'aviació refugiat a Nova York que s'havien fet americans a les universitats d'aquell país. Junts van fundar una petita companyia d'enginyeria i van aconseguir unes prometedores representacions de fabricants de maquinària per a la indústria siderúrgica. Els seus joves associats s'encarregarien del mercat sud-americà des de Nova York i ell de l'europeu des de París. Mèxic li havia agradat molt, però el va convèncer l'empenta d'aquells americans nous de trinca i poder viure a París, no gaire lluny de casa. Durant anys sentiré el martelleig infatigable de la màquina d'escriure del *travailleur en chambre* fent bullir l'olla i mantenint contacte amb tots aquells compatriotes que no havien renunciat als seus ideals. El pare era d'un optimisme incombustible. Ara semblava haver retrobat una segona joventut, començant una nova activitat, llegint autors francesos a l'ombra del seu estimat *Vieux Chêne*, tot veient el seu fill passar de rossellonès a parisenc.

A París no m'hi trobava bé. La vida al carrer, sempre ple de cotxes i plovent sense parar, era impossible. A Perpinyà, havia format part d'una petita societat de nens que es reunia a tota hora als carrers assolellats i deserts d'un barri on podíem organitzar lliurement els nostres jocs, des de matar mosques amb tires de cautxú contra la paret de la casa veïna fins a davallar carrers de pendent acusat asseguts sobre una taula de fusta amb rodaments encastats a dos barrots travessers. Ara, en canvi, vivia tancat en un pis del qual només podia sortir si prèviament havia quedat a un altre i per arribar-hi havia de combinar itineraris de metro i autobús i calcular la durada dels trajectes. Era una altra vida, feta d'aïllament, solitud, cel gris i carrers mullats. Els primers que em van donar la mà per sortir d'aquest pou van ser dos companys de classe: l'Stern i en Rosenthal. L'Stern, que vivia més avall de casa, va canviar de camí per poder-me acompanyar i tornar plegats d'escola. Era un noi alt i musculat amb un cap cairut on tenia plantada una mata de pèl negre de fox terrier. Era afectuós i tranquil. De pares txecs, havia nascut en un poblet de l'Alvèrnia. No vaig veure mai el seu pare. Probablement ja no en tenia. La seva mare, dolça i amable, sempre insistia que em quedés a berenar els dies que l'acompanyava jo. Em va saber molt greu que a finals de curs se n'anés a viure a Anglaterra. En Rosenthal era baixet, pèl-roig, amb un cap de moltó, cabells arrissats i la cara pigallada, com si l'haguessin ruixat de sègol. Portava ulleres i era un xerraire de primera. Li agradava la música, la poesia i les carreres de cavalls i estava en tot moment disposat a compartir les seves informacions. Amb gran profusió de detalls em va explicar com amb metro es podia arribar a tot arreu, que el tren no tardava més d'un minut i mig entre estacions, que trigaves entre tres i quatre minuts per canviar de línia i per tant era possible calcular exactament la durada de tots els trajectes. Amb la mateixa profusió de detalls em va explicar com es podia apostar a les carreres de cavalls i em va invitar a anar a l'hipòdrom d'Auteuil el dia que el seu cosí ens hi pogués acompanyar. Tret d'en Miron Galitzki i del seu fill, a Perpinyà, no havia conegut cap altre jueu. Havia sentit els pares parlar de les persecucions de què havien estat objecte i, durant la guerra, de les atrocitats comeses pels alemanys i els seus acòlits, però no sabia gran cosa del judaisme, ni de la història d'aquest poble millenari, i els meus nous amics tampoc no me'n van dir res, ni en cap moment no es van manifestar diferents dels altres nois francesos. Però, sense saber per què, m'inspiraven més simpatia, potser per la seva manera de ser, més afectuosa, i és possible que la seva amistat no fos aliena al meu accent minoritari i a ser fill de refugiat. Al cap d'uns mesos, informat de com funcionava el metro i amb bons amics, ja no veia el cel tan gris, ni els carrers tan mullats i el Janson de Sailly no va tardar a convertir-me en parisenc.

Com deia el pare, havíem tingut molta sort de sortir sans i estalvis de la guerra i, ara que teníem el privilegi de viure a París, s'havia d'aprofitar. De jove, hi havia viscut més d'un any, treballant de torner. En vigílies de la Primera Guerra Mundial, l'economia familiar havia passat per moments difícils i havia hagut d'interrompre els estudis i posar-se a treballar. El seu germà Rafel, que feia anys que era a París, casat i tot amb una francesa, el va poder fer entrar a la Renault, on la guerra havia deixat moltes vacants. Fill de manyà, el pare tenia un profund respecte per tot ofici manual i recordava amb orgull haver pogut fer el del seu pare. En un dels primers viatges que vaig fer a Barcelona, havia conegut l'oncle Rafel i la tieta Pauline, que havien anat a visitar l'àvia, però retrobar-los en el seu piset de la rue de la Gaité, prop de Montparnasse, on anàvem tot sovint els diumenges a degustar el suculent pollastre rostit amb patates fregides amb què ens obsequiava la Pauline, i sentir-los evocar tots plegats, i en francès (la tieta no parlava ni un borrall de català), els anys en què encara circulaven monedes d'or i esclataven els obusos de la *Grosse Berta* al centre de París, em va fer una enorme impressió, especialment la història de la *Grosse Berta*, aquell canó gegant, batejat amb el nom de la filla del seu fabricant, que els alemanys tenien a més de cent kilòmetres de la capital i amb el qual terroritzaven els parisencs. Els mutilats del François Arago i els homestroncs que havia vist des de la finestra de la cuina ja m'havien donat una idea de la importància que aquesta guerra tenia per a tots els francesos, però descobrir que la família també l'havia viscuda em feia sentir igual de francès que el company de classe orgullós de tenir un pare que havia combatut a Verdun. Recordo aquells primers anys de París, un cop superada la manca d'amics i de vida al carrer, com uns anys plàcids i tranquils. El pare estava força enfeinat amb la seva nova activitat i les excursions que organitzava, més que excursions, eren visites a museus i monuments. Coneixia molt bé la capital i havia aprofundit i actualitzat la seva cultura francesa als peus del *Vieux Chêne*. No sé quina impressió li havia de fer tornar a començar de zero a la mateixa ciutat on s'havia guanyat la vida per primera vegada, però estic segur que trobava en aquesta insòlita coincidència nous motius per rejovenir el seu optimisme i ara que tornava a veure les catedrals, palaus, jardins i obres d'art que tant l'havien impressionat de jove devia sentir un plaer especial ensenyant-me'ls. Catalunya quedava cada dia més lluny i el Janson de Sailly amb amics parisencs me n'anava separant.

A finals del 48, l'avi va començar a trobar-se malament. Li van diagnosticar una angina de pit i com que no volia morir fora del seu país, després de les comprovacions pertinents per assegurar-se que no seria objecte de represàlies, va tornar a Barcelona a principis de l'any següent. La seva salut va empitjorar, el pare va aconseguir aleshores un d'aquells visats de sojorn limitat i sota control policial que es començaven a donar, i per Setmana Santa, ens vam poder fer, tots junts, una foto al jardí de casa les tietes. Encara la tinc. L'avi va morir el mes de febrer de 1950. La foto que em van ensenyar de l'enterrament, una llarguíssima cua d'homes desfilant en silenci, em va impressionar. No tan sols havia mort l'avi. Al cap de pocs dies, els pares van tornar de Barcelona amb l'àvia, i la vida parisenca va reprendre el seu curs. Tot i haver viscut amb ell tota la vida i portar el mateix nom, sabia ben poques coses de l'avi. No era un home excessivament comunicatiu. A Perpinyà, es passava tot el dia tancat a l'habitació escrivint i no venia mai d'excursió, ni ens va acompanyar mai a la platja. Vivia absorbit en els seus pensaments, emprant totes les seves forces en el que semblava el seu únic objectiu. Era, però, d'un tracte cordial i afable i li feia molta gràcia sentir-me dir que escrivia una carta que no s'acabava mai. Aquella interminable carta va acabar sent un llibre de més de mil pàgines, publicat primer a Mèxic, amb el títol de *Quaranta anys d'advocat*. Són unes memòries escrites sense notes, llibres, ni papers, que havien quedat allà baix, segrestats, o dispersats pels representants del nou ordre. La curiositat de l'adolescent me les farà llegir una primera vegada. Descobrir que l'avi, aquell home discret, de cara ovalada, a qui penjaven les galtes i portava armilla, havia estat una personalitat rellevant de la vida política i social del seu temps em va obrir els ulls sobre un passat que, tot d'una, vaig sentir meu. Les tornaré a llegir més endavant amb més deteniment i més entenimement, però en lloc de certituds hi trobaré un munt d'interrogants als quals encara no estic segur d'haver trobat resposta.

A casa, tant a Perpinyà com a París, no hi havia cap signe de vida religiosa. Ni sants, ni verges, ni creus. Tret de la mare, que guardava al calaix de la tauleta de nit una petita Verge de Montserrat de ferro colat que petonejava de tant en tant, com qui toca fusta, no recordo que ningú anés a missa, excepte potser en alguna ocasió, durant la guerra, l'àvia i la mare, per fer com tothom. També per fer com tothom, vaig fer la primera comunió a Perpinyà. No puc dir que les hores de catequisme en companyia dels fills dels vinyaters descreguts que eren els meus companys em deixessin una idea gaire precisa de la doctrina cristiana. L'observació dels manaments de Déu, la confessió, la penitència i el perdó conformaven un sistema coherent que tenia la virtut de la simplicitat, però la meva iniciació als misteris religiosos devia ser deficient perquè no va sembrar en el meu esperit cap de les inquietuds que solen fer brotar la fe. A casa tampoc no vaig sentir mai cap comentari que pogués ofendre un creient, ni cap de les ironies tradicionals de l'anticlericalisme. Quan era petit, poc abans de Nadal, el pare muntava un petit pessebre en una capsa de cartó de la qual treia la tapa. Hi enganxava, en forma convexa, per simular la volta celeste, una fulla de paper doble on l'àvia havia pintat un cel blau amb núvols a la fulla de color blanc i havia retallat una mitja lluna i l'estel que senyala el camí de Betlem a la de color negre. D'un tros d'escorça en feia l'estable, hi col·locava una vaca, un ase, i el nen Jesús en un bressol, i en un caminet de sorra, els tres reis, que jo feia progressar cada dia, fins al dia dels regals. Darrere l'estable, hi dissimulava una petita bombeta connectada a un reòstat de fabricació casolana i, darrere la volta celeste, una altra bombeta, aquesta sempre encesa, de tal manera que, fent córrer la llengüeta sobre la resistència del reòstat, es feia progressivament de dia i quedaven assolellats cel, estable, reis i camí, i quan la feia córrer en sentit contrari, es feia de nit, amb estel i mitja lluna resplendint en un cel estrellat; i jo, embadalit. La meva infància i els primers anys de la meva adolescència van quedar, doncs, tenyits per aquest cristianisme convencional. Fins al dia en què, a principis de 1950, el professor de francès em va fer entrar a la casa de Blaise Pascal. El jove professor Netzer era un home menut i polit, amb dues tires de cabells que li queien a cada costat de la cara; portava unes ulleres amb muntures de metall i tenia unes mans desmesuradament llargues. Les seves explicacions eren esmolades i precises i el seu to sempre contingut, com si estigués en tot moment controlant una passió subterrània a punt de desbordar. No sé si per fer entendre un pensament és imprescindible compartir-lo, o si per fer apreciar una obra se n'ha de ser un entusiasta, ni si per ser un bon mestre s'ha de ser un bon actor, però del que no hi ha dubte és que en Netzer era un gran mestre. El recordo com una reencarnació del mateix Pascal: foc i glaç, d'una coherència implacable, capaç de les distincions més subtils, distant i afable, remot i apassionat. Feia classe a peu dret, a baix de la tarima, com si volgués prescindir de l'autoritat que li conferia una posició més elevada i confiés exclusivament en el seu poder d'evocar i convèncer. L'any anterior, *La Fronde*, el jansenisme i la persecució dels protestants havien quedat a segon terme davant l'ascens espiritual i militar de la França del *Roi Soleil*, que el professor d'història no parava d'enaltir, però després dels Molière, La Fontaine, Corneille i Racine, tocava Pascal. Després dels divertiments enginyosos i les passions dominadores, tocava revelació i torbament. El cristianisme de pessebre, d'aquell pessebre que havia illuminat el pare i pintat l'àvia, al qual amb prou feines quedaven adherides restes del que m'havia dispensat l'Església a Perpinyà, va quedar literalment polvoritzat pel que vaig veure sorgir incandescent de la vida de Blaise Pascal. Per primera vegada sentia una veu que s'alçava de la condició humana i professava la fe en les veritats revelades amb la precisió i la contundència d'una veritat científica. Per primera vegada sentia una defensa del cristianisme que no venia de l'Església sinó del món i desfeia els dubtes dels indiferents i els arguments dels incrèduls des d'aquests mateixos dubtes i des d'aquests mateixos arguments.

Encara avui recordo com el professor Netzer va fer viure davant els nostres ulls el nen solitari i malalt que no es dóna mai per satisfet i, dibuixant figures geomètriques, descobreix tot sol el trenta-dosè teorema d'Euclidi, el geni irrepetible que porta a la pràctica els seus increïbles descobriments matemàtics i físics, fabricant la primera màquina de calcular i realitzant els experiments precursors de la premsa hidràulica i el baròmetre, i el temible polemista que defensa els jansenistes i fustiga sense contemplacions la hipocresia dels jesuïtes, a qui acusa de fer concessions al món. Jo no acabava de discernir per quins camins el pensament científic de Pascal es transformava en religiós, però em va quedar gravat que, després d'haver capturat el buit en un tub de vidre i haver demostrat que la natura no en té horror, Pascal hagués descobert físicament aquest horror el dia en què la carrossa en la qual viatjava va quedar penjada en el buit des de dalt d'un pont i que aquest horror fos el detonant de la seva primera conversió. No sabia dir en quin dels dos buits, si el sensible o el de l'experiment, Pascal havia trobat Déu, però pressentia que en el pas de l'un a l'altre s'amagava una de les claus del seu pensament. El professor Netzer ens va aclarir que aquesta suposada conversió pertanyia a la llegenda, ja que a l'època la seva fe era més aviat fruit de la tradició familiar i la freqüentació dels metges jansenistes que cuidaven el seu pare, i que l'autèntica conversió, la veritable revelació, havia d'esclatar, de sobte, com un incendi, un 23 de novembre entre dos quarts d'onze i dos quarts d'una, tal com ho va escriure en el tros de pergamí que portarà cosit al folre del seu vestit fins al dia de la seva mort. El professor Netzer, amb les *Pensées* de Pascal a la mà, ens va explicar la doctrina de la predestinació que els reformats i els jansenistes havien anat a buscar en sant Agustí. Segons aquesta doctrina, totalment nova per a mi, la predestinació és absoluta. Des del pecat original, tots els fills d'Adam estem condemnats. Només la gràcia divina pot salvar-nos, però només en salvarà uns quants, independentment dels seus mèrits. ¿Qui som nosaltres per dir a Déu què ha de fer i a qui ha de salvar? Aquesta doctrina, que en lloc d'absolució a canvi de penitència exigia fe i obediència sense oferir perdó, em semblava severa, fins i tot terrible, però més noble que la que havia banyat els meus primers anys. Em va fer una impressió enorme. Anaven sorgint nous interrogants a l'horitzó. Amb la famosa aposta de Pascal en van sorgir més. El professor Netzer ens la va plantejar amb una claredat meridiana. Entre el qui aposta que Déu és i el qui aposta que Déu no és, un no pot guanyar si guanya i perd infinitament si perd, mentre que l'altre guanya infinitament si guanya i no pot perdre res si perd. Conclusió: tot home raonable ha d'apostar que Déu és. No parava de fer preguntes al pobre Netzer, sobre què és el finit i l'infinit, sobre si allò que s'arrisca és finit i el que es pot guanyar és infinit, sobre com podem conèixer l'existència d'una cosa de la qual no podem conèixer la natura. Vaig continuar preguntant sobre els límits de la raó, la misèria i la grandesa de l'home, a la vegada «*vers de terre*» i «*roseau pensant*», sobre què ens permet conèixer el cor, «*qui a ses raisons que la raison ne connaît point*», i sobre tantes coses més. El professor Netzer havia obert la porta a les preguntes. Entraven totes alhora. Sense adonar-me'n, ni deixar de ser cuc, m'anaven convertint en aprenent de *roseau pensant*.

El pare, no sé si advertit de les meves cabòries o perquè a la meva edat tocava, va començar a fer-me llegir periòdicament, en veu alta i a peu dret, textos que escollia en els llibres del *Vieux Chêne*. No vaig saber mai si aquestes lectures tenien per objecte la meva formació, perquè, un cop acabada la lectura, no feia mai cap comentari de les obres llegides, com si no volgués influenciar les opinions que em podien suggerir, o si és que només li agradava sentir-les pronunciades en un francès que havia perdut el timbre rossellonès. Imposar una disciplina i mantenir una certa ambigüitat era característic de la seva manera d'educar. No va ser cap sorpresa que entre les pàgines que em feia llegir n'hi hagués de les confessions de sant Agustí, però sí que ho serà, en tornar dels Estats Units, on havia pogut comprovar la força que encara tenien les doctrines de la predestinació, trobar en el *Vieux Chêne*, al costat d'una vella edició de les *Pensées* farcida d'un munt d'articles de premsa, una infinitat de llibres sobre l'obra i la vida de Pascal. Tot i el seu inqüestionable interès pel pensament religiós, no crec que el pare arribés a tenir alguna forma de vida religiosa. En tot cas no la va manifestar mai. Jo tampoc no crec haver-ne tingut cap, i no per creure que tota autèntica vida religiosa obligui necessàriament a l'extrem d'un «oblit del món i de tot, llevat de Déu», com va escriure Pascal, i veure-me'n incapaç, sinó probablement per una barreja d'atavisme familiar i d'inquietuds que el meu caràcter orientava cap a altres horitzons.

Adolescent, vaig complir honorablement amb el nombre d'hores que a aquesta edat ens passem fent el beneit. Des de perdre el temps jugant al futbolí al cafè de davant de l'escola fins a treure'n del que havia de dedicar a l'estudi per les fregadisses amb les noietes que anava coneixent, passant pels somnis de vida heroica que m'inspiraven les pel·lícules americanes, va haver-hi de tot. Sobre aquestes petites activitats s'hi anaven dipositant les elucubracions que suscitaven les classes del professor Netzer. Es barrejaven les circumval·lacions lúdiques amb les espirituals i totes dues eren desordenades per l'explosiva sexualitat juvenil. Res, doncs, fora del que és habitual. La meva adolescència tenia el meu pare entre distret i encuriosit, la resumia molt bé propinant-me de tant en tant un calbot afectuós, puntuat amb una d'aquelles expressions franceses que acabava de sentir i li agradava tant adaptar a una altra circumstància: «*Ah! le petit crétin*». També caricaturava les meves expansions juvenils arronsant les espatlles, aclucant els ulls i arrufant les celles, simulant l'home primitiu per deixar entendre que encara no havia sortit dels llimbs i que a la meva edat els teixits són tendres, ho absorbeixen tot alhora, i estem fets un embolic. Tenia, en efecte, les carns i les idees toves i agitades. Anaven coent. Vist avui, trobo el guisat resultant més aviat discret i no puc deixar de pensar que durant aquells anys vaig perdre miserablement el temps. També és possible que els ingredients no fossin gaire bons. Amb tot, van ser uns anys prou animats, sense cap entrebanc, i vaig poder evitar sense excessives dificultats els desenganys que se solen tenir a aquesta edat.

Dues novetats van trencar aquesta monotonia: el pare va comprar un cotxe i van començar a venir per casa en Claude Simon i la Yvonne, la seva nova esposa. La Yvonne no tenia res de l'euga daurada i resplendent que havia estat la Renée, i tot de gata silenciosa, amb ulls dolços, esbatanats i negres. Tenia dues filles d'un primer matrimoni amb un pintor, nebot del músic Camille Saint-Saëns, la Jeanette i la Marie. La Marie, que tenia quatre o cinc anys més que jo, em deixava bocabadat. Era desinhibida, estudiava belles arts i fumava Pall Mall. Al cap de poc temps se'n van tornar totes dues a Tolosa, on vivia la família de la Yvonne, presidida pel seu pare, veritable patriarca, d'aquells que solia produir l'antiga Occitània, metge eminent i eminent comunista, premi Stalin de medicina, amic personal de Ho Chi Minh, amb gran casa envoltada de parc, xofer, cuinera i jardiner. La Yvonne i en Claude vivien prop de l'església de Montrouge en una casa amb un jardinet i un espaiós taller d'artista on s'entrava per una porteta des de la sala d'estar. En Claude havia deixat de pintar i s'havia convertit en escriptor. Durant l'ocupació havia escrit una novel·la que el crític Maurice Nadeau va recomanar a un editor tot just acabada la guerra. El 1946 en va publicar una altra, *La Corde Raide*, amb aquella dedicatòria que va voler impresa en català: «A Ferran i Adela Cuito, retinguts a l'exili per llur fidelitat a una concepció elevada de la dignitat de l'home, aquest llibre, en el qual he intentat expressar la tràgica i dolorosa inquietud de Barcelona. En feble testimoni del que representa per a mi llur preciosa amistat». La Yvonne era una persona secreta. No ho era el seu art, que es respirava per tota la casa, a la qual s'entrava per un petit vestíbul al peu de cinc o sis esglaons que donava a un llarg passadís amb una de les parets revestida d'una biblioteca repleta de llibres; a mà esquerra, dues portes donaven a una gran sala d'estar. Miressis on miressis, meravellava el gust i l'harmonia que es desprenia de la manera com eren disposats quadres, gerros, escultures i mobles. Sobre la xemeneia, sempre encesa a l'hivern, una màscara africana de faccions geomètriques al costat d'un recipient de llautó modernista, un dia plantat de tulipes, l'endemà vessant de fulles verdes.

Sobre una còmoda antiga i panxuda, una figura de terracota precolombina, tres còdols blancs i una escòria ferruginosa en forma d'ocell. A la paret del fons, un gran quadre blau de tres banyistes nues en una platja, sota el qual es dinava en una preciosa taula de peces de fusta i pissarra entrecreuades. La sala s'acabava en forma de gàbia vidrada que donava al jardí, amb un sofà recobert d'una tela negra estampada de flors i on es prenia el cafè en una taula de ferro dissenyada per la mateixa Yvonne. El taller era grandiós i de sostre altíssim. Sobre uns grans taulells hi havia un inextricable garbuix de pots de pintura de tots els colors, replets de pinzells de totes dimensions; arraconats contra la paret, ferros, fustes, teles i marcs; i col·locats en cavallets, o dalt de trípodes, quadres i escultures recobertes per un llençol. En passar entre totes aquestes formes a punt de cobrar vida, em sentia estranyament obligat a parlar en veu baixa. Com podia ser, em preguntava, que poguessin sorgir d'aquest desordre obres tan definitives i tan ben acabades. Al primer pis hi havia tres habitacions, dues plenes de llibres; a la tercera, on escrivia en Claude, no n'hi havia cap, solament una taula i, enganxades a les parets, tires de paper amb notes i dibuixos relacionats amb el que escrivia. Aquella casa era diferent de totes les altres.

El pare, amb la compra d'un automòbil, va introduir un canvi a la meva vida. Ni amb bicicleta no hauria pogut sortir de París; ara, els caps de setmana, sovint en companyia d'en Claude i la Yvonne, se m'obrien nous horitzons. Hi van aparèixer: el castell de Versalles, geomètric i daurat, on el pare em va assenyalar l'ull de bou des del qual el duc de Saint Simon, un dels seus autors predilectes, observava els marquesos eixugar-se el cul amb les cortines i gratar-se les puces sota la perruca; el castell de Fontainebleau, que vaig trobar sinistre i, als seus voltants, les tavernetes de Barbizon que tant agradaven a la mare; la vall de la Cheuvreuse, on només quedava de Port Royal les granges i un colomer; més lluny Amboise i Chenonceaux i, sobretot un hivern, tot nevat, el parc d'Ermenonville amb la tomba de Rousseau, en una petita illa, enmig d'un gran llac. Dues excursions es van repetir més d'una vegada. La primera tenia per objecte assistir, a primers de maig, a la reunió anual de l'Associació d'Amics de Marcel Proust, que encara avui se celebra a Illiers, a la casa de Tante Léonie i sota els arbres del parc del Pré Catelan on s'anaven a veure *les aubépines en fleur*. La primera vegada que m'hi va portar, el pare em va fer obrir la porta de la merceria de la plaça per comprovar si encara s'hi sentia «*l'odeur de toile écrue*» que evoca Proust en un dels passatges que m'havia fet llegir. Després de la reunió, hi havia un dinar. Al primer que vaig assistir em va tocar, a mà dreta, embolicada en uns xals de punta negra, la vídua d'un general, amb cara de tortuga i una boca sense llavis, que deglutia impassible tot el que li anaven posant al davant i, a mà esquerra, el professor Costille, cognom premonitori del seu aspecte de costella resseca, que portava les solapes de l'americana plenes de caspa, i no va menjar pràcticament res en tot el dinar, tret d'unes pastilles de Spasmocal que anava traient mig d'amagat d'una capseta que tenia a la falda. A la tarda es pronunciaven els discursos. Els primers, aquell dia, no van ser gran cosa i només van merèixer uns aplaudiments educats, tot el contrari de la intervenció del professor Costille, que va suscitar de seguida gran interès. Malauradament, al final d'una de les seves frases particularment enginyosa, el públic va aplaudir entusiasmat i el professor Costille, interpretant que aquest aplaudiment era un comiat, va baixar de la tribuna, tot mormolant uns agraïments inaudibles. Van ser necessàries la insistència i les explicacions del president de l'Associació per desfer el malentès. Encara no havia llegit *La Recherche*, però estic segur que són «*les vieux monstres féminins*» sopant al menjador del Grand Hotel de Balbec els que m'han recordat avui la vídua del general i és entre els personatges d'aquell *Temps perdu* que he retrobat el professor Costille. Les reunions proustianes tenien un altre interès. Per anar a Illiers es passava per Chartres, on sempre ens aturàvem. Acostumat al romànic rabassut i afòtic del Rosselló, vaig quedar enlluernat pel gòtic aeri de la catedral. El gòtic de Notre Dame de París, sense gran fletxa enlairant-se per sobre de les seves dues torres quadrades i idèntiques, sempre m'ha semblat massís i massa simètric. Els dos campanars de Chartres, en canvi, l'un romànic, l'altre ogival, s'alcen com dues fletxes disparades al cel des de les mateixes entranyes del segle anterior, encara present a les escultures dels pòrtics, i la fina estructura que sostenen regalima, com cap altra, de llum i colors. Venint de París, veure'ls sortir a poc a poc de terra i, un dia de sol, contemplar el verd encourat de la teulada de la nau, flotant immòbil sobre l'or dels camps de blat, difícilment es pot oblidar. L'altra excursió que es va repetir més d'una vegada tenia per objectiu visitar els teatres de les últimes guerres, començant per la carretera on el regiment de cavalleria d'en Claude va caure en una emboscada, de la qual només van sobreviure en Claude i un altre cavaller. Aquella emboscada mortífera, contada in situ pel seu protagonista, em va fer gran impressió i més que el relat trepidant de les peripècies del *marchesino del Dongo*, que acabava de llegir, seran les seves minucioses transcripcions d'allò etern i que tenen en comú totes les guerres—tant la que li va tocar fer en aquella *Route des Flandres*, que ara visitàvem, com la que va presenciar a Barcelona el 36, les napoleòniques que va fer un avantpassat seu, o la que va llegir en Lucà i imaginar a la mateixa plana de Farsàlia—les que em faran entrar al cor d'una batalla, tocar-ne la matèria, sentir-ne «*l'odeur sale et puante des choses incendiées*». De la guerra, jo només n'havia vist minúsculs fragments, a l'estació de Perpinyà i al balneari d'Ax-les-Thermes, el dia de l'alliberament; ara, passejant pel *Chemin des Dames* i el front de la Somme, descobria la terrible extensió que pot arribar a tenir. Aquells immensos cementiris verds recoberts de creus blanques a la vora dels camps de batalla, després de la descripció d'en Claude, de la qual encara recordo la «*tête d'ahuri*» que fa el coronel del seu regiment quan el sega la ràfega de metralladora, em van deixar bocabadat igual que el coronel. Que aquella elevació suau i idíl·lica, que corre al llarg de l'Aisne i deu el seu nom de *Chemin des Dames* al camí que Lluís XV va fer-hi arreglar perquè s'hi poguessin passejar les seves filles, fos un objectiu militar que causés dos-cents mil morts i ja hi haguessin lliurat mortíferes batalles els exèrcits de Juli Cèsar i Napoleó, em va fer pensar que certs paratges deuen tenir l'estrany poder d'excitar la ferocitat dels homes i afegia un altre interrogant als molts que m'assetjaven. D'entrada la guerra no sembla una activitat gaire difícil d'entendre. De la mateixa manera que per una desavinença, o una rivalitat, un ésser humà pot agredir-ne un altre, un país pot fer la guerra a un altre. Sempre ha estat així. Independentment de la infinita varietat de motius que la causen, la guerra sembla indissociable de la natura humana, però la seva repetició sembla desmentir que la civilització progressi. Tot el saber acumulat a la Biblioteca d'Alexandria no ha servit per protegir-la dels que la van cremar, ni un segle llarg d'il·lustració ha pogut impedir els cataclismes tenebrosos del segle xx. Hi ha una frase de Joseph de Maistre que resumeix l'argument contra el pensament liberal molt difícil de rebatre. Diu així: «La societat està fundada sobre el sacrifici d'un mateix, la seva inclinació a immolar-se en benefici de la família, la ciutat, l'Església, o l'estat, sense un pensament per al plaer o el profit, que no són doncs les raons de l'associació humana». Quan la vaig llegir fa uns anys, em va recordar l'escenari de la batalla de la Somme que em va impressionar tant. La impossibilitat de discernir per on passava el front i l'absència de tot replec en el terreny que s'havien disputat els dos contrincants (una feixa estreta de molt pocs kilòmetres) feien encara més incomprensible l'enormitat de l'hecatombe (més d'un milió de baixes). Semblava talment com si els dos exèrcits, fidels a una indefugible tradició, s'haguessin citat, un cop més, a la mateixa praderia d'Azincourt i de Waterloo, amb el mateix propòsit «d'immolar-se». Quan vam visitar la catedral d'Amiens, la profusió d'esteles commemoratives d'aquella batalla penjades a quasi totes les columnes em van distreure d'admirar aquesta altra joia del gòtic francès, potser no tan espectacular, però més florida i potser més ben acabada que la de Chartres. Hi tornaré, uns anys més tard, sense poder-me oblidar d'aquell carnatge.

Els adolescents solen trobar les converses de la gent gran una mica pesades. Tot i entendre de què parlen, sense referències, acaben per avorrir-se. Jo no n'era una excepció, però quan venien en Claude i la Yvonne era diferent. Sigui per educació, o per afecte, dirigint-se a mi de tant en tant, em feien participar en la conversa, em sentia un més i escoltava amb més atenció. Devia ser l'any anterior al del batxillerat quan vaig descobrir els poetes maleïts, Verlaine, Rimbaud i el gran Baudelaire. Els recitàvem en veu alta amb un amic de classe, tots dos igualment entusiasmats. Em va sorprendre trobar en *Les Fleurs du Mal* un poema sobre l'angoixa que el buit, «*l'espace affreux et captivant*», inspirava a Pascal. Dos-cents anys després, el poema donava forma a un mateix sentiment. Descobrir la coincidència entre dos escriptors tan diferents em feia pensar que els sentiments, i potser les idees, perduren i, si només canvia la manera de donar-los forma, la forma deu ser decisiva. Un dia que passàvem pel poble nadiu de Matisse, vaig sentir en Claude explicar que Matisse havia pintat un fresc en una església com hauria pogut pintar-lo en un bordell, que els temes dels quadres són pretextos, o excuses per pintar, que Cimabue o el Giotto, abans de creients, eren uns artesans apassionats per la pintura. Vaig acabar fent-me un embolic entre forma i contingut. No és que tingués una predilecció excessiva per les teoritzacions, però s'acumulaven els interrogants i descobria que estava fet un ignorant. Com tots els adolescents, encara pensava poder-ho saber tot, i ingènuament vaig demanar a en Claude Simon que em fes una llista dels llibres que creia indispensables. En Claude, que tenia probablement per mi l'afecte pel fill que no havia tingut, em va fer cas i al cap d'uns dies m'entregava una carta amb una llarga llista. La carta començava amb un preàmbul recordant el que li havia contestat Raoul Dufy, a qui havia demanat consells per pintar: «¿Què vol que li digui? Tot ensenyament està per endavant destinat al ridícul perquè consisteix a dir: faci com jo», i continuava advertint-me que la llista que adjuntava era la d'un autodidacte, per tant plena de llacunes, que era essencialment subjectiva i que a qui havia de consultar abans que tot altre era a mi mateix, que la llista realment important era la que m'acabaria fent jo i que no deixés de consultar el meu pare, no per afecte o deferència, sinó pel meu propi interès. La llista que em va donar era bàsicament literària i principalment d'autors del XIX i contemporanis, amb nombrosos comentaris sobre els llibres que més li havien agradat. A dalt de tot, posava Dostojevskij, de qui «s'ha de llegir tota l'obra», seguit de Shakespeare «tot i que la completa expressió del seu geni quedi limitada pel marc relativament estret del teatre», a continuació, però a primer terme: Proust, Joyce, Kafka i Faulkner; de Céline, únicament el *Voyage au bout de la nuit*, i de T. E. Lawrence *Les sept piliers de la sagesse*. La llista no era excessivament francesa, tot el contrari, hi eren pràcticament tots els russos; els anglesos, entre els quals apreciava especialment Conrad, Swift i Pepys; els alemanys, sobretot Rilke i Lichtenberg; i també pels seus mèrits literaris, Martin Luther, de qui recomanava *Les propos de table*. Hi eren, «imprescindibles», la Bíblia i les tragèdies gregues, però no hi era destacat Homer. Com la majoria d'artistes i escriptors de la seva generació, Simon s'havia interessat per la Revolució Russa, havia viatjat a Rússia a veure què hi passava, era un home d'esperit independent, obert als principals corrents de pensament. Tot i ser una llista literària, no hi faltava Marx, que recomanava abordar a través dels seus comentaristes, en particula el jesuïta Jean Calvez. També hi eren els llibres de Freud *Moisès*, *Tòtem i tabú* i els *Assaigs de psicoanàlisi*; d'Unamuno, *El sentimiento trágico de la vida*, i de Nietzsche, el *Zaratustra*. Quan a partir de la llista vaig començar a tenir una relació personal amb ell, independent de la del pare, en Claude ja era un home fet, amb conviccions arrelades i una línia literària definida. Les converses que anirem tenint entorn de les lectures no deixaran d'influenciar els meus gustos literaris i fins i tot les meves idees. Sense que en fos conscient, els seus comentaris anaven teixint una sòlida línia defensiva contra la ideologia dominant a la Universitat. Per donar una idea de les seves inclinacions literàries i fins i tot polítiques vegin alguns dels exergs que encapçalen les seves novel·les.

Dos perills no cessen d'amenaçar el món: l'ordre i el desordre.

PAUL VALÉRY

Ningú no fa la història, no se la veu, així com tampoc no es veu créixer l'herba.

BORIS PASTERNAK

Revolució Moviment d'un mòbil que, recorrent una corba tancada, torna a passar successivament pels mateixos punts.

Diccionari Larousse

L'únic factor permanent de la història és la geografia.

BISMARCK

Allò ens submergeix. Ho organitzem. Allò cau a trossos. Ho tornem a organitzar i caiem nosaltres mateixos a trossos.

RAINER MARIA RILKE

... per ell el sentit d'un episodi no es troba a l'interior, com dintre d'una nou, sinó a l'exterior i embolica el conte que l'ha suscitat, com una llum suscita un vapor.

JOSEPH CONRAD

... sent la imatge l'únic element essencial, la simplificació que consistiria a suprimir purament i simplement els personatges reals seria un perfeccionament decisiu.

MARCEL PROUST

I com a mostra de la literatura que li agradava, l'exerg que encapçala el segon capítol de *La Route des Flandres*:

¿Qui ha ben pogut donar a Déu la idea de crear éssers mascles i femelles i de fer que s'uneixin? L'home, vet aquí que li dóna la dona. Té dues tetes sobre el pit i un petit trau entre les cames. Poseu-hi una petita gota de llavor humana, i en naixerà un cos gran com això; aquesta pobra petita gota esdevindrà carn, sang, os, nervis, pell. Ja ho ha dit Job al capítol deu: «¿Que no m'haveu munyit com llet i fet quallar com formatge?». En totes les seves obres Déu té alguna cosa de còmic. Si m'hagués demanat el meu parer sobre la procreació, li hauria aconsellat d'atenir-se a la mota de fang. I també li hauria dit de posar el sol, com un llum, al bell mig de la terra. Així hauria sigut sempre de dia.

MARTIN LUTHER

A la meva classe del Janson de Sailly hi havia tres nois procedents del Caire, l'Amar, l'Amaoui i en Lipchitz. Eren fills d'aquestes famílies de grans comerciants orientals que si no tenen casa a Londres, la tenen a París. L'Amar era gras, tenia els cabells ondulats, un nas tallat a cops de destral, una boca gran i sensual i un riure comunicatiu; l'Amaoui era quadrat, forçut, amb un cap d'àguila i aspecte de genísser turc, actuava de cap de colla i la seva espectacular musculatura li tenia assegurada una prominència que ningú no estava disposat a discutir-li. En Lipchitz era baixet, portava ulleres, però era molt esportista, bon tenista, i d'un equip d'hoquei sobre patins. Eren simpàtics, tenien moto i aquella desimboltura que dóna tenir les butxaques plenes. Organitzaven festes a casa seva i a casa d'unes amigues americanes, les nenes Starbucks, que, ara que ho penso, potser eren les filles dels propietaris de la famosa cadena americana de cafeteries d'aquest nom. En aquestes reunions, primera vida social fora de la família, vaig conèixer aquells amics que ho continuen sent tota la vida. En Domino (Dominique Eudes), que reescriurà quasi totes les revistes que es publiquen a París, començant pel *Paris Match*; en Mickey (Michel Pierre Blum), que serà advocat i president de la Lliga Internacional dels Drets de l'Home; en Sergi (Serge Rebeillard), optimista incombustible, que aconseguirà guanyar-se la vida amb una activitat totalment misteriosa per a mi, el *management consulting*, i en Bernard (Bernard Gondinet), l'esperit més sensible i independent de tots nosaltres, però que, incomprensiblement turmentat, no trobarà la seva via i malauradament ens ha deixat fa poc. Encara no he sentit cap explicació que m'hagi fet entendre la força d'aquestes primeres amistats i com perduren immunes a totes les contrarietats, vicissituds i allunyaments. L'àvia materna del Domino tenia a Deauville una gran casa desgavellada, vestigi d'una antiga esplendor, on vam passar molts caps de setmana. Eren les primeres escapades, sol, lluny de casa, i la descoberta d'una nova família constituïda per nois i noies de la meva edat, escassament vigilats per una àvia complaent, va accentuar la dissipació que havia iniciat l'alegria desenfrenada de les festes organitzades pels amics del Janson de Sailly. El resultat estava cantat: ens van suspendre a tots. Van exiliar el Domino a estudiar tot l'any següent a Caen i es van acabar els caps de setmana a vora mar, però a finals d'aquell any, aprovat el batxillerat i un xic més desfogats, ens vam retrobar tots a la classe de filosofia del professor Arbouse Bastide, un plàcid tros de pa, que es reclamava de l'escola positivista d'Auguste Comte, per preparar el segon batxillerat, que s'havia d'aprovar abans d'entrar a la universitat. Es van afegir al nostre grup el cap gros i el somriure maliciós d'en François (François Bott), que serà director literari del diari *Le Monde*, i en Claudio (Claudio Caratsch), protestatari fill del corresponsal del diari de Zuric, gran amic d'Alberto Giacometti, que serà ambaixador i vicepresident de la Creu Roja Internacional. El professor Arbouse, fidel deixeble d'Auguste Comte, creia que «només hi ha una màxima absoluta i és que no hi ha res absolut» i no ens va intentar convèncer de les virtuts de la filosofia positivista. Hi va passar de puntetes, com si se n'hagués desentès. El primer dia ens va sorprendre amb una breu al·locució: encara érem joves, però ens considerava éssers responsables i per tant no hi hauria a classe més disciplina que la que ens imposaríem nosaltres mateixos. L'al·locució va tenir l'efecte desitjat i no es va sentir volar una mosca en tot l'any. Volaven, això sí, les nostres idees, que el bon professor Arbouse no es cansava de reconduir cap a horitzons més coherents. A la seva al·locució ens havia advertit: «Més que assimilar el pensament dels altres heu vingut aquí a aprendre a pensar, dit d'una altra manera, a filosofar». El professor Arbouse potser no era un gran filòsof, però es va revelar bon pedagog i ens va ajudar a teixir relacions directes i personals amb els grans corrents filosòfics. Cadascú de nosaltres va sentir la necessitat de definir un pensament propi i, sense que això fos garantia de grans resultats, ens ho vam prendre seriosament. A la nostra edat no teníem evidentment els coneixements necessaris, ni criteri suficient per definir un pensament i érem abans que tot receptius a les ideologies de moda. Europa tot just sortia del trauma de la guerra. La idea virtuosa de l'antifeixisme, que el Partit Comunista dels «vint-i-cinc mil afusellats» havia sabut monopolitzar, impregnava el clima intel·lectual de l'època i el marxisme havia acabat arraconant directament o indirectament els altres corrents de pensament. Davant d'aquest predomini, l'existencialisme de Jean Paul Sartre tenia l'avantatge de no separar-se de la revolució redemptora de 1917 i, posant l'accent en la consciència, no semblava exigir cap renúncia a la llibertat individual. Oscil·làvem, doncs, entre la vulgata marxista que escampava el Partit Comunista i el teatre i les novel·les de Sartre que ridiculitzaven la mala consciència petitburgesa i exigien compromís i autenticitat. Teníem interminables i enfebrades discussions que vam acabar abocant en una petita revista que el més sartrià de tots nosaltres, en Domino, va batejar amb el nom petulant i entendridor d'*Exigences*. Ens distreien, però, de les discussions espesses sobre el materialisme dialèctic i sobre «la consciència preexistent a tota essència, o entesa com a llibertat situada en el món», les manifestacions igualment contestatàries, però més poètiques, dels surrealistes, que eren objecte de la predilecció especial del nostre amic Claudio. El seu entusiasme era tal que va decidir acabar l'any amb un acte surrealista de la seva collita. El dia del batxillerat el tema sobre el qual ens van demanar la dissertació era: «El problema de la vida». En Claudio va acabar el seu treball en a penes un minut. Només havia escrit una frase: «*Le problème de la vie est celui de trouver son dîner cuit à point tous les soirs*». Tot i ser corresponsal del diari d'una ciutat on els surrealistes tenien molts seguidors, el seu pare el va enviar a meditar sobre les conseqüències dels actes surrealistes, internat en un col·legi de Neufchâtel on el vaig anar a veure aquell mateix estiu. També es va afegir a la nostra colla un altre Bernard, que en lloc de la classe de filosofia havia escollit la de matemàtiques per preparar el segon batxillerat. En Bernard era fill de l'eminent polític Pierre Mendès France. Havia heretat el sentit de l'humor del seu pare i la malenconia oriental de la seva mare, també d'una família de grans comerciants del Caire.

Era un noi afectuós, que assistia a les nostres discussions fent-se el distret, però podia afegir-hi oportunament el seu granet de sal, com aquell dia en què, enmig d'una embrollada controvèrsia sobre el significat del no-res, va deixar caure: «¿Pressió zero?».

Aquell any d'efervescència juvenil va ser any de lectures intenses i desordenades. Ens anàvem obrint camí per la selva de les idees, que ara es presentaven totes de cop. Per destriar-les, les anàvem col·locant en l'únic marc històric de què disposàvem. Segons ens havien ensenyat, després del gran segle del *Roi Soleil* i la irradiació intel·lectual del seu regne, la progressiva dissolució moral i els abusos de poder dels monarques provocaven la revolució de 1789, que, per primera vegada a la història, convertia els súbdits en ciutadans, el regne en nació, i conferia a França la missió de guiar els altres pobles europeus cap a la justícia i la llibertat. Per dur a terme tan noble missió, *Le Petit Caporal* acabava per restablir l'ordre i erigir-se en emperador i, amb el pretext de propagar els ideals revolucionaris per tot Europa, imposava la seva voluntat per les armes a tot el continent. Malauradament era finalment vençut per la coalició dels països que havia volgut sotmetre. Tornaven a aixecar el cap la monarquia i l'absolutisme, fracassaven les revolucions de 1848 i 1871, que reivindicaven els ideals de 1789, i s'acabava finalment instaurant una democràcia parlamentària burgesa. Aquest discurs eminentment patriòtic, que no posava en dubte la grandesa del segle versallesc ni qüestionava el militarisme napoleònic i, a més de definir la Revolució com a fet fundacional de la nació francesa, proposava els seus ideals com a horitzons a assolir per tots els pobles, ens predisposava, davant del conservadorisme dels règims parlamentaris, a veure en la Revolució Russa la primera que els feia realitat, en el marxisme, la ideologia que n'havia pronosticat l'adveniment, i els partits comunistes, sense els quals no s'hauria pogut eradicar el feixisme, com els únics capaços de dur-los a terme. No recordo que cap de nosaltres es fes del Partit Comunista, però crec que d'una manera o una altra vam acabar fent nostra la idea que s'havien descobert els mecanismes que determinen l'evolució social i, com que semblaven possibles l'alliberament i la igualtat, s'havia de contribuir a accelerar-ne l'adveniment. Sartre recordava als intel·lectuals la seva responsabilitat i els exhortava a fer costat amb les seves obres a l'acció de la classe treballadora, principal motor del canvi. Jo trobava pocs arguments per dubtar del materialisme dialèctic, però el determinisme topava frontalment amb l'esperit crític que es respirava a casa, on també havia sentit els comentaris càustics que les piadoses resolucions de Sartre inspiraven a en Claude Simon, decididament contrari a tot tipus de literatura *engagée* i, com Proust, convençut que no s'ha d'escriure «per complaure paletes i electricistes», tot i reconèixer que el percentatge de paletes i electricistes que sent un viu plaer per la bona literatura és el mateix que entre professors universitaris. El pare continuava sense interferir en la gestació de les meves idees, considerant que això era cosa meva. Únicament em feia observar que totes les idees sòlidament construïdes tenen interès, però no valen les aproximacions superficials. Després de les novel·les de Sartre, vaig llegir, sense compartir l'entusiasme dels meus companys, les de Camus, però la lectura del *Mythe de Sísyphe* i de *L'Homme Révolté*, en clara oposició al pensament de Sartre, va provocar entre nosaltres grans discussions, alimentades per la vehemència de la recent polèmica entre els dos autors a les pàgines de la revista *Les Temps Modernes*. Tot havia començat amb una crítica de *L'Homme Révolté* de Francis Jeanson, col·laborador habitual de la revista. Camus la va contestar amb una carta oberta a Sartre, a la qual va replicar el mateix Sartre. El fet que Camus fos un conspicu antifeixista, hagués estat membre de la resistència, un dels primers a denunciar la dictadura franquista i el colonialisme francès i hagués proclamat la seva simpatia pel sindicalisme revolucionari, convertia la polèmica en fratricida i, com sol passar en aquests casos, els retrets i les acusacions en particularment agres. Les nostres discussions també eren acalorades, però la veritat és que no sabíem a qui donar la raó. Per primera vegada sentíem, i venint d'un rebel, una crítica de les ideologies revolucionàries i de com donen peu a una justificació del terror, tant el de 1789 com el de 1917, així com una crítica del pensament profètic de Marx i, oh, sacrilegi!, de les llavors totalitàries que havia sembrat. La carta oberta de Camus denunciava les tergiversacions i interpretacions malintencionades de què, segons ell, havia estat objecte la seva obra, però no afegia res al seu pensament i als dubtes que ens havia deixat. La resposta de Sartre insistia en la validesa de les interpretacions de Francis Jeanson i quan portava la discussió al terreny filosòfic es mostrava superior a Camus, a qui sabia arraconar a la categoria de moralista allunyat de la lluita dels homes, però tampoc no aconseguia esvair els nostres dubtes. Als anys cinquanta el món estava clarament dividit en dos, els esperits també. Camus havia condemnat els crims que es cometien en els dos camps. La posició de Sartre no era tan clara, ja que es mostrava menys propens a condemnar els crims del camp soviètic per por que aquesta condemna no ajudés a distreure'ns dels que es cometien en el nostre. Explicava que la millor manera d'ajudar els que eren víctimes en els països soviètics era lluitar al costat dels que eren víctimes en els nostres i deixava pensar que el rebuig que li inspiraven les democràcies parlamentàries burgeses era més fort que les reserves que li inspirava el règim soviètic. Les novel·les de Camus no m'havien convençut, ni tampoc havia trobat en els seus dos assajos les claus que em permetessin entendre millor el món que tenia al davant, però les seves posicions polítiques i morals coincidien més amb els meus sentiments. Si les novel·les de Sartre encara m'havien convençut menys—de fet, no m'atrevia a dir-ho, però les trobava moralitzadores i puerils—, difícilment podia desentendre'm d'una gran obra filosòfica que girava entorn de la idea de llibertat i responsabilitat i pretenia integrar la de Marx, però l'ambigüitat de les seves posicions polítiques, l'ambició hegemònica del seu pensament i l'absolutisme de les seves condemnes em deixaven perplex.

Semblàvem viure aquella polèmica amb la mateixa intensitat que els cristians viuen el problema de la salvació. ¿Podem salvar-nos? Si no en som capaços ¿ens salvarà la mà invisible de la història?, ¿la mà igualment invisible de Déu? ¿Quina relació existeix entre nosaltres i aquesta força oculta? El pare seguia aquestes discussions de molt lluny, li interessava més la reconstrucció econòmica i espiritual de les democràcies europees i com s'articularia l'entesa que l'havia de fer possible. A casa, ja no sentia el soroll de la política, ara el sentia al carrer, a l'escola, a les pàgines dels diaris, a les converses amb els companys. Les guerres objecte de les nostres controvèrsies eren difícils d'entendre, però en parlàvem amb la mateixa passió que havien emprat els nostres pares per comentar les seves. La que va començar el juny de 1950 entre Corea del Nord i Corea del Sud es lliurava a l'altra punta del món, però ens en revelava una altra, més soterrada, que durava des de feia més anys i no semblava respondre a raons tan clares com les que es podien atribuir a la divisió entre capitalisme i comunisme. Descobríem que França era un país colonialista i els seus exèrcits, sota el comandament dels mateixos generals que havien alliberat el país de la dominació alemanya, intentaven ara imposar la dominació de França als indoxinesos. Abans de la guerra, Laos, Cambodja i el Vietnam, amb règims de protectorat, o d'administració directa, formaven part d'una «Unió Indoxinesa» sota control francès. Durant la guerra, l'administració colonial francesa, fidel al govern de Vichy, havia deixat entrar les forces armades japoneses a tota la regió. El Japó per imposar la seva llei va acabar substituint els francesos i va decretar tots tres països independents de França. L'agost de 1945, aprofitant el buit creat per la capitulació del Japó, la lliga per la independència del Vietnam (Viet-minh), controlada pel Partit Comunista Indoxinès de Ho Chi Minh, que era la més ben organitzada i més combativa de les formacions nacionalistes que havien combatut contra l'ocupant japonès, va prendre el poder a Hanoi i va proclamar la República Democràtica del Vietnam. Davant d'aquesta situació el general De Gaulle va enviar al Vietnam el mateix general Leclerc, que havia alliberat París, per sotmetre Hanoi i restablir l'autoritat francesa sobre els seus antics dominis. Amb l'ajuda dels britànics va aconseguir controlar les regions de la Cotxinxina i de l'Annam i el 6 de març va entrar al Tonquín i va firmar amb Ho Chi Minh un acord que feia possible la independència de la República Democràtica del Vietnam però integrada en una renovada federació indoxinesa que incloïa Laos i Cambodja. El 23 de novembre, França es va desdir d'aquest acord i per recuperar el control militar del port de Hai Phong va bombardejar la ciutat. El 19 de desembre el Viet-minh reaccionava desencadenant una insurrecció general. Havia començat la guerra que el pare del nostre amic Bernard Mendès France no es cansava de denunciar al Parlament i nosaltres discutíem amb l'apassionament i l'exaltació propis de la nostra edat. Amb la de Corea aquesta guerra colonial també va acabar adquirint el caràcter de guerra ideològica entre dos sistemes, que la divisió internacional feia irreconciliables, i declarar-se partidari d'un dels combatents portava inevitablement a declarar-se partidari del sistema polític que li donava suport. El Partit Comunista Francès recollia les nostres simpaties amb la seva campanya contra la «*sale guerre*», però a la mateixa època havia de respondre a les greus acusacions de què era objecte la Unió Soviètica i el model de societat que proposava. El 1950 es va publicar a França el llibre de Kravchenko *J'ai choisi la liberté*. Victor Kravchenko era un funcionari soviètic que havia aprofitat una missió econòmica als Estats Units el 1943 per demanar asil i denunciar el totalitarisme que regnava a la Unió Soviètica. La publicació del llibre a França va ser rebuda amb una violenta campanya orquestrada pel Partit Comunista per desacreditar l'autor. La revista *Les Lettres Françaises* acusava Kravchenko de ser un alcohòlic depravat i sense escrúpols, un espia que havia traït el seu país i havia fet el joc als nazis. Kravchenko va demandar la revista per difamació. El procés va tenir un gran ressò. Els soviètics van enviar els superiors jeràrquics de Kravchenko i la seva dona a confirmar les afirmacions de la revista. A favor de Kravchenko va fer sensació la declaració de Margarete Buber Neumann, vídua d'un dirigent comunista alemany, que denunciava els camps de concentració soviètics on havia estat internada abans de ser entregada en virtut del pacte germanosoviètic a l'Alemanya nazi, que la va internar al camp de Ravensbrück. També va ser molt comentada la dramàtica retractació de la dona de Kravchenko, que va admetre que el seu pare també havia estat internat en un camp de concentració soviètic. Kravchenko va guanyar el procés contra *Les Lettres Françaises*, però la campanya comunista va ser tan sistemàtica i va aconseguir enrolar tants intel·lectuals independents que va acabar per fer bona la dita de Chateaubriand «Difameu, difameu, sempre en quedarà alguna cosa» i cap de nosaltres no va llegir el llibre de Kravchenko pensant que, encara que digués alguna veritat, no passava de pamflet anticomunista. Les denúncies dels camps soviètics per part de David Rousset, un extrotskista, sobrevivent del camp de Buchenwald, conegut pels seus atacs als règims colonialistes i que havia participat el 1948 al costat de Sartre en la fundació del Reagrupament Democràtic Revolucionari, ens van fer més impressió i encara més inquietant era el que deia de la col·laboració dels *kapos* comunistes amb la SS en l'administració dels camps d'extermini a canvi de protecció per als membres del partit. Les nostres discussions continuaven acalorades, però sense pronunciar-nos clarament, incapaços de trencar el cercle viciós en el qual Sartre i els comunistes ens tenien tancats, presoners de la por que la nostra tria fos utilitzada pels reaccionaris. En la seva rèplica a Camus, Sartre havia escrit a propòsit dels camps soviètics: «Crec inadmissibles aquests camps, però tan inadmissibles com l'ús que en fa dia rere dia la premsa dita burgesa». Ara que el seu amic Rousset atacava tots els règims concentracionaris, ¿per què no deia que els camps nazis eren tan inadmissibles com l'ús que en feia la premsa dita comunista per tapar els soviètics? Sartre, que havia acusat Camus de no diferenciar entre els poderosos i de refugiar-se en el quietisme, li havia dit: «per merèixer el dret d'influir sobre els homes que lluiten, en primer lloc s'ha de participar en els seus combats; en primer lloc s'han d'acceptar moltes coses, si es vol aconseguir canviar-ne algunes». ¿Estaven els camps soviètics entre les coses que s'havien d'acceptar? ¿Era necessària aquesta acceptació per canviar algunes coses? Com tot bon alumne d'una classe de filosofia de l'època, vaig llegir moltes pàgines de les obres filosòfiques de Sartre; eren difícils d'entendre i encara més difícils de rebatre, però cada dia Sartre m'agradava menys i m'irritava més.

Els primers estius dels anys cinquanta, continuava anant a veure les tietes a Barcelona i a passar dues o tres setmanes a casa de l'amiga de la mare que, ara, estiuejava a Calella de Palafrugell en una gran casa que compartia amb les famílies de dos cunyats seus amb fills de la meva edat. Calella era en aquella època un poblet mariner on encara vivien alguns pescadors, però la majoria de les cases, moltes construïdes després de la guerra, eren ocupades per estiuejants i ja hi havia tres hotels i un parell de restaurants. Tots els nois i noies que hi passaven les vacances es coneixien d'altres anys i la majoria continuaven veient-se a Barcelona. Formaven una petita societat alegre que organitzava les innocents activitats típiques de tot estiu: les sortides per mar, els berenars a les pinedes, les regates a vela, els balls als envelats de les festes majors i les inevitables cantades d'havaneres. Molt ràpidament vaig fer bons amics i no vaig tenir cap dificultat a adaptar-me al seu tarannà, tan diferent, però, del dels amics del Janson de Sailly. Després del cel plujós i les marees sorrenques de Normandia, el sol i les aigües transparents de les cales mediterrànies eren cada any motiu d'embadaliment. Una cosa no deixava de sorprendre'm: no sentir mai parlar de política ni de cap qüestió de caràcter ideològic. Tot i que les vacances vora mar no inciten a mantenir discussions d'aquest ordre, el silenci em semblava estrany i les poques vegades que, amb tota la prudència que m'imposava ser fill de refugiat, vaig intentar iniciar una conversa en aquesta direcció, vaig topar amb la indiferència més absoluta. No vaig sentir mai ningú assentir ni tampoc dissentir del govern, o de la ideologia al poder. Senzillament s'ignorava, no se'n volia parlar, i a més les discussions sobre aquestes qüestions es consideraven exercicis absolutament inútils. Actitud que jo no compartia, però que, segons com es miri, també era força assenyada. Regnava en l'ambient, això sí, un catolicisme opac, primari i convencional que es manifestava principalment els diumenges, en què totes les noies i la pràctica totalitat dels nois anaven a missa. Que jo no hi anés no va molestar ningú, tot just va suscitar algun comentari comprensiu: «Què vols, ve de França...». Aquestes notes discordants, poc perceptibles durant unes vacances, tenien poca importància. Però em separava del grup una altra cosa, i aquesta me'n separava probablement més. El 1946, a França, l'aprovació de la llei Marthe Richard havia obligat a tancar els prostíbuls. No va fer desaparèixer la prostitució del carrer, però a cap dels meus companys no se li hauria ocorregut perdre el temps amb les senyoretes repintades dels bars de Pigalle. Als anys cinquanta, la prostitució havia desaparegut totalment de les nostres vides per la senzilla raó que no la necessitàvem. A Catalunya la cosa no anava així. No sé si el prostíbul casolà i les prostitutes bondadoses dels contes de Maupassant hi existien; pel que vaig poder observar, els locals que freqüentaven els meus nous amics eren més aviat sinistres i no em va estranyar que fos costum ingerir quantitats considerables d'alcohol abans d'intentar compensar la manca de vida sensual que es patia fora d'aquests establiments. Vaig descobrir aleshores que la relació amb el sexe oposat estava clarament dividida en dos mons incompatibles que es pretenien ignorar, però pesaven un damunt de l'altre. No era cap secret per a les noies que els seus pretendents freqüentaven els prostíbuls, i el capteniment primmirat amb el qual eren tractades era correspost amb una dosi equivalent d'hipocresia. Les relacions sentimentals se n'havien de ressentir i néixer prenyades de sospites i dissimulacions. Jo no em veia capaç d'oscil·lar entre les guerreres marcides dels bordells i les damisel·les immaculades de les famílies barcelonines, però com que el sojorn no passava d'un mes, aquella atmosfera enrarida no tenia temps de fer-se irrespirable i quedava diluïda en el paisatge exòtic de les cales mediterrànies. Així i tot m'allunyava d'un país on perdurava un costum al qual veia difícil adaptar-me.

L'any 1953, França havia enterrat definitivament la guerra, que havia perdut, sota els records gloriosos dels que havien resistit i, un cop convençuda que l'havia guanyat, s'havia tret de sobre el general De Gaulle i havia retornat als jocs polítics de la democràcia parlamentària. A finals de la guerra, es va veure molt aviat que Europa quedaria dividida en dos sistemes polítics i econòmics incompatibles. Els països ocupats per les forces aliades retrobarien els seus antics règims parlamentaris i la Unió Soviètica imposaria règims comunistes als països sota control del seu exèrcit. El 1947, els Estats Units van proposar un pla d'ajuda econòmica per a la reconstrucció d'Europa que implicava una liberalització dels intercanvis entre els que el subscrivien i un cert control de la seva aplicació per part dels que la proporcionaven. La Unió Soviètica no podia acceptar ni una cosa ni l'altra, ni podia deixar que ho acceptessin els països sota la seva influència, si volia implantar-hi un sistema socialista d'economia planificada i, des d'un primer moment, va veure l'oferta com una amenaça. Els aliats, que desconfiaven de les ambicions del poder soviètic, confirmades una vegada més el 1948 pel cop d'estat de Praga i el bloqueig de Berlín, van firmar el 1949 el tractat de cooperació i defensa de l'OTAN. Havia començat la Guerra Freda. La que vaig viure amb els companys del Janson de Sailly no va passar mai d'una guerra de propagandes entre els que aixecaven la bandera de la llibertat i els que aixecaven la de la pau, entre els que darrere del diputat radical Jean Paul David penjaven cartells denunciant els camps de concentració soviètics i el Partit Comunista, que en feia penjar d'un «Congrés de Partidaris de la Pau» amb coloms dibuixats per Picasso contra l'imperialisme americà. Ens ho miràvem de lluny, a diferència de la guerra colonial que França feia a Indoxina. Que una democràcia continués sent colonialista semblava donar raó als que, com Sartre i els comunistes, en criticaven els fonaments i propugnaven una revolució per instaurar una societat nova. Després de la humiliant derrota soferta el mes de maig de 1954 per l'exèrcit francès a Dien Bien Phu, va ser cridat a formar govern el pare del nostre amic Bernard. En un mes, Pierre Mendès France va posar terme a la guerra amb un acord firmat a Ginebra amb el govern de la República Democràtica del Vietnam que dividia el país en dos, a banda i banda del trenta-setè paral·lel, i preveia un referèndum al cap de dos anys per pronunciar-se sobre la unificació. Pocs dies després, iniciava converses a Tunísia i obria el camí d'aquest protectorat cap a la independència. Era doncs possible que una democràcia deixés de ser un imperi colonial. La rapidesa i la determinació amb què actuava el govern i el seu president van crear una gran expectativa i molts hi vam veure una nova via que ens permetia sortir del dilema en què estàvem embarrancats. Pierre Mendès France era el nostre home. Ens entusiasmava la barreja de moderació i audàcia dels seus parlaments i les seves rèpliques incisives i àcides als atacs de l'extrema dreta. Encara recordo aquella que va deixar mut el diputat que l'havia tractat de «*Sale juif!*» preguntant-li: «¿Que t'ho ha dit la teva dona?». Les esperances que va aixecar la nova política de Mendès France van rebre, però, un cop molt dur el mes de novembre quan va esclatar a Alger una insurrecció de caràcter nacionalista. Començava una altra guerra colonial que havia de dominar la vida francesa durant vuit anys. A la classe del professor Arbouse Bastide hi havia dos alumnes reservats i secrets que participaven rarament en els nostres debats. Un era d'Alger, l'altre d'Oran, tots dos de famílies musulmanes benestants que podien enviar els seus fills a estudiar a França, tots dos simpatitzants del moviment nacionalista algerià. Per ells ens vam assabentar de la matança ja perpetrada el 1945 per l'exèrcit francès a Setif i altres ciutats de la regió per reprimir unes manifestacions que, aprofitant les celebracions de la victòria, havien convocat els nacionalistes algerians. El conflicte feia doncs prop de deu anys que durava. A diferència d'Indoxina hi havia més d'un milió de colons establerts des de feia més d'un segle a Algèria, que eren ciutadans francesos i gaudien dels mateixos drets que els de la metròpoli. Tot i que els autòctons no gaudien d'aquests drets, després del desembarcament dels aliats a l'Àfrica del Nord, França en va allistar cent cinquanta mil, seixanta-dos mil dels quals van defensar França amb les armes a la mà. Un cop recompensats amb la nacionalitat francesa, havien passat a formar part de l'exèrcit encarregat, ara, de reprimir els seus germans nacionalistes. La descolonització s'anunciava, doncs, complicada i plagada de contradiccions de molt difícil solució. L'obligatorietat del servei militar començava a pesar en l'ànim dels companys que es veien anant a la guerra. Les nostres discussions eren cada dia més acalorades i no faltaven veus que davant del terrorisme algerià, tot i denunciar els abusos de la colonització, feien seva la polèmica frase del *pied-noir* Albert Camus: «Entre la justícia i la meva mare escullo la meva mare» i defensaven una Algèria francesa. En aquestes discussions, que desencadenaven reaccions patriòtiques i patrioteres, em trobava en una situació ambigua i molesta. Com a ciutadà de nacionalitat espanyola no havia de fer el servei militar a França, però a més, com a resident a l'estranger des de feia més de deu anys, tampoc no l'havia de fer a Espanya i les meves obligacions militars es reduïen a presentar-me cada semestre davant de l'autoritat consular espanyola tot just per firmar un paper. Aquest privilegi no em deixava lògicament intervenir lliurement en les discussions amb els companys i em recordava que no era francès.

Aquells anys cinquanta, a casa es continuava vivint a Catalunya. A més dels amics de Perpinyà, que no havien tornat a Barcelona, en venien molts que no coneixia. Entre altres, l'escriptor i crític d'art Ramon Xuriguera, que havia col·laborat a *Quaderns*, i a *Mirador* durant la República, un home menut, de cara pigallada i veu metàl·lica, que parlava amb entusiasme de temes artístics i literaris. Venia tot sovint l'oncle Víctor acompanyat del pintor Antoni Clavé, o de l'escultor Apel·les Fenosa, tots dos molt amics seus i de casa. No deixava de venir a dinar en Batista i Roca cada vegada que venia de Londres. En Batista era un vell amic del pare de l'època de la dictadura de Primo de Rivera, quan Macià preparava l'assalt a Prats de Molló i els joves d'Acció Catalana somiaven refer un exèrcit català. El pare m'havia explicat la història del *Servei d'Estudis Militars*, un manual d'instruccions que havia de servir per a la formació dels futurs militars catalans, també la història de les pràctiques de tir que havien projectat sota la cobertura del Càmping Club de Catalunya, i com un dia, baixant del tramvia, els va caure el fitxer dels soldats excursionistes i va quedar el futur exèrcit català escampat per la calçada. En Batista era un home baixet, de cara rosada i cabells blancs, professor de la prestigiosa Universitat de Cambridge, sempre impecablement ben vestit. El seu posat de dandi anglès contrastava amb el seu catalanisme abrandat de la primera hora. Recordo que, amb la més gran serietat del món, ens va explicar que si l'oleoducte projectat entre Espanya i França passava per Catalunya tindríem grans possibilitats d'aconseguir la independència a canvi de no foradar-lo. També venia l'enginyer Francesc Salsas, un home jovial, gran amic del pare, l'únic exiliat que s'havia fet ric. Alt responsable de la Comissió d'Indústries de Guerra de la Generalitat, havia inventat un nou mètode per produir àcid sulfúric a meitat de preu. No sé ben bé per què, però que visqués al mateix carrer que les nenes Starbucks m'omplia de satisfacció. No tots els exiliats feien pena. Un altre vell amic de casa, en Just Cabot, que havia estat director de *Mirador* i ho seria d'una galeria d'art que, amb el mateix nom, va muntar l'oncle Víctor, era un puntal de la petita vida catalana que s'anava reconstruint. Tempestuós, un xic cantellut, amb una vestimenta descordada, cabells llargs i llacet en lloc de corbata, la seva ironia càustica no alterava mai la seva urbanitat. Home de gran cultura, s'estimava tant els llibres i els quadres de la galeria que regentava que en desaconsellava la compra, cosa a la qual no s'acabava de resignar l'oncle Víctor. A diferència de Mèxic, els exiliats catalans s'havien integrat plenament a la vida francesa i les seves activitats no eren gremials. Les reunions solien ser generalment privades, avui a casa de l'un demà a casa de l'altre, però els anhels eren compartits i les amistats, les de sempre. La diferència d'edat podria haver estat un obstacle, però l'amenitat de les converses i l'interès dels temes que es tractaven m'incitaven a participar-hi i a poc a poc vaig anar entrant al món que havia estat el de la família abans de la guerra.

Els últims dies de febrer i primers de març de 1951, la vaga dels tramvies de Barcelona va crear grans expectatives i no poques discussions. Si bé semblava que l'havien iniciat falangistes descontents i l'havien estès grups dispersos de la CNT, l'espontaneïtat amb què s'havia produït i el fet que no l'hagués preparat ni dirigit ningú posava de manifest el rebuig que la dictadura inspirava a la gran majoria de la població. Molts exiliats van veure encendre's un llum al final del túnel. Des de 1945 existia a Catalunya un Consell Nacional de la Democràcia Catalana que reunia els nuclis dels partits democràtics reconstituïts clandestinament, però el febrer del 52 havia mort el seu inspirador, l'escriptor Josep Pous i Pagès, i si el catalanisme militant havia penjat una senyera a Sant Pere Màrtir i una altra a Montserrat, la celebració del Congrés Eucarístic a Barcelona, el mes de juny, no deixava de ser un èxit per al règim. El dictador n'aconseguiria tres més l'any següent: el pacte amb els Estats Units que donava pas a la instal·lació de bases militars americanes a la península, el concordat amb la Santa Seu que consolidava la col·laboració de l'Església amb el règim i l'entrada d'Espanya a la UNESCO, que significava un primer reconeixement internacional de la dictadura franquista. Tornava a apagar-se el llum al final del túnel. Crec que va ser a principis d'aquell any 53, quan es tornava a parlar de crear un organisme unitari que aplegués tots els partits democràtics de l'interior i de l'exili per dirigir l'acció antifranquista i donar a la Generalitat, sense govern des de 1948, un paper simbòlic per damunt dels partits, que va tornar a venir per casa Josep Pallach. Amic del pare de l'època en què havia col·laborat a *Quaderns*, en Pallach no tenia res a veure amb els exiliats que havia conegut. Vivia en el present i només pensava en el passat si se'n podia treure conclusions que donessin ales a projectes actuals o futurs. Era un combatent. Procedent del Bloc Obrer i Camperol i del POUM, havia tingut un primer contacte amb el comunisme real en un batalló disciplinari controlat pel PSUC i dirigit per un coronel hongarès on eren enviats els reclutes de la seva afiliació política. El 39, un cop a França, després de passar per diferents camps de concentració, va viure a Perpinyà i Montpeller i va formar part d'un grup de la resistència francesa conegut amb el nom de Réseau Martin. Al costat de Josep Rovira i altres dirigents del POUM creia que havia estat un error intentar la unificació socialista en el marc d'un partit espanyol i havia evolucionat cap a les posicions de la socialdemocràcia europea. A finals del 43 va entrar clandestinament a Catalunya i des del Front de la Llibertat va treballar per la unió de totes les tendències socialistes en una mateixa organització de disciplina catalana que es va acabar constituint el gener del 45 amb el nom de

Moviment Socialista de Catalunya (MSC). Va ser detingut el desembre del 44, però va aconseguir evadir-se de la presó el febrer del 46. Quan el vaig conèixer era, amb trenta-tres anys, un dels destacats dirigents del partit i responsable del seu òrgan, l'*Endavant*. Vam simpatitzar de seguida. A finals de febrer, pocs dies després de la mort, a mans de la policia, del líder socialista Tomás Centeno, van ser detinguts a Barcelona Ramon Porqueres i altres dirigents de l'MSC. Recordo haver acompanyat en Josep Pallach a veure en Peter Benenson, que encara no havia fundat Amnesty Internacional i era aleshores president de l'Associació d'Advocats del Partit Laborista anglès, per demanar-li d'intervenir a favor dels detinguts, que continuaven incomunicats i dels quals no se sabia res. D'aquella visita data el començament d'una col·laboració i una amistat amb en Pallach que durarà sense interrupcions fins a la seva mort el 1977. Pallach era d'un optimisme que invitava a l'acció. Amb ell entraré a la Catalunya que sabia amagada darrere la que havia conegut a la Costa Brava. El viatge tenia els seus perills, però em semblaven fins i tot menys perillosos que els que corrien els amics del Janson de Sailly fent el servei militar i havent d'anar eventualment a Algèria.

La política catalana que descobria, tant a Catalunya com a França, era invisible, essencialment feta d'especulacions que es discutien en petites reunions de tres a quatre persones, per carta, o en publicacions de circulació confidencial. En tota societat, independentment de les circumstàncies, els polítics continuen sempre disputant-se el poder, sigui el de governar un estat, un ajuntament, una institució o un partit. Els del nou règim franquista només podien disputar-se els favors del dictador, els que havien estat relegats a l'obscuritat només es podien disputar símbols, o intentar crear-ne de nous. Feia més de vint anys que s'havien celebrat eleccions i era impossible saber quina força havien conservat les antigues organitzacions, encara menys la que tenien les noves. Amb partits clandestins i sense representativitat contrastada era molt difícil saber qui parlava en nom de qui. Però per traumatitzat i a les fosques que hagués quedat el catalanisme polític, no tenia per què haver mort. No se sabia, però, per on tornaria a treure el cap. A la Catalunya que descobria hi trobaré cinc polítics: Josep Tarradellas, Josep Pallach, Jordi Pujol, Heribert Barrera i Miquel Coll i Alentorn. Tots cinc han tret conclusions de la derrota i cada un, des del seu terreny i des de les seves conviccions, té un projecte i una estratègia. Josep Tarradellas, que ha estat conseller en cap del govern de la Generalitat durant tota la guerra i encara és secretari general d'Esquerra Republicana, és presoner del seu passat. Això l'obliga a mantenir-se fidel a la tradició republicana i a les institucions que la representen, però no necessàriament a la seva política. Més que cap altre sap que la victòria del franquisme és indiscutible. També sap que el seu partit porta l'estigma de la desfeta i que demà el catalanisme es manifestarà a través d'altres homes i d'altres partits, però encara li pot servir el que queda de l'Esquerra per apoderar-se de l'únic atot al qual pot aspirar: la presidència de la Generalitat exiliada. Més enllà de l'última tragèdia, és el símbol de la continuïtat de Catalunya. Si aconsegueix la residència, l'haurà de mantenir fora i per sobre dels partits i vetllar per tal que no qualli cap altra fórmula alternativa. És l'única carta que pot tenir, l'únic exiliat que en tindrà una, però no sap si la podrà jugar. Josep Pallach, que s'ha tret de sobre el poc passat que tenia, pot escollir lliurement el seu camí. Creu que són els ciutadans de Catalunya els que han d'aconseguir el retorn de les llibertats i que l'exili només disposa de la força moral d'una Generalitat, símbol de les nostres antigues llibertats. Sap la importància d'aquest símbol i donarà suport a la candidatura del president del seu partit, Manel Serra i Moret, que com a president del Parlament de Catalunya a l'exili hauria de succeir a Josep Irla. També veu Esquerra Republicana com un partit del passat associat a la derrota i creu arribada l'hora del socialisme democràtic europeista que pot liderar el catalanisme polític per camins més segurs i més responsables. La seva aposta és difícil. Serra i Moret no és un guanyador; un socialisme catalanista sempre haurà de competir amb el socialisme espanyol i per organitzar una força política es necessiten infinitament més recursos que per mantenir un símbol. Jordi Pujol no és tributari de cap passat polític. Viu en el present d'una societat afaiçonada pel franquisme. Creu que el catalanisme republicà ha portat el país al desastre i la Generalitat ha desaparegut riu avall. També creu que les aspiracions de Catalunya necessiten homes nous i forces polítiques noves. La que es disposa a crear no pot ser fruit d'una improvisació i ha de poder comptar amb el suport de grups socials existents i ben arrelats. Vol entroncar aquesta força amb les velles tradicions del catalanisme polític, però a partir de la societat actual. A partir del catolicisme antifranquista, l'únic que compta amb organitzacions legals, o tolerades i, més endavant, a partir dels braços armats dels bancs que controlarà. Aquest és el camí més segur, el més realista, però per molt que vulgui donar als seus bancs objectius patriòtics i mantenir el catolicisme en l'ordre de la vida privada, el projecte tindrà dificultats per sortir de les fronteres que li marquen els seus orígens. Heribert Barrera ha heretat el passat sindicalista i republicà del seu pare, que havia estat conseller de Treball de la Generalitat. Afiliat a les Joventuts d'Esquerra Republicana, amb dinou anys, és soldat als fronts del Segre i de l'Aragó. El 1939 passa la frontera francesa. Viurà exiliat a Montpeller, on començà una brillant carrera científica. El 1952, torna a Catalunya. Es mostra crític de l'actuació del seu partit durant la República i la guerra, però abandonar-lo ara que els feixistes l'han tirat a terra li sembla una deserció i s'hi manté fidel. Junt amb Josep Pallach participarà en un intent de reanimar el catalanisme d'esquerres, però per no deixar en altres mans la reconstitució de l'antic partit es decidirà (no li fa por l'hostilitat del poder, ni la manca de recursos) a liderar-la. Miquel Coll i Alentorn és també un home de fidelitats. Membre d'Unió Democràtica des de 1932, en serà secretari general i president. Creu que el seu partit no va caure en els errors dels altres partits catalanistes i en defensa la permanència envers i contra tot, convençut que la seva contribució al restabliment de les llibertats pot ser decisiva. Aquest és el seu projecte. No se'n planteja cap altre. Gràcies a la seva tenacitat encara existeix Unió Democràtica, si bé encara no ha estat decisiva. Tret d'aquests cinc, hi trobaré altres polítics, però cap altre amb personalitat per definir un projecte propi. Uns acabaran per seguir el projecte d'un partit espanyol; els que segueixen el comunista no sabran ben bé quin han de seguir quan es desfarà l'exèrcit soviètic. Aniré coneixent uns i altres, però abans haig d'entrar a la universitat.

No sabia quina carrera triar. M'inclinava per la de lletres, però no veia clar que les lletres donessin per viure. L'Institut de Sciences Politiques, la famosa Sciences Po, concedia, al cap de tres anys, un diploma que no servia de gaire res si no era per preparar el concurs d'ingrés a la no menys famosa École Nationale d'Administration, on el centralisme napoleònic, després republicà, preparava els seus mandarins; ingrés, però, reservat als ciutadans francesos. Per ser advocat també s'havia de ser francès, però el dret i l'economia, que s'ensenyaven a la mateixa facultat, servien per a més coses, i cap allà vaig anar. Com que la matriculació simultània era possible i el meu entusiasme era desbordant, també em vaig inscriure al primer any comú a totes les carreres de lletres i al primer any de Sciences Po. Durant cinc anys agafaré el 63 a la cruïlla del carrer Cortambert i l'avinguda Henri Martin per baixar davant les ruïnes de l'abadia de Cluny i anar a desenterbolir-me el cervell entre *la Sorbite, la Fac* i *Sainte Ginette* (així anomenàvem el fàl·lic edifici de la Sorbona, la Facultat de Dret i la Biblioteca Sainte Geneviève). A la meva època, totes les facultats i totes les Grandes Écoles estaven concentrades al barri llatí. Això li donava una fesomia molt especial, amb una població estudiantil multitudinària que hi acampava a tota hora com si en fos l'única propietària i li haguessin de perdonar totes les excentricitats. Al costat dels edificis universitaris hi havia una multitud de cafès, restaurants, cafetins, teatres i establiments de tot tipus on es cantava, ballava i s'escoltava jazz, música que ens tenia a tots enfervorits. Passar de l'assistència obligatòria a una classe de vint-i-cinc alumnes a la freqüentació voluntària d'un amfiteatre de tres-cents, deixar la malenconia avorrida i burgesa de Passy per la trepidació turbulenta i polititzada del barri llatí i, a més de no dinar a casa, tenir habitació exigua, però independent, va ser un canvi de vida que encara celebro. Els que, als anys cinquanta, entràvem a la universitat a penes devíem ser un dos, o tres, per cent dels que havien cursat l'ensenyament secundari, i la concentració d'aquesta minoria entre les més prestigioses facultats del país feia penetrar subreptíciament als nostres joves cervells la idea que, al final dels nostres estudis de dret i d'economia, seríem dels pocs a saber com funciona realment una societat i ens predisposava a creure'ns els únics capaços de reformar-ne els mecanismes. La vulgata marxista encaixava perfectament amb aquest estat d'esperit. La politització estudiantil era elevadíssima i les nostres enfebrades discussions de l'any anterior prenien ara formes orgàniques. D'entrada ens vam afiliar tots a la UNEF (Union Nationale des Étudiants de France), on les altercacions a propòsit de la guerra d'Algèria acabaven sovint a cops de puny, especialment quan venien a interrompre les nostres reunions uns galifardeus disfressats de paracaigudistes capitanejats per Jean-Marie Le Pen. Amb el meu amic Blum vam començar a freqüentar la Federació d'Estudiants Socialistes, de la qual era secretari general Michel Rocard. Els estudiants socialistes estaven a l'esquerra del partit i eren molt crítics amb el secretari general. Atlantista i europeista convençut, en Guy Mollet era partidari de la independència d'Algèria i, un cop al govern, la va concedir als antics protectorats de Tunísia i el Marroc, però resultaria incapaç de dur a terme la seva política de pau negociada davant la insurrecció nacionalista i la intransigència dels *pieds-noirs*. De la mateixa manera que em començava a interessar per la política catalana, descobria els meandres de la vida democràtica i constatar en un míting de la poderosa agrupació socialista del nord de França, al qual vam anar amb l'amic Blum a Arras, que en Guy Mollet tenia el suport indiscutible de la base obrera del seu partit em va fer veure fins a quin punt les nostres crítiques eren intel·lectuals i abstractes. Així i tot les nostres opinions continuaven sent, com les qualificarà uns anys més tard en Xammar, força «sinistroses» i seguíem amb les nostres interpretacions marxistoides. L'escepticisme del meu pare davant tota tautologia i el mal sabor de boca que m'havien deixat els atacs de Sartre a Camus, reforçaven els meus dubtes, però el fet és que, sense formació suficient, encara no havia trobat la sortida del laberint en què ens tenien tancats els autors d'aquell veritable xantatge moral tan característic de l'època. Seran les lliçons magistrals que feia Raymond Aron a la Sorbona sobre la societat industrial que em proporcionaran els arguments per sortir de l'atzucac. Encara avui recordo la impressió que em va fer la seva brillant exposició dels pensaments de Tocqueville i Marx. Primera sorpresa: Tocqueville, que teníem per un obscur aristòcrata, vagament liberal, parent d'en Chateaubriand i molt probablement reaccionari, era posat al nivell de Marx com a pensador social i polític. Segona sorpresa: Tocqueville proposava una interpretació de la Revolució Francesa radicalment diferent de la que ens havien ensenyat. La Revolució Francesa vista com a continuïtat, en lloc de ruptura, com a prolongació del moviment general vers la centralització i la igualtat, en lloc de conflicte decisiu entre classes socials. La desaparició de les distincions, que impulsa i generalitza la recerca dels béns materials, el creixement hegemònic de la classe mitjana, l'extensió de les prerrogatives de l'estat, el conformisme social i la suau dictadura de la majoria, en lloc de l'antagonisme irreconciliable entre classes socials, que fa inevitable la revolució, la instauració del socialisme i la desaparició de l'estat. El pronòstic d'en Tocqueville no podia ser més encertat. En tenia la confirmació davant dels ulls. Vaig seguir les lliçons d'en Raymond Aron cada dia amb més interès. Al cap d'uns mesos, al final d'una d'aquelles enfebrades discussions amb el meu amic Blum—no recordo exactament de què discutíem—, em va interrompre entre sorprès i indignat: «*Mais alors, tu n'est plus marxiste!*». Raymond Aron acabava de publicar un llibre que va fer molt soroll. El títol ho deia tot: *L'Opium des intellectuels*. Era comprensible que l'orgull de pertànyer al país de la revolució dels drets de l'home predisposés a veure amb bons ulls una revolució que no proposava altra cosa que fer realitat aquests ideals i es poguessin relegar els processos de Moscou a la categoria històrica d'un altre termidor, però era del tot sorprenent que la immensa majoria dels intel·lectuals, inclús molts dels que eren adversaris declarats del comunisme, creguessin en els mèrits socials i la superioritat de l'economia soviètica. El llibre d'Aron era una crida a l'ordre de la veritat i fustigava amb duresa les ambigüitats dels que es declaraven al mateix temps contraris al comunisme soviètic, perquè no compartien els seus mètodes, i a favor, perquè no deixava d'encarnar el projecte revolucionari d'una societat més justa. Ambigüitat més pròpia de la mala fe petitburgesa que no es cansava de fustigar Sartre. També posava en evidència els catòlics progressistes i altres esquerrans que propagaven els mites redemptors de la Revolució, la Unitat de l'esquerra i la Missió del proletariat, «classe universal, veritat en acció». El llibre d'Aron anava a contrapèl. Va convèncer poca gent, però va tenir el mèrit de fer-nos perdre la consideració que es tenia per a tots aquells que, per ceguera moral, o atrets per la força d'un nou imperi, es negaven a admetre l'evidència i col·laboraven alegrement a divulgar les falsedats més aberrants. De Merlau-Ponty, que en el seu llibre *Humanisme et Terreur* convertia els processos de Moscou en «debats», com si Vychinski i Bukharin haguessin discutit com a bons professors de filosofia de la racionalitat de l'evolució històrica, a l'economista i eminent demògraf Alfred Sauvy, que el 1952 va pronosticar que el nivell de vida dels treballadors soviètics pujava tan ràpidament que en pocs anys ens tocaria a nosaltres aixecar un altre teló d'acer. De la revista *Les Temps Modernes*, on es podia llegir: «A cap país del món la dignitat del treball no és més respectada que a la Unió Soviètica... els treballadors acudeixen a la feina sense que se'ls imposi cap disciplina rígida... el Codi de treball col·lectiu ha estat redactat en un esperit més humanitari que repressiu i el seu objectiu és convertir els criminals en ciutadans respectuosos de les lleis», a la revista *Esprit*, que feia campanya per una «Europa contra l'hegemonia americana i el seu relleu alemany inspirat per nous sentiments de revenja». Les falsedats divulgades eren legió. El cas que cridava més l'atenció era el de Sartre. ¿Com era possible que el príncep de la intel·ligència francesa, autor d'una obra filosòfica monumental que proposava una nova manera d'entendre i interpretar els problemes humans i socials, no pogués apreciar les diferències entre els Estats Units, segons ell, «bressol d'un nou feixisme» (encara ho sento dir avui), i la Unió Soviètica, que veia capdavantera d'un projecte que anava en el sentit de la història i conduïa els homes a la llibertat? ¿Com s'entenia que tanta perícia dialèctica només produís un argument tan suat com el d'acusar els que criticaven el règim soviètic de fer el joc a la reacció? A finals d'aquell primer any d'universitat, tantes rucades van acabar d'escombrar les últimes teranyines que havia dut al cap.

En aquells anys tan dominats per les discussions ideològiques, la política catalana de l'exili estava lluny de formar part dels meus interessos i no vaig donar cap importància, ni cap significat particular, a l'elecció de Josep Tarradellas a la presidència de la Generalitat. Aquella elecció i les polèmiques que va suscitar em van semblar poca cosa més que baralles d'un món caduc. El 1954 el president Irla, vell i malalt, va nomenar, tot d'una, en Tarradellas conseller primer, i li va delegar les «funcions executives». Tot seguit va renunciar a la presidència de la Generalitat i va encarregar al mateix Tarradellas la creació d'un consell de grans electors amb l'única missió de trobar-li un successor. La maniobra meticulosament preparada pel beneficiari contravenia clarament l'Estatut interior que preveia en cas de mort, o incapacitat, del president la seva substitució pel president del Parlament, que aquell any era en Serra i Moret. Però en Tarradellas va tirar pel dret. Erigit en mestre de cerimònies, se'n va anar a Mèxic, on tenia més llibertat de maniobra i, després de proposar la presidència a totes les personalitats eminents de qui coneixia per endavant la resposta negativa, va constituir el consell d'electors. Aquest consell li va oferir la presidència i tot seguit va sotmetre aquesta nominació a la votació del que quedava de l'antic Parlament. Van votar els onze diputats que residien a Mèxic i, per delegació, deu que vivien a França i cinc en països sota règims dictatorials. El resultat va ser: Tarradellas vint-i-quatre vots, Pau Casals un, Serra i Moret un. Amb la feina enllestida, va dissoldre el consell d'electors i va tornar-se'n a casa. Un passa-passa magistral. No sé si pels comentaris del pare, que sempre havia dit que els antics partits republicans s'havien de considerar morts en passar la frontera l'any 39, o pels articles que vaig llegir a la premsa exiliada, tot aquell episodi em va semblar totalment irreal i encara més irreal la bizantina discussió sobre si s'havia respectat o no el reglament interior d'una institució que havia desaparegut feia quinze anys. La Generalitat podia tenir tot el valor simbòlic que es volgués, però no veia de què podia servir. Per a mi només comptaven els grups polítics que actuaven sobre el terreny inspirats per les mateixes ideologies dels seus homòlegs europeus i no em podia imaginar que aquell polític que havia aconseguit fer-se elegir president d'una Generalitat exiliada pogués aconseguir un dia ser president d'una Generalitat restaurada..., ni tampoc que Franco es moriria pacíficament al seu llit.

Aquell any 54, llegia *El nostre combat*, un opuscle que acabava de publicar en Pallach. Hi trobava una interpretació crítica del passat i les raons per les quals havia fracassat la democràcia i el projecte catalanista, també les línies mestres d'un programa polític i una crida a l'acció per fer-lo realitat. El fantasma d'una institució que intentaven mantenir artificialment en vida els supervivents d'un parlament caduc no em podia engrescar. Trobava en canvi en aquell opuscle un pensament coherent que feia possible la revolució social gràcies a l'assoliment de la reivindicació nacional. M'anava com un guant: satisfeia el meu esquerranisme estudiantil, el catalanisme que havia mamat a casa i la mania de trobar una raó de ser a totes les coses que m'havien inculcat a escola. Han passat més de cinquanta anys i encara trobo les idees d'en Pallach d'actualitat. L'experiència de la República i de trenta anys de democràcia ens demostren que, tot i la descentralització administrativa de l'estat de les autonomies, com que no ha canviat realment l'estructura unitària de l'Estat, els ressorts del poder polític, financer i informatiu continuen a mans dels de sempre. Com explicava en Pallach en el seu escrit, la llibertat de Catalunya, que hauria de fer possible l'autèntica revolució social i democràtica i una més justa distribució del poder, només es pot aconseguir de dues maneres: «L'acció d'un partit peninsular que sumi a les seves reivindicacions la puixança de les qüestions nacionals, o l'acció de Catalunya dirigida per un partit nacional». Pallach era clarament partidari d'aquesta última acció perquè «els partits espanyols són sempre presoners de la "Superestructura" estatal que diuen combatre», especialment el PSOE, que «malgrat una ideologia federativa ha estat incapaç de plantejar-se seriosament el problema de l'Estat».

A la mateixa època, vaig conèixer en Joan Reventós a París, un dia que va venir a saludar el pare. El pare d'en Joan havia estat amic íntim del meu, també d'en Xammar i d'en Nicolau. Era un dels «quatre d'infanteria». Així els deien, a Madrid, als que s'havien fet càrrec del Ministeri d'Economia l'abril del 31 (Nicolau d'Olwer era el ministre; Josep Barbey, el secretari general; Manel Reventós, el director general de Comerç, i el meu pare el d'Indústria) perquè anaven tots quatre a peu al Ministeri. De l'amistat i complicitat que existia entre ells en testimonia una multitud d'anècdotes que havia sentit a casa. En recordo una de força sucosa que va divertir molt tots quatre. Havien anat d'excursió un cap de setmana a Segòvia; algú va reconèixer l'automòbil del Ministeri i es va presentar un guia per acompanyar-los a visitar la catedral. El guia, un home cerimoniós i documentat, anava mencionant el nom de l'autor i la data de cada obra. En arribar davant d'un gran canelobre de ferro colat, va declarar: «*Obra del maestro forjador segoviano Don Blas Pulido, siglo XIV*» i amb el mateix to solemnial, va afegir: «*Sus descendientes tienen actualmente la Agencia Chevrolet*». En Joan ja coneixia en Pallach de feia anys i vam aprofitar la seva estada a París per reunir-nos, canviar impressions i fer plans. D'això se'n deia conspirar. La conspiració durarà molts anys, hi perdré moltes hores, però em permetrà conèixer el país i fer molt bons amics. En Joan Reventós tenia uns deu anys més que jo. Quan el vaig conèixer, ja era un home fet. Tenia despatx a l'últim pis d'una casa de la plaça Calvo Sotelo, era conseller d'Indústries Agrícoles, professor adjunt a la universitat i alt càrrec d'una empresa metal·lúrgica de la qual era un dels principals accionistes. A aquestes múltiples activitats hi afegia—no deixava de tenir mèrit—la més absorbent de totes: la política clandestina. Com que en Joan no conduïa, utilitzava el cotxe i xofer de l'empresa i recordo haver anat a conspirar més d'una vegada encotxat. Sempre donava al xofer adreces prudentment allunyades de la reunió on anàvem i durant el trajecte no parlàvem mai de política. Que un home de la seva posició social s'arrisqués per una causa m'inspirava totes les simpaties. En Joan era cordial, afectuós i senzill, un home amb el cor a la mà, sensible i emotiu. No vaig dubtar mai de la sinceritat dels seus sentiments. Era intel·ligent i reflexiu, però no vaig arribar mai a conèixer el fons del seu pensament, ni més endavant quan vam discrepar, i no perquè dissimulés els seus pensaments, sinó per la seva tendència a donar la raó a la persona amb qui parlava, o més ben dit per la seva inclinació natural a insistir en els punts de coincidència i deixar a l'ombra els de possible discrepància, virtut poc comuna i tan útil als que volen dedicar-se plenament a la política. En els meus viatges a Barcelona aniré coneixent els companys i amics d'en Pallach i d'en Reventós: els advocats Lluís Torras i Francesc Casares; els sindicalistes Miquel Casablancas i Salvador Clop; l'escriptor Edmon Vallès, que treballava a l'editorial Vergara, amb qui vaig iniciar una gran amistat compartint un mateix entusiasme pel llibre d'Ignazio Silone *Cristo si è fermato a Eboli*; els estudiants que, com jo, s'anaven incorporant a l'activitat política, Francesc Sanuy, Jeroni Alsina i Jordi Petit, que havien estudiat al Liceu francès, i en Màrius Estartús, intrèpid entre tots, que serà l'home clau de la introducció i distribució de la nostra propaganda. A París també coneixeré en Josep Rovira, que havia participat amb Macià en l'expedició de Prats de Molló i havia estat cap militar de la vint-i-novena divisió durant la guerra; l'Antoni Iborra, que ajudava en Pallach a confeccionar l'*Endavant*; i a Perpinyà, en Josep Buiria, el puntal de l'organització, i l'Enric Brufau, el més poeta de tots, i tants i tants altres. Amb tots ells compartiré interessos i passions, seran la meva família catalana al costat dels amics despreocupats de la Costa Brava, amb qui compartia més banys de mar que altres coses.

Tot i aquests contactes, discussions i noves amistats, continuava sent un estudiant francès que cada matí agafava l'autobús per anar a la universitat i els amics de cada dia seguien sent els del Janson de Sailly. Com és natural vaig intentar, en la mesura del possible, unir aquests dos cercles d'amistats. El meu amic Domino, que em convidava a casa de la seva àvia, a Deauville, va venir a passar uns dies a Barcelona a casa de les tietes i, per Pasqua de l'any anterior, ens vam embarcar tots dos en un vaixell de càrrega que des de Barcelona ens va portar fins a Cadis i, després, en autobús fins a Sevilla i Granada. Vaig conèixer doncs Andalusia parlant francès. Amb el meu amic Blum i la Sara, del grup d'estudiants socialistes de la Sorbona, amb el vell «dos cavalls» del seu pare, on portàvem amagats uns paquets d'*Endavants*, vam fer una viatge a Barcelona. Però més enllà de l'entusiasme d'en Domino pel flamenc i l'interès d'en Blum i la Sara per saber com era la vida sota una dictadura, em vaig adonar un cop més en aquells viatges de la distància que existia entre la vida francesa i la catalana. Curiosament va accentuar aquesta distància el que contava la Sara de la seva família. La Sara era una noia corpulenta, un pèl homenenca, intel·ligent i decidida. No li feia por res. El seu atreviment i la seva franquesa eren d'una altra mena. Nascuda a Polònia, o poc després d'haver-ne fugit, els seus avis i els seus pares havien pertangut a la Unió General Obrera Jueva de Lituània, Polònia i Rússia, més coneguda amb el nom de Bund, que havia estat la columna vertebral del Partit Socialdemòcrata rus en els seus inicis. Així com quasi tots els meus amics parisencs d'origen jueu eren jueus assimilats de diverses generacions, la Sara procedia de la tradició jueva de l'Europa Oriental que havia hagut de lluitar per l'assimilació, però havia acabat perdent la batalla amb els sionistes, a qui l'onada de pogroms de principis de segle i l'holocaust nazi van acabar donant la raó. El record de la Sara em porta a la memòria un altre amic, l'Henoch Mendelsund, que a finals dels seixanta em va venir a veure a Barcelona. L'Henoch era secretari de relacions internacionals del llegendari International Ladies Garment Worker's Union, que encara presidia el no menys llegendari David Dubinsky. L'Henoch també havia nascut a Polònia i, com els pares de la Sara, havia pertangut al Bund. Recordo que feia fred, la tieta Aurora, ja velleta, amb bata i sabatilles de llana, el va fer entrar al despatxet on hi havia el piano, l'escriptori i la biblioteca amb els vells llibres del meu avi patern, on jo començava a deixar els meus. Després d'encendre-li l'estufa, va venir a avisar-me. Al cap d'una estona que estàvem conversant, l'Henoch va aixecar-se, es va quedar de peu dret, en silenci, mirant els llibres de l'avi, i em va dir, visiblement emocionat: «Probablement no ho entendràs, però una casa com aquesta, on es veu que han viscut successives generacions d'una mateixa família, impressiona la gent com jo». De sobte, aquella senzilla observació em va fer entendre més que mil llibres la diferència entre una dictadura militar com la que patíem i les dictadures ideològiques que havien martiritzat i encara martiritzaven les famílies de l'Henoch Mendelsund. A Catalunya els pocs jueus que hi quedaven devien estar amagats i no els veia, però els trobava a faltar.

A Calella de Palafrugell hi vaig fer un amic amb qui podia compartir lectures i inquietuds. L'Alexandre Vila, nebot de l'escriptor Josep Pla, era un noi moreno, baixet, nerviós, amb una cara asiàtica i una sensibilitat a flor de pell que recordava la del seu oncle. En Sandret era un discrepant nat—també ho era en Pla—, discrepant de l'ordre establert, de l'ordre familiar, de l'ordre sensual, de tots els ordres. La seva ironia, alhora desmesurada i amarga, acabava desconcertant. Ens va unir de seguida una d'aquelles amistats intenses, com ho solen ser les adolescents. En Sandret em va portar al mas a conèixer l'oncle. Així com a casa es recitaven poemes de Verdaguer, de Maragall, de Carner i havia sentit comentar els articles d'en Sagarra a *Mirador*, no havia sentit parlar de Josep Pla. Recordava vagament que era periodista, havia coincidit amb en Xammar a Berlín i d'alguna manera, durant la guerra, s'havia fet franquista. En Sandret m'havia previngut: «Ui! És un home molt especial. Li ha de venir bé. No hi podem pas anar així com així». Però en Pla tenia una debilitat pel seu nebot i al cap de dos dies érem al mas. Era una tarda de juliol de persianes abaixades, el vam trobar assegut a la gran taula rodona, sota la immensa campana de la xemeneia, absorbit en la lectura d'un paper, enmig dels mils que hi havia amuntegats sobre la taula. Aquell home no tenia res de periodista. Era la idea vivent de l'escriptor, aïllat del món, enterrat en el de les lletres. No recordo si el primer dia ja vam parlar de llibres, és possible que els meus entusiasmes juvenils li fessin gràcia i de Proust a Kafka em vaig atrevir a totes les preguntes. Tenia al cap la llista d'en Claude Simon i no volia deixar escapar l'ocasió de completar-la. Les visites al mas es van repetir. Sempre tenien per objectiu fer una excursió pels voltants. En Pla ens portava a veure avui un paisatge, demà una església, un altre dia una renglera d'arbres, un turó, un castell, una torre, llocs on havia anat mil vegades, però als quals no es cansava de tornar. Les seves observacions eren generalment curtes, sovint en forma d'interrogant, «¿No li sembla que tret de la Toscana...» i d'una infinita varietat, de caràcter social, històric, anecdòtic, o purament visual, com aquell capvespre en què ens va fer esperar fins que el sol donés a la façana de l'església aquell color daurat, agònic, evanescent, «irrepetible». Aquells estius dels anys cinquanta, va haver-hi més visites al mas, més excursions i més converses. En Pla era especialment cordial i afable amb nosaltres. Jo ho atribuïa a la predilecció que tenia pel seu nebot i també és possible que li agradés el tracte alegre i desenfadat dels joves. Encara recordo la barrila que vam fer a la cuina l'estiu que vaig portar al mas una amiga francesa de qui en Pla va voler comprovar els talents culinaris fent-li fer una truita a la francesa que va merèixer un: «Colossal! Les senyoretes franceses encara saben fer les truites *baveuses*». No crec que parléssim mai de política més que d'una forma molt genèrica. Jo no dissimulava les meves opinions, però tampoc no les professava. No sé si simpatitzava amb algunes, però probablement per correspondre a les meves ànsies manifestes de formar part del país, va insistir que em posés en contacte amb el seu amic l'historiador Jaume Vicens Vives, per a qui em va donar una carta de presentació molt elogiosa i sentida. En Vicens Vives, que vaig veure un parell de vegades a Barcelona, era un home vigorós. El recordo: cabellera blanca radiant, neta i ben retallada; elegant, vestit de gris clar, amb rellotge d'or resplendent al canell. Dissentia clarament del règim, i no únicament en el terreny ideològic, deixant entreveure clares ambicions polítiques. Era una època en què els nous ministres de l'Opus afavorien carreres i alimentaven expectatives de canvi i obertura. Sigui com sigui, em vaig quedar amb les ganes de saber-ne més, tant de les ambicions d'en Vicens Vives com de les intencions d'en Pla, ja que el 1959 me'n vaig anar a viure als Estats Units i es van interrompre les visites a la Costa Brava i al mas de Llofriu. Quan vaig tornar al cap de tres anys, una de les primeres coses que vaig fer va ser telefonar a en Sandret, que vivia a Lausana, on feia unes pràctiques a l'escola d'hostaleria. Havíem intercanviat algunes cartes, però res no em feia preveure que el trobaria tan alterat, ni podia imaginar que la seva tradicional disconformitat s'hagués convertit en angoixa insuportable i, tres dies després de la nostra conversa telefònica, es va treure la vida. Com és de suposar, vaig quedar glaçat. Al cap d'uns mesos vaig anar a Barcelona a veure els seus pares. La seva mare em va dir que el seu germà també estava terriblement afectat i em va deixar entendre que una visita al mas sense en Sandret li seria massa dolorosa. També ho veia així i amb aquella tràgica mort es va interrompre la meva relació personal amb en Pla, però no amb la seva obra, que vaig continuar llegint. A finals dels seixanta, en un ambient caldejat per nous conversos, es va tornar a posar el dit sobre el passat franquista d'en Pla. Recordo una reunió amb en Ridruejo, que defensava en Pla com a mereixedor del Premi d'Honor de les Lletres Catalanes, i la dificultat que teníem a fer-li entendre per què els catalans exigim dels nostres escriptors comportaments heroics, que, abans d'escriptors, els veiem com a defensors de la llengua i que, tot i reconèixer la seva contribució decisiva a la supervivència del nostre idioma, ens era difícil, amb Franco al poder, donar un premi «d'honor» a un escriptor amb un passat franquista. Personalment, aquesta opinió em semblava discutible. Barrejar honor i literatura sempre m'ha semblat aberrant i confusionari. Als anys cinquanta ja m'havia sentit dir de tot per trobar el *Voyage au bout de la nuit* de l'antisemita i col·laboracionista Louis Ferdinand Céline la millor novel·la des de *La Recherche*. També em semblava més que discutible que fos una entitat privada que concedís un «Premi d'Honor». A França, país on el patriotisme i la defensa de la llengua són sempre a l'ordre del dia, de premis literaris n'hi ha a dojo, de premis d'honor, només un: la *Légion d'Honneur* que concedeix la *République* amb la divisa «*Honneur et Patrie*» als ciutadans que han prestat serveis eminents al país. ¿Per què sempre hem d'imitar els francesos i els imitem tan malament? Encara avui no entenc que a Catalunya no hi hagi prou llibertat d'esperit perquè un home tan nacionalista i patriòtic com era Léon Daudet pugui dir com va dir ell: «*La Patrie, je lui dis merde quand il s'agit de littérature*». Avui que els antics detractors de Pla es compten entre els seus panegiristes més fervents, podem finalment llegir la seva obra prescindint de la seva excursió accidentada pel franquisme. Ja era hora. Del seu indiscutible valor literari ja no en dubta ningú i tothom reconeix que gràcies a la seva passió per la llengua, indissociable d'una mateixa passió per la seva terra, el català escrit ha pogut travessar el desert. No sé si per haver llegit els seus llibres, o haver tingut el privilegi de tractar-lo, o les dues coses alhora, des d'un primer moment, vaig creure que havia trobat el gran escriptor català del segle XX. Lector apassionat de Proust i de Claude Simon, m'havia agradat trobar en Pla la mateixa predilecció per les descripcions, amb el mateix «interès en els detalls». M'havia agradat veure en molts dels seus escrits la descripció deixar de ser postal per convertir-se en motor de l'acció i fer desaparèixer l'argument. No és doncs estrany que m'entusiasmés trobar en el pròleg d'*El carrer estret* un Pla dient «que en la vida no es produeixen arguments... que les novel·les amb argument, més que reflectir la vida, no fan més que arbitrar una forma d'artificiositat» i em desconcertés llegir a continuació que, per «evadir-se de la carregosa activitat periodística» i escriure una novel·la, volgués adoptar el mètode stendhalià del mirall «*promené le long du chemin*». Aquesta idea, diametralment oposada a la de Proust, segons la qual la novel·la ha de reflectir la vida sense més existència pròpia que la que apareix en el mirall, em semblava útil per al periodisme, però mantenia presonera la creació literària de la tradició del segle passat. Jo havia fet meva la famosa frase de Proust que resumeix tan bé la seva idea força: «La vida vertadera, la vida per fi descoberta i enllumenada, l'única vida per conseqüent realment viscuda, és la literatura» i pensava que la força evocadora de la prosa d'en Pla, tan sovint capaç de desenvelar una «vida verdadera i realment viscuda» no tenia res de stendhaliana. No he pogut deixar mai de preguntar-me què hauria arribat a ser la seva obra si en Pla s'hagués evadit més hores de la «carregosa activitat periodística».

La guerra mundial havia enclavat a les consciències la idea que havien guanyat els bons. Els dolents eren les dictadures feixistes encapçalades per les de Hitler i Mussolini. No havia caigut la d'en Franco, però havia quedat proscrita i arraconada. Els bons eren els aliats, els que defensaven les llibertats. En un primer moment es va considerar que la Unió Soviètica formava part dels bons i ningú no va discutir-li els sacrificis que havia fet per fer possible la victòria. Però molt aviat es va recordar la naturalesa totalitària del seu règim i es va condemnar la imposició de dictadures comunistes als països ocupats pel seu exèrcit. A principis de 1956, el famós discurs de Khruixtxov al vintè congrés del Partit Comunista deixava pensar als simpatitzants del comunisme que aquell règim no devia ser tan dictatorial ja que era capaç de reconèixer els seus errors, deguts en gran part a la política de Stalin, sobre les espatlles del qual feien recaure la responsabilitat de tots els mals. Aquell discurs obria la porta a una infinitat de preguntes que el nou poder soviètic no estava en condicions de contestar i molt ràpidament es va veure obligat a tancar la porta que havia obert. Al cap de pocs mesos, els tancs de l'exèrcit soviètic aixafaven sense contemplacions la revolta dels hongaresos que intentaven obrir-se pas a la democràcia. El discurs de Khruixtxov i la revolució hongaresa van ocupar bona part de les nostres polèmiques amb els comunistes que continuaven pretenent que la revolta formava part d'un complot reaccionari que volia reimplantar el capitalisme a Hongria, o intentaven desviar la conversa, insistint en la naturalesa colonialista de França i Anglaterra, que la seva avortada expedició per apoderar-se del canal de Suez posava novament de manifest. Totes aquestes acalorades discussions em portaven a veure cada dia amb més interès les lluites que havien iniciat els universitaris madrilenys a principis de febrer. La revolució hongaresa també havia començat amb la constitució d'un sindicat estudiantil independent, com ho pretenia ser el Congreso Nacional de Estudiantes a la

Universitat de Madrid. Tampoc no podien deixar de cridar l'atenció els cognoms d'alguns dels primers detinguts. Miguel Sánchez Mazas era fill del famós intel·lectual falangista Rafael Sánchez Mazas; Dionisio Ridruejo era coautor de la lletra del *Cara al sol* i antic director general de propaganda del primer govern franquista; Javier Pradera era nét de Víctor Pradera, líder tradicionalista i màrtir de *la cruzada*. Al cap de pocs dies, s'afegien a la llista de detinguts els noms de Manuel Montesinos, nebot del poeta García Lorca, el seu amic Francisco Bustelo, fill d'un conegut empresari madrileny, i el jove diplomàtic Vicente Girbau, acusats d'haver format part d'una agrupació socialista universitària. Aquests són els primers noms que vaig veure aparèixer en l'escenari de la política madrilenya. El 1956, no coneixia cap d'ells, ni sabia que es convertirien tots en bons amics meus. Tot i que Espanya no tenia res a veure amb Hongria i, davant d'una revolta, el govern espanyol no necessitava cap exèrcit estranger per mantenir l'ordre, la descomposició espectacular del règim hongarès, que havia començat per una revolta estudiantil, deixava pensar que la dictadura franquista, minada per les dissensions internes, podia, un dia, conèixer un daltabaix semblant. Aquests agosarats paral·lelismes creaven falses esperances, si bé l'experiència demostrava que, si no són enderrocades per una guerra, les dictadures també acaben sucumbint quan les contradiccions internes les descomponen. Amb les primeres revoltes estudiantils, que van provocar el cessament del polític catòlic i exambaixador al Vaticà Joaquín Ruiz Jiménez, que des del Ministeri d'Educació havia intentat una tímida liberalització, i la dimissió del falangista dissident Pedro Laín Entralgo de rector de la Universitat de Madrid, que havia autoritzat el Congreso de Jóvenes Escritores Universitarios, s'iniciava la lenta evolució de les diferents forces que havien donat suport a la sublevació militar i apareixia a la llum del dia una nova oposició, diferent de la que havia perdut la guerra. Però no m'imaginava pas que aquesta evolució trigaria vint anys a donar resultats.

El meu centre d'operacions continuava sent el barri llatí i el 63 em continuava deixant a la cantonada del Boulevard Saint Germain i del Boul Mich, per on pujava a la Sorbona, o cap a la Facultat de Dret. En aquesta cantonada, hi havia, i encara hi ha avui, malauradament plastificat, Le Cluny, un d'aquells grans cafès parisencs amb taules de marbre i cambrers calbs amb davantal negre. Al primer pis hi tenien una mena de reservat amb quatre taules, generalment desertes, on em reunia periòdicament amb en Josep Pallach. Serà en aquest petit laboratori on aniré descobrint el sempre difícil encaix de la política catalana amb l'espanyola. El 1954, l'elecció de Josep Tarradellas a la presidència de la Generalitat havia deixat l'antifranquisme català dividit entre dues opcions, divisió que persistirà fins al restabliment de la democràcia. O bé, com volia en Tarradellas, el president de la Generalitat dirigia la política catalana, o la dirigia un organisme unitari. Amb la mort de Pous i Pagès i la detenció de Miquel Coll i Alentorn, havien quedat enterrats els organismes unitaris del Consell Nacional de la Democràcia Catalana a l'interior i de la Coordinadora Catalana a l'exili, però a mitjans dels cinquanta, es va reconstituir a Barcelona un comitè sota la presidència de Claudi Ametlla al qual participaven per primera vegada personalitats d'Esquerra Republicana. En Tarradellas havia mantingut el seu partit apartat d'aquests organismes unitaris, però, un cop president, no va poder evitar que en Joan Sauret, que l'havia succeït a la secretaria general d'Esquerra, volgués donar al seu partit un paper en la política catalana. Aquesta baralla entre president i grups polítics no era únicament una baralla entre legítimes ambicions, entre Tarradellas, Pallach, Coll i Alentorn i ara Joan Sauret, ni, com se l'ha volgut presentar sovint, una baralla entre exiliats, entre altres raons perquè el cristianisme catalanista tenia poca presència a l'exili i el Moviment Socialista era una organització creada després de la guerra. Darrere la disputa hi havia interessos divergents, però no necessàriament incompatibles i que descansaven sobre posicions coincidents. Tant en Pallach com en Tarradellas sempre havien defensat que el restabliment de les llibertats només podia sorgir de l'evolució del règim i de l'acció política de les organitzacions democràtiques que actuaven a Catalunya, que els partits catalans havien de mantenir una posició conjunta davant de les forces polítiques espanyoles i, si hi havia d'haver un govern provisional en l'etapa de transició, també n'hi havia d'haver un a Catalunya. Però la idea de Tarradellas de mantenir a l'exili una Generalitat purament com a símbol i punt d'aplegament de tots els catalans, tot i ser respectable, no semblava aleshores de cap utilitat per a l'acció antifranquista sobre el terreny. Amb els moviments universitaris que de Madrid es van estendre a les altres universitats, entrava en escena una nova oposició i s'obria un nou capítol en la història del país. Davant d'aquesta nova oposició que no descartava una restauració monàrquica, els partits de l'exili van sentir la necessitat d'unir-se i precisar les seves posicions. El febrer de 1957, el PSOE, els tres partits republicans (Izquierda Republicana, Unión Republicana i Partido Republicano Federal), els dos partits nacionalistes bascos (Partit Nacionalista i Acció Nacionalista) i en representació dels catalans Esquerra Republicana i el Moviment Socialista firmaven a París un document en el qual s'abandonava tota idea de legitimitat republicana i per sortir del franquisme es pronunciaven a favor d'un govern provisional «sense signe institucional» que convoqués eleccions lliures i donés als ciutadans la possibilitat d'escollir. Per arribar a aquest pacte van ser necessàries llargues negociacions. Vaig acompanyar en Josep Pallach a diverses entrevistes amb Rodolfo Llopis, secretari general del PSOE, i altres dirigents republicans, que posaven dificultats al reconeixement de situacions igualment provisionals a Catalunya i al País Basc. També va haver-hi reunions amb els dirigents bascos, amb el president Aguirre i els seus consellers Jesús María de Leizaola i Manuel Irujo. El Pacte de París, així se'l va conèixer, va suscitar els atacs vehements del president Tarradellas, que condemnava la presència unilateral de partits catalans en un acord entre partits espanyols. En Pallach era sensible a aquestes crítiques, però feia valer que aquest acord contribuïa a treure l'exili de l'atzucac legitimista i a fer reconèixer des d'un primer moment les reivindicacions nacionals de Catalunya. L'acord també tenia un altre avantatge, i no el menys important: el PSOE reconeixia de fet l'existència a Catalunya d'un altre partit socialista de disciplina catalana. Totes aquestes reunions, però, em van deixar una estranya sensació d'irrealitat. Tots aquells homes amb boina i gavardina m'inspiraven una barreja de compassió i de respecte, però en veure'ls tan convençuts de les seves veritats no em semblaven d'aquest món. Quan sortíem d'aquestes reunions, tenia l'estranya sensació d'haver assistit a una obra de teatre, per moments, fins i tot d'haver interpretat el paper d'un dels personatges i, com passa quan sortim del cinema, era el soroll del carrer que em retornava a la realitat. En Llopis era un home petit i esquifit amb ullets maliciosos i un somriure de gat vell que descobria unes dents cremades per la nicotina. Cordial i enraonador, no defugia cap tema de conversa i sempre deixava entendre que li quedaven cartes a la mà. Parlava constantment del *Partido*, de si *el Partido* no pot acceptar això, de si dirà allò, o farà allò altre, com si *el Partido* fos un d'aquells oracles de l'antiguitat clàssica que s'ha de consultar abans de prendre una decisió. Tenaç i intel·ligent, era manifestament un polític avesat a totes les maniobres de l'ofici. Vivia a Albi, on era professor de castellà, i venia a París per les reunions del seu partit. Com molts exiliats era manifestament un home del passat, reclòs en la dignitat de la derrota, convençut que havia recaigut sobre ell la responsabilitat de defensar, preservar i transmetre una ideologia i una tradició política injustament esborrades, però, com havia dit Danton dels emigrats monàrquics, creia que s'havia endut el país enganxat a la sola de les sabates. Guardià del temple on hi havia conservades les veritats antigues, es malfiava de tots aquells que no havien sofert la seva mateixa sort, i el 1974, es considerarà injustament expulsat de casa seva per segona vegada el dia en què una nova generació de socialistes el desplaçarà de la secretaria general del PSOE. Incapaç d'entendre i d'acceptar la realitat, crearà amb alguns fidels del *sector histórico* un «autèntic» partit socialista en lloc d'acceptar una presidència honorífica del PSOE, que potser els nouvinguts no van tenir la generositat d'oferir-li. L'any 1976, tornarà a Espanya per presentar-se a les eleccions i, definitivament derrotat, tornarà a exiliar-se a Albi per morir-hi el 1983. Si he recordat breument la trajectòria del que serà adversari nostre i dels nostres amics socialistes espanyols, és perquè no puc deixar de veure en el seu segon exili tota la magnitud de la tragèdia que va representar el primer. A principis de 1957, en Llopis, que encara no estava qüestionat i gaudia del suport dels partits de la Internacional Socialista, va abatre una de les seves cartes amagades, presentant-nos el que anomenava irònicament el seu delfí. Antonio García López era un jove madrileny, d'estatura mitjana, moreno, cepat, amb ulls brillants i un somriure lleial que inspirava confiança. Parlava un castellà transparent i vibrant. Havia estat uns anys professor d'història a una universitat canadenca i es notava de seguida que les seves idees no eren improvisades. Se'l veia intrèpid i decidit. Venia amb una idea clara: la solució del problema espanyol passava per la reconciliació del Partit Socialista Obrer Espanyol amb l'exèrcit. Només una entesa entre els dos podia fer-nos sortir del franquisme, si no tindríem Franco per a molts anys. Els socialistes europeus, que eren un dels pilars de l'OTAN, estaven en condicions d'obrir a l'exèrcit espanyol les portes de la modernitat que Franco no els podia obrir. Havien passat vint anys des de l'inici del conflicte que havia dividit el país; la societat espanyola havia canviat, el món havia canviat, era possible deixar enrere la Guerra Civil i obrir una nova etapa política. La serietat i l'extraordinari aplom de l'Antonio havien impressionat en Llopis. Que un d'aquests nous opositors, dels quals es parlava tant, l'hagués vingut a trobar per oferir-li el paper clau del laberint espanyol, era, després de tantes decepcions, un reconeixement que, com tots els exiliats, feia anys que esperaven. Així i tot, no s'acabava de fiar d'aquell jove impetuós, ni estava disposat a comprometre el nom del *Partido* en aventures que li semblaven perilloses i il·lusòries. Tant en Pallach com jo vam simpatitzar de seguida amb l'Antonio.

A partir del 57, la política espanyola va començar a ocupar part del meu temps. A la primavera va arribar de Madrid en

Vicente Girbau, el jove diplomàtic que havia estat empresonat i expulsat de la carrera per formar part de la Asociación Socialista Universitaria. En Vicente era un xicot ros, de cabells llisos i cara rodona, que respirava bondat. Considerat i afectuós, tenia família a Barcelona i coneixia molts dels nostres. Uns mesos abans, en Pallach m'havia presentat en Pepe Martínez, un valencià que havia fugit d'Espanya el 1948, acusat de pertànyer a les Joventuts Llibertàries. En Pepe Martínez era un gall formós de cabells ondulats i cara angulosa. De físic atractiu, caràcter fort i elegància natural, portava una vida d'intel·lectual bohemi. Havia estudiat sociologia amb el professor Gurvitch, rival de Raymond Aron, i freqüentava el seminari d'en Pierre Vilar a l'École des Hautes Études Pratiques de la Sorbona, però no havia acabat cap carrera. Era d'un esquerranisme pronunciat que no semblava capaç d'inscriure en cap dels corrents de pensament contemporanis, però les seves sinceres inquietuds i la seva rebel·lia congènita me'l feien simpàtic. Amb l'Antonio García López, en Pepe i en Vicente, vaig participar en unes intenses discussions que tenien per objecte la constitució d'un centre d'estudis socials per atraure, aglutinar i formar les noves generacions opositores. El projecte, d'una desmesura digna de les més ibèriques, comptava amb la contribució generosa que en Vicente confiava obtenir d'en Llopis. Molt ràpidament van quedar clares les discrepàncies polítiques i va esfumar-se la vital subvenció. El Pepe i l'Antonio, a més de tenir idees diametralment oposades, tenien caràcters incompatibles i van acabar a bufetades. El pobre Vicente, que va interposar-se per salvar el projecte, en va rebre la primera. Era el meu primer tast de política espanyola. Tot i la intemperància d'en Pepe i la confusió de les seves idees, vaig mantenir amb ell una molt bona amistat, així com amb en Vicente, que no volia abandonar la idea de la revista que havia de publicar el Centre. L'Antonio, en canvi, no tenia temps per perdre, volia fer política i se'n va anar a viure a Madrid. L'agitació que havia començat a Madrid i s'estenia a altres ciutats era cada vegada més perceptible. Semblaven créixer les inquietuds a les files del règim i apareixien noves dissensions. Aquell mateix any van ser detinguts a Barcelona els membres d'un grup que, amb el nom de Joven República, agrupava falangistes decebuts. Ramon Viladàs i Francesc Farreres, que en formaven part, es van haver de refugiar a París per evitar condemnes a presó de durades imprevisibles i no tardaran a ser bons amics. En Ramon, encara atret pels plantejaments revolucionaris de la seva joventut, simpatitzarà amb en Pepe Martínez i serà un dels fundadors de *Ruedo Ibérico*. La remarcable evolució ideològica d'en Ramon sempre m'ha semblat característica dels trasbalsos pels quals ha passat el país. Deixant de banda les circumstàncies familiars, o altres, que el van portar a un primer radicalisme, la seva sòlida formació jurídica, les seves profundes conviccions religioses i la seva inqüestionable catalanitat li exigien racionalitzar i definir una posició política. Sota la influència de la ideologia dominant de l'època i dels seminaris del marxista Pierre Vilar que freqüentava, es va mostrar sensible a algunes de les propostes del Partit Comunista, però es va mantenir independent i més endavant serà partidari declarat del president Tarradellas i de les perspectives que obria el seu retorn. A finals dels noranta, arran d'una col·laboració professional, vam reprendre les nostres converses dels anys de París i tot sovint dinàvem plegats en un petit restaurant japonès. Tinc un record immillorable de la ponderació i pertinència de les seves anàlisis i comentaris, tant del passat com del present. Un dia recordant l'evolució del seu pensament em va dir: «No saps pas la sort que has tingut de tenir una família liberal». Aquella petita observació, dita amb tota naturalitat, era una manera afectuosa i intel·ligent de fer-me entendre que si la barreja d'escepticisme i ironia que es respirava a casa m'havia vacunat contra tota esllavissada radical també m'havia mantingut al marge de les giragonses polítiques i ideològiques del país. També van arribar a París nous opositors socialistes que no tenien res a veure amb els que havien perdut la guerra. Per evitar la presó s'exiliaran, entre altres, en Juan Manuel Kindelán, nebot del general monàrquic que s'havia distanciat de Franco el 1943, i en Carlos Zayas, nebot del marquès de Zayas, cap de la Falange mallorquina de trista memòria, responsable de la dura repressió duta a terme a l'illa. També vindran a refugiar-se a París en Paco Bustelo i en Mariano Rubio i es reconstituirà una Associació Socialista Universitària a les vores del Sena.

El 1957, li havia sortit un gra a la cara, al règim franquista. La nova oposició procedia d'horitzons molt diversos. Era una barreja heteròclita de monàrquics, exfalangistes, catòlics i socialistes en què no faltaven comunistes, ni simpatitzants d'ideologies revolucionàries poc definides, però tots coincidien a voler una Espanya democràtica que formés part de l'Europa pròspera que cada estiu ens enviava milions de turistes. Una majoria d'aquests opositors semblava creure que el restabliment de la monarquia en la persona de Don Juan era la forma més viable de posar un terme al franquisme. El professor de Salamanca Enrique Tierno Galván, en un sopar conferència a l'hotel Menfis de Madrid, farà famosa la fórmula «*monarquía-salida*» en lloc de «*monarquía-solución*». Els monàrquics Joaquín Satrústegui i Jaime Miralles havien constituït una Unión Española per promoure aquesta idea i invitaven els altres grups a col·laborar-hi. Els catòlics Álvarez de Miranda i Francisco Herra Oria, germà del bisbe de Màlaga, pensaven constituir un partit demòcrata cristià i el professor Tierno Galván abans de declarar-se socialista havia format una Asociación para la Unidad Funcional de Europa. Tots ells, amb Dionisio Ridruejo i l'escriptor Antonio Menchaca, acusat de formar part d'unes suposades juntes militars d'acció patriòtica, van ser detinguts a la primavera per haver entrat en contacte amb els partits de l'exili i preparar la caiguda del règim. No hi havia dubte: Espanya estava canviant. Però si totes aquestes manifestacions i dissensions podien fer pensar en un debilitament del sistema vigent, aquell mateix any 57, el franquisme es beneficiava del suport de la poderosa institució catòlica de l'Opus Dei. Després d'un aparent retorn a la política de mà dura amb la reincorporació del falangista de la *vieja guardia* José Luis Arrese a la Secretaría General del Movimiento, justificada pels aldarulls universitaris del 56, Franco va procedir a una profunda remodelació del govern. Entraven sota els auspicis de l'almirall Carrero Blanco, ministre de la Presidència, i del seu secretari, Laureano López Rodó, els ministres de Comerç i d'Hisenda, Alberto Ullastres i Mariano Navarro, tots dos, igual que López Rodó, conspicus membres de l'Opus Dei. Aquest nou equip a diferència dels precedents tenia les idees clares. Sense fer-ne ostentació, eren decidits partidaris que, arribat el moment, i només quan arribés el moment, la successió al capdavant de l'Estat recaigués en el príncep Juan Carlos. Tenien com a prioritat la liberalització de l'economia i la seva incorporació a l'europea, i deixaven per a més endavant la democratització de la vida pública. L'oposició, tant la nova com l'antiga, va veure en aquesta política, clarament continuista, una política ordida a l'ombra per una secta integrista i secreta i va tardar a adonar-se que s'adaptava millor que les altres a la fortalesa que la victòria militar havia conferit al franquisme, i que les reformes econòmiques que proposava li permetrien frenar la inflació amb un pla d'estabilització i obtenir un tracte preferent amb la Comunitat Econòmica Europea, i propiciar així un llarg període de creixement econòmic. L'aposta, sinó de l'Opus Dei, del grup més destacat dels seus membres, es revelarà particularment encertada. Contribuirà a la continuïtat del règim fins a la mort del dictador i fins que el príncep Juan Carlos succeeixi com a rei d'Espanya, tot i mantenir el país sense llibertats durant vint anys més. ¿Qui ho havia de dir?

Fins que el pla d'estabilització no va aconseguir restablir els equilibris bàsics, el nivell de vida de la immensa majoria dels assalariats va empitjorar, cosa que va provocar una successió de vagues i protestes, principalment a Catalunya, al País Basc i a Astúries. En els viatges que feia a Barcelona vaig entrar en contacte amb els petits nuclis de la UGT i de la CNT que intentaven definir una estratègia comuna enfront dels sindicats oficials i miraven de coordinar les seves accions reivindicatives. Les organitzacions sindicals havien sortit de la guerra profundament dividides, en quedar la UGT controlada pel Partit Comunista i la CNT pels comitès de la FAI. Posteriorment delmats per la repressió franquista, els quadres dirigents que havien sobreviscut havien patit llargues penes de presó i els que n'havien sortit estaven vigilats. Així i tot, amb una tenacitat digna d'admirar, havien anat reconstituint petits grups d'acció reivindicativa en diverses empreses. Fins aleshores havia caminat pel món de les idees; ara, em retrobava al costat d'homes que se la jugaven intentant dur a la pràctica el que pensaven i això m'incitava, més que cap altra consideració, a posar en ordre les meves idees i comprovar-ne la coherència i la solidesa. Com tot batxiller parisenc, fill de la Revolució Francesa, la Revolució Russa, suposadament inspirada pel pensament de Marx, i de la qual, dia sí dia no, es reclamava el Partit Comunista, em va incitar a més d'una lectura. Tant a la classe del professor Arbouse, on discutíem acaloradament de tot, com l'any següent, esperonat pel professor Aron, havia començat a llegir Marx i a familiaritzar-me amb el seu pensament a través dels seus exegetes, intèrprets i biògrafs. Coincidint amb el gran entusiasme que suscitava en mi la literatura russa, llegiré una infinitat de llibres sobre la revolució bolxevic i les diferents doctrines que l'han inspirat. Encara en recordo alguns, entre altres, el *Finland Station* d'Edmund Wilson, l'autobiografia de Trotski, el *Marx* de Franz Mehring, *L'ull de Moscou* de Boris Souvarine, les memòries d'Alexandre Herzen i les biografies d'Isaach Deutscher, Louis Fischer, Leonard Shapiro i Bertram Wolfe, als quals el pare em va suggerir, no sense malícia, que afegís les cartes del marquès de Custine. Com molts de la meva generació, sentia la necessitat de denunciar la contradicció entre un pensament que havia pronosticat i defensat l'adveniment d'una societat lliure i el règim dictatorial que en nom d'aquest pensament pretenia ser l'únic capaç d'instaurar-la. Quan avui repasso la gran quantitat de llibres sobre aquests temes que tinc a la biblioteca de casa, m'adono que durant ben bé deu anys vaig dedicar una infinitat d'hores a esclovellar aquests textos amb l'únic propòsit de desfer l'engany amb què els comunistes tenien domesticada la immensa majoria dels intel·lectuals europeus i, perquè la demostració fos contundent, de fer-ho amb els mateixos arguments del pensador de qui es reclamaven. L'any 1967, davant de la creixent influència que semblava adquirir el PSUC a la universitat, amb el pretext del centenari de la publicació del primer volum d'*El capital* i el cinquantenari de la presa del poder pels bolxevics, encara vaig creure útil escriure un article en aquest sentit en el *Mirador*, que havia ressuscitat a París. ¿Pena perduda? Probablement. El meu esforç, com tants altres, no va servir de res. Hauria estat més savi estudiar grec i llegir els clàssics que perdre el temps intentant rebatre els arguments de la vulgata marxista. Com és ben sabut els que viuen tancats en l'univers totalitari d'una veritat absoluta són impermeables a qualsevol argument i els que s'han agenollat davant les seves intimidacions sempre miren de tapar-se les vergonyes. Hauré d'esperar, doncs, tal com havia vaticinat el pare, que l'imperi soviètic caigui a terra pel seu propi pes com un castell de cartes, i quedi finalment en evidència que la seva superioritat industrial, militar, econòmica, social i cultural era un bluf. M'ha sabut molt greu que el pare i el meu amic Pallach no poguessin presenciar l'espectacle.

A la meva època la carrera de ciències econòmiques no estava separada de la de dret. La llicenciatura era de tres anys i amb dos anys més s'obtenien dos diplomes d'estudis superiors i, amb la tesi, el doctorat de ciències econòmiques, dret públic o dret privat segons l'especialitat escollida. Durant aquests cinc anys vaig anar absorbint disciplinadament els ensenyaments que uns catedràtics competents, però generalment inaccessibles, impartien en uns amfiteatres imponents de tres-centes o més places. Com que per un preu mòdic es podia adquirir cada mes, imprès pel sindicat estudiantil, el text de les seves lliçons magistrals, no era necessari prendre apunts ni tampoc assistir a classe, sobretot quan es comprovava que el catedràtic no hi donava explicacions complementàries. En els dos anys de doctorat, alguns catedràtics organitzaven seminaris i grups de treball que permetien un contacte més directe i l'estudi més aprofundit de la matèria que tractaven, però aquesta no era la regla general. La universitat encara era, aleshores, la tradicional del segle passat i els coneixements que s'hi adquirien eren de caràcter marcadament teòric i abstracte. Al cap de cinc anys, l'estudiant d'econòmiques sabia discutir i opinar sobre les teories de Marx, o d'Adam Smith, però no havia tingut mai a les mans una lletra de canvi. Entre els professors que vaig tenir me'n van tocar alguns de reconegut prestigi. L'economista Jean Marchal havia contribuït a posar en peu la comptabilitat nacional francesa i gaudia de gran consideració pels seus treballs sobre la formació dels preus; els germans Henri i Jean Mazeaud eren, fins i tot més enllà de les fronteres, indiscutibles eminències del dret privat; el constitucionalista Georges Vedel passava per haver estat el principal revisor i unificador del dret administratiu francès i havia tingut un paper rellevant en la redacció dels tractats de la Comunitat Europea, entre els quals, el de l'energia atòmica; André Philip, que ensenyava història econòmica, tenia el prestigi d'haver estat diverses vegades ministre d'Economia dels primers governs de la Quarta República i recollia les nostres simpaties per haver criticat la política algeriana del seu coreligionari Guy Mollet. Però, tret de Raymond Aron, que situava les seves exposicions i els seus arguments al cor de la vida real i parlava generalment de peu dret enmig dels seus estudiants, tots els altres, més que ensenyar, ens dictaven les veritats de la seva ciència, deixant a la nostra iniciativa descobrir quina aplicació concreta podien tenir. Al cap de cinc anys d'escalfar seients en amfiteatres i biblioteques, se suposava que havies de tenir una idea prou exacta de com funcionava la societat i de què guiava l'acció humana. La veritat és que en sabia ben poca cosa, però tenia el cap replè de teories. No hi ha dubte que la gimnàstica mental requerida per assimilar idees és molt saludable, però ja em semblava aleshores que aprenia més com funciona una societat i com es comporten els homes en les novel·les de la llista d'en Claude Simon. Ho havia comprovat una primera vegada amb *Les ànimes mortes* i *Els endimoniats*, que m'havien fet entendre, més que el munt de llibres que havia llegit sobre la Revolució Russa, en què va consistir aquella convulsió i quina mena de societat en va resultar. La universitat em va deixar carregat d'idees generals, però sense ofici. Així i tot van ser uns anys intensos de discussions i lectures, de caminar pel món de les idees, intentant no caure en paranys, ni cercles viciosos. Uns anys en què també va haver-hi temps per a la vida desenfadada i les passions amoroses, en un clima de gran llibertat de costums. A mitjans dels seixanta, en una discussió amb una d'aquestes barcelonines petulants i de bona família que professaven opinions d'extrema esquerra, em vaig sentir dir un dia: «Tu rai que vivies a París!», com si l'exili hagués estat un privilegi. Ben mirat, tenia tota la raó. Comparada amb la vida a Barcelona, la vida d'estudiant a París, a mitjans dels cinquanta, era un veritable regal de Déu.

Els que érem estudiants en aquella època pertanyíem a la primera generació de la postguerra. No havíem fet la guerra i la poca que havíem vist, l'havíem vist amb ulls de nen. Les nostres actituds davant la vida eren més optimistes i més despreocupades que les dels nostres pares i per marcar aquesta diferència els anomenàvem en el nostre argot «*les vieux*», o «*les croulants*», de la mateixa manera que el 1968 passaran a ser «*les bourges*». Els canvis de vocabulari són sempre símptomes de canvis de cicle i, més enllà de voler fer l'original, responen generalment a profundes mutacions morals i espirituals. La França dels meus anys universitaris havia deixat definitivament enrere la guerra. A tot Europa els horitzons eren de pau. El general que havia guanyat la guerra era president dels Estats Units i l'Aliança Atlàntica ens protegia de les possibles temptacions hegemòniques de la Unió Soviètica. Les institucions europees de cooperació econòmica, primer del carbó i de l'acer, després de l'energia atòmica, havien preparat el terreny i el tractat de la Comunitat Econòmica Europea, que cimentava definitivament la reconciliació de França i Alemanya, obria noves perspectives d'estabilitat política i de creixement econòmic. Però a França no tot anava pel bon camí. A més d'una Constitució i una llei electoral que no afavorien l'estabilitat governamental—vint-i-quatre governs en dotze anys!—, els partits polítics eren incapaços de posar-se d'acord per resoldre els conflictes colonials. Després de vuit anys de guerra i quaranta mil soldats morts, dels dos-cents mil que hi va arribar a tenir, França havia hagut d'abandonar la Indoxina. Si el conflicte indoxinès havia estat motiu de discòrdia, l'algerià s'anunciava encara més corrosiu. El país es trobava atrapat en una contradicció insoluble. D'una banda, la classe política que havia arribat al poder defensant la llibertat del poble contra la invasió estrangera se sentia ara obligada a reconèixer la que exigien els pobles que tenia sotmesos. De l'altra, aquesta mateixa classe política, que per resistir havia apel·lat al passat gloriós de la pàtria i havia sol·licitat l'ajuda dels germans d'ultramar, podia difícilment renunciar al seu imperi i abandonar el milió de ciutadans instal·lats a Algèria a mans d'una sobirania nacional altra que la francesa. Els dirigents dels partits polítics, que en coalicions de centreesquerra governaven des de 1954, eren partidaris de la descolonització i ja havien reconegut la independència al Marroc i a Tunísia, però la majoria dels afiliats d'aquests partits era cada dia més partidària d'una Algèria integralment francesa. La situació militar anava empitjorant i ni amb quatre-cents mil soldats sobre el terreny l'exèrcit no era capaç de fer front a la revolta dels nacionalistes algerians. A la universitat, les opinions estaven dividides. Seguíem els esdeveniments de prop i els que acabaven la carrera ja es veien anant a la guerra. La notícia de la mort en una emboscada d'un dels companys que havia col·laborat a *Exigences*, la nostra petita revista de l'últim any de batxillerat, ens va deixar tots commoguts i consternats i les nombroses denúncies per part de personalitats eminents de les tortures perpetrades sistemàticament per l'exèrcit en tot el territori algerià revoltaven els uns, desmoralitzaven els altres. El govern Guy Mollet, que no controlava la situació i era incapaç d'imposar la seva voluntat a un exèrcit que feia causa comuna amb els *pieds-noirs*, va acabar dimitint. El govern que el va substituir no va durar ni tres mesos i el següent no arribaria a sis. Quan a mitjans d'abril de 1958, en un clima de total descomposició política, va dimitir el president Félix Gaillard i ningú no es va mostrar disposat a formar-ne un altre, es va crear un buit polític perillós. El 13 de maig, els generals Salan i Massu van prendre una decisió clarament insurreccional constituint un Comitè de Salut Pública a Alger. Corrien rumors d'una sublevació militar a Còrsega i l'arribada dels paracaigudistes del general Massu a París semblava imminent. El govern que va acabar formant el demòcrata cristià Pierre Pflimlin no tenia cap autoritat i va dimitir al cap de pocs dies. Una vegada més, el Parlament francès posava el destí del país en mans d'un general i De Gaulle era invitat a formar govern. Tot i que es va respectar el procediment constitucional, el nomenament tenia un clar regust de pronunciament. El Parlament, igual que els va donar al mariscal Pétain, atorgava plens poders a De Gaulle per dissoldre la Constitució i, amb un referèndum clarament plebiscitari, fer-ne aprovar una altra. Abans d'acabar l'any, De Gaulle era elegit president. Tret d'en Mitterrand per càlcul i d'en Mendès France per convicció, la classe política optarà per creure que l'arribada del general De Gaulle al poder evitava un cop d'estat i la confrontació civil que en resultaria. Era, en efecte, l'únic que podia fer creure els militars i fer acceptar l'abandó d'Algèria a l'opinió pública. Ja havia demostrat que sabia transformar una derrota en victòria. França, humiliada a Indoxina i a Algèria, adoptarà el discurs patriòtic grandiloqüent d'en De Gaulle amb tant més entusiasme com més evident s'anirà fent la pèrdua del seu imperi i més modesta la seva posició en el concert de les nacions. Haurem d'esperar més de quaranta anys perquè minvi aquesta exaltació de la *grandeur*. No m'ho pensava.

Vaig viure les convulsions polítiques que provocava la guerra d'Algèria i el trist final de la Quarta República des de la universitat, on qualsevol fet donava lloc a discussions vehements, altercats, manifestacions i baralles. No sé si perquè no m'hi jugava res, o perquè també tenia l'esperit també ocupat en les lluites subterrànies de la política catalana i espanyola, em vaig mirar aquells esdeveniments des de la barrera, com els d'una mort anunciada. Un cop cap del govern, De Gaulle va viatjar a Alger. Devia el poder a la sedició dels militars; ara era urgent reconduir-los a la legalitat i fer acceptar al país la política contra la qual s'havien rebel·lat. Li costarà tres anys aconseguir-ho però, reeixint allà on els altres havien fracassat, li permetrà consolidar el seu poder i el del seu partit per molts anys. Veure un militar portat al poder pel soroll dels sabres no podia agradar-me de cap de les maneres i tardaré anys a valorar degudament el servei que De Gaulle va prestar al seu país. Així i tot no puc deixar de veure aquella època com un cant del cigne. Un cant pompós i tibat àmpliament compartit pels francesos que continuo trobant antipàtic.

Tret de Góngora i Machado, que el pare recitava en veu alta, del *Sentimiento trágico de la vida*, d'un parell de novel·les de Pío Baroja i alguns episodis del Quixot, ben poca cosa havia llegit en castellà i tampoc no llegia habitualment en català. Tots els llibres de la llista d'en Simon i tots els que hi afegia eren en francès, tant Swift, com Turgenev, tant Nietzsche, com Èsquil. La meva vida, la universitària, l'ociosa i la sentimental, era cent per cent francesa. Així i tot, la terra perduda dels pares, que jo retrobava periòdicament al primer pis del Cluny i a les pàgines de l'*Endavant*, no deixava d'ocupar el meu esperit. Totes les ocasions, per Nadal, Pasqua, o l'estiu, eren bones per anar a Barcelona, amb parada a Cotlliure, on en Pallach aprofitava les vacances per tenir contacte amb els coreligionaris de l'interior, i jo per anar coneixent altres protagonistes de la nostra vida subterrània. Crec que va ser la primavera o l'estiu del 58 que Albert Manent em va presentar Jordi Pujol. Recordo que vam anar a dinar a un restaurant que hi havia a la talaia de la Barceloneta. Jordi Pujol era un home segur d'ell mateix i del que deia, i el que va dir no em va desagradar. Va criticar durament l'exili, que creia inoperant. No va ni mencionar la Generalitat, que creia, com jo, desada en el congelador de Saint-Martin-le-Beau. No sé si els meus cognoms li van recordar els errors del catalanisme republicà, però no es va quedar curt a l'hora de criticar la política dels antics partits, especialment d'Acció Catalana, que en lloc de donar suport a l'Esquerra s'havia tancat en una posició elitista. La derrota havia estat culpa nostra. Ara s'havia de tornar a començar, a partir de zero. El nou catalanisme havia de ser més responsable, més preparat, més consistent, lliure de tota hipoteca del passat. Jo, que tantes vegades havia sentit dir que la intel·ligència i la cultura havien caigut víctimes d'uns militars cafres i ignorants i no havia deixat de preguntar-me com era possible que tanta intel·ligència s'hagués deixat vèncer per tanta ignorància, no podia estar-hi més d'acord i no vaig trobar els seus plantejaments regeneracionistes i apassionats gaire allunyats dels que havia sentit a en Pallach. No entenia una cosa. ¿Per què un home com ell, fill del catolicisme més pur i líder d'un moviment catòlic com el CC, no s'havia fet d'Unió Democràtica? El que no vaig entendre era que Jordi Pujol ja tenia clar aleshores que el futur gran partit catalanista que projectava no havia de ser un partit confessional i el que vaig tardar encara més a entendre era la importància social, no sé si moral, però sí política, que tenia el catolicisme que no s'havia fet d'Unió Democràtica i ara deixava a poc a poc de ser franquista i retrobava les seves arrels catalanistes i democràtiques. A la mateixa època també vaig conèixer Josep Benet, que procedia de la Federació de Joves Cristians i d'Unió Democràtica, però el 1958, ja s'havia allunyat del partit i s'havia convertit en un dels principals instigadors de tot moviment reivindicatiu que, superant els plantejaments partidistes, fos susceptible de generar suports ciutadans més amplis i una més àmplia unió de tots els grups polítics. Vivia la política com un apostolat. Patriota insubornable i activista impenitent, la seva tenacitat i la seva energia, que contrastaven amb la seva fragilitat física, forçaven l'admiració. Catòlic i catalanista, havia vist la guerra desfer i dividir el seu món i aquesta experiència dolorosa l'havia convertit en un apassionat partidari de la reconciliació entre vencedors i vençuts i en un defensor no menys apassionat de la unitat de totes les forces polítiques contra la dictadura. No ens posarem d'acord sobre les formes que haurà de prendre aquesta unitat si inclou els comunistes, ni quan la defensarem per exigir el retorn del president Tarradellas, però aquestes diferències no enteroboliran mai la nostra amistat, ni desvirtuaran les nostres coincidències. La trajectòria política de Josep Benet ha estat singular i a la vegada il·lustrativa de la tragèdia que ha viscut el país. Educat a Montserrat en la devoció als màrtirs cristians, viurà de prop la persecució de mestres i companys durant la Guerra Civil. Perseguit i amenaçat quan manen els uns i quan manen els altres, pensarà amb raó ser dels que poden defensar millor que ningú la reconciliació de vencedors i vençuts. Clandestí des de 1936, traslladarà a la política la intransigència moral heretada d'aquesta tràgica i heroica experiència. El seu activisme desinteressat el convertirà en un dels polítics més populars de l'oposició, però quan les primeres eleccions ordenaran el debat públic en debat entre partits i voldrà intervenir-hi, es distanciarà dels seus amics catalanistes i defensarà les seves idees des d'altres files. No sé si mogut per l'èxit de la seva candidatura al Senat, o per un arriscat càlcul polític, acceptarà presentar-se com a cap de llista del PSUC al Parlament. Tampoc no sé si per puritanisme democràtic, o pel record de la Guerra Civil, s'oposarà en solitari al president Tarradellas. Derrotada a les urnes una possible coalició de socialistes i comunistes que podia hipotèticament presidir, la seva intervenció en la vida política parlamentària deixarà de tenir la seva principal raó de ser. Ell mateix l'abandonarà i, recloent-se en la veneració de les vides heroiques, escriurà apassionats llibres d'història per consagrar els màrtirs de la Catalunya que no ha pogut ser, excloent del seu panteó en Tarradellas, que ha sobreviscut i triomfat, però gràcies al laberíntic i poc gloriós comerç dels homes.

En els meus viatges a Barcelona, vaig anar algunes vegades a reunions del Comitè de Coordinació de les Forces Democràtiques de Catalunya. Aquest organisme unitari, que havia substituït el Consell Nacional de la Democràcia Catalana d'en Pous i Pagès, es reunia, per raons de seguretat, en forma de tertúlia, sota la presidència de Claudi Ametlla, d'allà que se'l conegués amb el nom de «Comitè Ametlla». Els tertulians no eren els de Perpinyà, però obria la porta la senyora Ametlla, o la seva filla, amb el somriure acollidor de sempre. Hi assistien regularment, entre altres, Rafael Tasis, que venia en representació d'Acció Catalana; Martí Barrera i el seu fill Heribert, que venien per Esquerra Republicana; Miquel Coll i Alentorn i Anton Cañellas, que representaven Unió Democràtica. El Comitè Ametlla no era la prefiguració d'un govern, ni d'un parlament, tampoc no era un comitè revolucionari, però tenia la virtut de no pretendre ser altra cosa que la que podia ser: un comitè informal on s'intercanviaven informacions, s'interpretaven les notícies i, quan les circumstàncies ho exigien, es fixava la posició conjunta de les forces democràtiques catalanistes amb la decidida voluntat que les reivindicacions de Catalunya fossin presents en qualsevol solució política que s'articulés per sortir de la dictadura. També vaig coincidir a Barcelona amb l'Antonio Amat, a qui dèiem *el ciclista* perquè era el representant de la comissió executiva encarregat de coordinar els diferents grups del PSOE existents a la Península. A principis del 57 i 58, coincidint amb l'agitació universitària, va haver-hi vagues als principals nuclis industrials del país, a Astúries, el País Basc i Catalunya. Els organismes repressius del règim vigilaven evidentment de molt a prop totes les persones susceptibles d'inspirar o dirigir aquestes reivindicacions i el 14 de novembre de 1958 van procedir a la detenció de tots els quadres dirigents socialistes del país començant pel *ciclista*. A Barcelona van ser detinguts la majoria dels amics i companys que havia anat coneixent. Entre ells Joan Reventós, Edmon Vallès, Francesc Casares, Lluís Torras, Joan Rion, Salvador Clop, Miquel Casablancas, Carles Sanpons i Antoni Piferrer. Sortosament pocs eren reincidents i a partir del 24 de desembre van començar a ser posats en llibertat, alguns consignats als seus domicilis, altres encara a la presó el mes d'abril. A París vam mobilitzar tots els amics francesos de la democràcia espanyola per organitzar, una vegada més, una campanya de premsa reclamant l'alliberament de tots els presoners polítics. Un dels objectius tradicionals d'aquestes campanyes consistia a recollir el màxim nombre de firmes d'intel·lectuals de prestigi. No recordo qui va escriure el manifest en aquella ocasió, però, com de costum, era un escrit de caràcter general i sense cap connotació partidista. Em va tocar a mi anar a recollir, entre altres, les firmes de Camus, Sartre i Malraux. En Camus em va citar a un teatre on assajaven una de les seves obres. Rodejat d'admiradores, em va sorprendre el seu aspecte de galant de pel·lícula, amb vestit fosc i corbata vistosa. Quan li van dir que havia arribat el noi que venia a recollir la seva firma, va venir de seguida cap a mi amb un gran somriure, va comentar les detencions i la situació política amb gran efusió, referint-se a la seva ascendència espanyola per part de mare i, grandiloqüent, va acabar dient-me que potser els homes no podem aixecar pesos de tres-cents quilos, però això no ens fa esguerrats i el mínim que podem fer és firmar papers com el que li portava. L'entrevista amb en Malraux va ser més curta i més protocol·lària. Ja era ministre i no devia tenir gaire temps per perdre. Es va tornar a llegir atentament el text que ja li havíem enviat i després d'un gest d'assentiment amb el cap va firmar, sense més comentari que una breu referència a la seva inamovible fidelitat a la causa de la democràcia espanyola. En Sartre estava molt ocupat i em va rebre el seu secretari, que va prometre una resposta al cap de dos dies. Quan hi vaig tornar em van dir que, abans de firmar, en Sartre volia conèixer la llista completa dels firmants. Em vaig limitar a contestar que érem molts demanant firmes i no tenia la llista completa, que per altra banda cap dels firmants no l'havia demanada i tampoc no tenia autorització per donar-li la meva. Em vaig quedar evidentment sense la seva firma. No em va sorprendre.

A principis del 59, continuava l'agitació universitària i la disminució del nivell de vida provocava noves vagues. Així i tot la campanya començada pintant la lletra *P* a les parets de la ciutat, que havia de desembocar en una vaga general de protesta, va ser un fracàs. Amb les detencions dels socialistes, el govern havia deixat clara la frontera que no es podia travessar i amb l'alliberament de la majoria dels detinguts al cap de pocs mesos evitava una campanya internacional contra el règim que podia perjudicar la política d'apropament a Europa iniciada pels ministres de l'Opus. El franquisme era prou fort per mostrar-se alhora intransigent i moderat. La cosa anava per llarg, però jo no ho sabia, ni volia saber-ho.

A la meva vida d'estudiant parisenc se n'hi havia afegit una altra, la intensitat de la qual l'ancorava profundament en el meu esperit. Quan avui intento recordar què pensava realment en aquella època em costa creure que les meves idees fossin el resultat de les reflexions que m'havien inspirat els ensenyaments adquirits. Tot i ser un convençut del lliure arbitri m'inclino a pensar que som, abans que tot, producte d'una família i de les seves circumstàncies, i les idees, que mestres i lectures van dipositant sobre el magma indesxifrable dels nostres sentiments, només arrelen quan hi encaixen. Recordo com, davant la nova interpretació de la història que ens proposava Raymond Aron, cada un de nosaltres va reaccionar segons la seva predisposició a admetre concepcions diferents de les convencionals i tinc la certesa que les vaig fer meves perquè casaven a la perfecció amb l'esperit crític que regnava a casa. Sempre he pensat que les idees són fràgils i ens costa ben poc abandonar-les, excepte quan revesteixen un sentiment i s'han transformat en conviccions. Tots aquells anys, tret del pare, els dos homes que més van donar forma a les meves inclinacions, Josep Pallach i Claude Simon, no es van conèixer mai. De mentors havien passat a ser amics personals, però formaven part de mons diferents. Un m'havia obert la porta del país que havien perdut els pares, l'altre m'havia fet entrar en un món sense fronteres on m'era desenvelada una altra vida. Les carreres de dret i economia que estava acabant m'havien deixat el cap farcit d'idees generals i aquestes amistats havien encès en mi grans passions, però no veia gaire bé com em podien ajudar a guanyar-me la vida. El pare sempre havia cantat les virtuts de la vida dura. Ho feia a la seva manera, indirectament, com aquell que res, amb una cançó, com aquella mexicana: «... *de piedra era la cama...*», o donant com a exemple de vitalitat aquells gitanets descalços que no feien gàrgares. Quan alguna vegada m'havia sentit queixar-me de la dificultat d'un deure, o de com era de fatigós aprendre una lliçó, tot somrient, em recordava allò de «*letra con sangre entra*». Ara que s'havia posat de moda una pedagogia comprensiva amb la sensibilitat de l'alumne i es parlava de tractaments psicològics per resoldre els problemes emocionals i les dificultats d'adaptació de l'adolescent, explicava que coneixia una teràpia igualment eficaç i infinitament més econòmica, coneguda amb el nom de *l'electroxoc del pobre*. Consistia que el pare esperava el fill amagat darrere la porta i quan aquest entrava a casa, sense absolutament cap motiu, li clavava un solemne bolet. L'efecte sorpresa i la coïssor a la galta esquinçaven a l'acte el tel que enterboleix el cervell de l'adolescent i despertaven la seva intel·ligència. Prova de l'eficàcia del remei: en tornar d'escola l'endemà, l'adolescent obria la porta a poc a poc, assegurant-se que no hi havia ningú darrere. L'acudit no deixava de tenir gràcia i sempre tenia molt èxit. El que jo no sabia és que al cap de poc temps em sotmetria a una versió del mateix tractament. A principis d'aquell any 59, el pare em va donar dues notícies. La primera, que havia arribat l'hora de guanyar-me la vida i a partir del pròxim any hauria de subvenir a les meves necessitats. La segona, que pensava tornar-se'n a viure a Barcelona i es venia la participació que tenia en la companyia d'enginyeria per a la qual havia treballat fins ara. No em podia oferir més ajuda que la de recomanar la meva candidatura als seus antics socis que buscaven personal. Vistes les possibilitats de trobar feina a París, a finals de juny, l'endemà mateix de l'últim examen, agafava l'avió cap a Nova York. M'esperava un altre xoc: el xoc americà.

III

Tret d'algunes idees llibresques o cinematogràfiques, ben poca cosa sabia dels Estats Units. L'estiu de 1956, amb la idea de millorar el meu anglès, em vaig passar un mes i mig fent de cangur de tres nens d'una família americana, que passava les vacances en un illot adjacent a l'illa de Martha's Vineyard, davant de Boston. L'oferiment m'havia arribat per un amic de la mare, exprofessor d'història de la música al Black Mountain College, famós bressol de les avantguardes artístiques americanes, que treballava a la UNESCO i, les nits, tocava el piano en un cafè de l'Île Saint Louis. John Evarts era un bohemi culte i distingit, amant de la vida social, que havia arribat a Europa després de la guerra, enviat per una agència cultural del govern americà amb el curiós encàrrec de «desnazificar» la música alemanya. La família Sands li havia preguntat si sabia d'un jove francès disposat a cuidar les criatures a canvi de conèixer la vida americana i de pas visitar Nova York. Winthrop Sands era un home original. Havia format part d'aquella joventut daurada, amb un peu a Europa, immortalitzada per Scott Fitzgerald. D'una gran família de Nova York copropietària del *Herald Tribune*, als quaranta anys, havia abandonat una brillant carrera en el món de les finances per estudiar medicina i convertir-se en un dels principals metges de l'hospital de la Universitat de Dartmouth. Introvertit i d'un posat seriós, però amant de la bona vida, tenia un gran sentit de l'humor i la seva segona esposa, amb qui havia tingut els tres fills que havia de vigilar, era una enèrgica i explosiva noia del Midwest. Després de fer el turista quatre dies per Nova York, em vaig passar, com estava previst, cinc setmanes amb els Sands a la petita illa de Chappaquiddick, que encara no havia fet famosa l'accident d'automòbil que va posar fi a les ambicions del senador Ted Kennedy. El 1956, Chappaquiddick era un paratge esventat i agrest amb camins sense asfaltar i set o vuit cases enmig de pinedes envoltades de grans platges de sorra. La meva feina consistia a acompanyar el cuiner, que cada estiu feien venir de París, a fer les compres a l'illa principal de Martha's Vineyard, a portar els nens a la platja i quedar-me de guàrdia els vespres que sopaven fora. Vaig fer molt bona amistat amb els Sands i els seus amics, que venien tot sovint a gaudir de la bona taula de *Papa Druse*, vell conegut de la família per haver regentat el restaurant preferit dels Sands els anys que havien viscut a París. Els que venien més sovint eren: el fotògraf i publicista Fritz Siebel, que havia pogut fugir de Txecoslovàquia durant la guerra i s'havia fet ric amb l'anunci de Mister Clean, que encara veig a la televisió; l'oftalmòleg Sam Bell i la seva esposa, que vivien a l'Àfrica, on treballaven per a la Fundació Rockefeller en un programa per eradicar el tracoma d'aquell continent; el cardiòleg Bing Fong Quan, que havia emigrat de Xangai abans de la guerra, i la seva esposa, la Lilian, filla d'un afroamericà i una xinesa, i en Norman Rosenthal, metge internista del Mount Sinai Hospital de Nova York, i la seva dona, la Janyce, filla d'un membre prominent de la comunitat jueva de la ciutat. L'amic de John Evarts havia complert la seva part del tracte: havia visitat Nova York i havia entrevist un petit tros de vida americana, però continuava sabent ben poca cosa del nou món.

No recordo quin amic dels Sands, referint-se a la vida a Nova York, em va explicar l'acudit d'aquell home, avorrit de viure al paradís, a qui sant Pere dóna finalment permís per passar un cap de setmana a l'infern i hi descobreix un cabaret espectacular, amb música trepidant, noies joves i acollidores, xampany i llagosta a dojo. Quan demana per tornar-hi, sant Pere li respon que no és possible, a menys que sigui per sempre més. Davant la perspectiva d'avorrir-se eternament, no s'ho pensa i decideix anar-se'n-hi, però quan hi arriba, es troba amb una presó amb dimonis que cremen i torturen els nouvinguts. Astorat, demana explicacions. «La primera vegada que va venir—li contesten—vostè venia de turista, ara és immigrant». L'Amèrica que em vaig trobar a finals de juny de 1959 no era cap infern, però va resultar un autèntic purgatori. Després d'una setmana de vida laboral, ja havia arribat a la conclusió que en aquest país et paguen pel que vals, i valia ben poc, com ho demostrava el modest sou d'oficinista que cobrava. La meva feina consistia a processar les demandes de peces de recanvi dels equipaments siderúrgics dels nostres clients sud-americans. Passar les ofertes, comprovar les comandes, supervisar les entregues i controlar els cobraments era la meva comesa. Primera purga: els meus diplomes superiors de la Sorbona no servien absolutament de res. Per sort, la secretària que em van assignar, una noia alta, prima i rossa, de la meva edat, que havia arribat a Amèrica deu anys abans que jo, procedent de l'Alemanya de l'Est, em va iniciar en les virtuts i defectes de les diferents modalitats de pagament—hi tenia la mà trencada—i en les virtuts de la carta de crèdit, instrument rei per comerciar amb els clients d'Amèrica Llatina. La meva nova professora d'economia, la Liz, era una noia expeditiva i optimista, manifestament contenta de fer la feina que feia i del sou que cobrava. En cas contrari no se li hauria ocorregut queixar-se, ni mostrar cap desgana, sinó buscar immediatament una altra feina. Aquesta actitud predisposava a afrontar els problemes de cara i deixar-se de romanços. Els primers dies, ja m'havia sorprès que per llogar el petit estudi que havia trobat pels anuncis del *New York Times* no m'haguessin demanat cap document d'identitat, cap contracte de treball, cap garantia altra que l'últim extracte del meu compte corrent i només hagués hagut d'enviar la còpia firmada del contracte per correu i recollir la clau a mans a l'encarregat del manteniment de l'edifici. Em va sorprendre novament que per contractar una línia de telèfon ho pogués fer des d'un telèfon públic, enviant un altre extracte del compte corrent i el tingués instal·lat al cap de vint-i-quatre hores. Tampoc no va deixar de sorprendre'm que no fos necessària cap confirmació escrita de les comissions, o descomptes, obtinguts per telèfon de persones amb les quals no havíem tingut mai cap relació. El valor absolut de la paraula donada, la confiança per endavant i la simplificació dels tractes m'obrien els ulls sobre un món on s'anava de pressa i de debò.

Vaig passar els primers dies, fins que vaig trobar pis, a casa de la Barbara i en Harold Salomon, que havia conegut a Cotlliure a casa d'en Pallach, l'estiu del 57. A la seva època d'estudiant, la Barbara, junt amb una amiga, havia col·laborat, a finals del 48, en la sonada fuga de dos estudiants madrilenys que complien condemna picant pedra al Valle de los Caídos, emportant-se'ls en un cotxe descapotable fingint un viatge turístic de dues adinerades joves americanes amb els seus amiguets espanyols. Un cop a París, els dos fugats, Nicolás Sánchez Albornoz i Manuel Lamana, amb en Paco

Benet, organitzador de la fuga, i el seu amic Pepe Martínez, havien intentat reconstituir una FUE a l'exili, i amb en Josep Pallach havien publicat una ambiciosa revista, *Península*, amb articles en castellà, català i gallec, que malauradament no va passar de dos números. La Barbara, que vivia a Nova York, feliçment casada amb l'advocat i jurista Harold Salomon, s'havia mantingut fidel a les idees que havia defensat a la seva joventut i seguia amb interès la situació política espanyola. Era l'única amiga que tenia a Nova York. Vaig passar aquells primers dies a Amèrica recordant amics comuns i comentant l'actualitat política dels països que acabava de deixar. Em sentia en terreny conegut, però no vaig tardar a tenir una nova sorpresa. La veïna del pis de sota i amiga de la Barbara, l'actriu Shelley Winters, va proposar un vespre anar a casa del seu amic el cantant Harry Belafonte, que, amb el pretext d'una partida de cartes, reunia uns quants amics a casa seva. El meu anglès del Janson de Sailly i d'un estiu a Oxford i un altre a Chappaquiddick era suficient, si em concentrava, per entendre més o menys de què parlava la gent, però no em permetia participar amb naturalitat en una conversa. Un cop presentat com el jove amic espanyol de la Barbara i haver intercanviat unes amables paraules amb diferents invitats que em preguntaven de quina ciutat procedia i què feia a Nova York, vaig anar passant d'un grup a un altre. Al cap d'una estona, ja quasi tothom amb una copa a la mà, en Harry Belafonte, una noia negra com el carbó, ballarina i professora de ball, la Shelley i un home forçut, amb camisa de quadres, que treballava a la benzinera del barri, visiblement gran amic de la casa, es van posar a jugar a cartes. En Harold va iniciar una conversa amb un amic seu, professor de dret a la Universitat de Harvard, a qui tot just acabava d'explicar que havia estudiat a la Sorbona, quan es va acostar un homenet simpàtic i rialler que era comerciant a l'engròs de patates i moniatos. Pel que es van dir, era obvi que no es coneixien, però van començar una conversa molt animada. Que un professor de dret de la més prestigiosa universitat del país parlés amigablement amb un comerciant de patates ja era per a mi insòlit, però encara més insòlita va resultar la seva conversa desenfadada sobre els mèrits respectius de les seves professions i l'interès que suscitaven a cada un d'ells. Tot era *Ville*. Ni rastre de *la Cour*. Em queia una altra bena dels ulls.

El petit estudi que vaig llogar al número 521 del carrer 82, entre la Primera Avinguda i l'East River, consistia en una sola habitació que donava a un pati interior, una petita cambra de bany i una minúscula cuina dissimulada en un armari. El 3B no era res de l'altre món, però barat i en una casa de només cinc pisos que no feia por. Pels noms dels restaurants i de les botigues em vaig adonar que havia anat a parar a un barri alemany. Conegut pel nom de Yorkville, va del carrer 76 al carrer 96, entre la Tercera Avinguda i l'East River. En el carrer 86, que n'és l'artèria principal—en deien aleshores, i encara probablement en diuen, el German Boulevard—, hi havia tres cines i dues enormes cafeteries on servien plats precuinats. Una era un immens Automat, o sigui un *self-service*, amb la particularitat que els clients, introduint les monedes corresponents, podien obrir unes petites caixes de vidre encastades a la paret on hi havia a la vista els diferents plats precuinats disponibles. Tot i que era la més econòmica, la pudor de desinfectant que hi regnava, aquella paret amb aquells rengles de petits nínxols que em recordava els cementiris de Barcelona i els dos negres desmenjats i silenciosos que recollien les restes de menjar i feien fora els clients que només hi entraven per resguardar-se del fred no m'incitaven a freqüentar-la. Acostumat a la cuina francesa, o catalana, la d'aquests establiments no tenia cap dels gustos que era capaç de reconèixer i les reminiscències de cuina alemanya, o hongaresa, que vaig tastar als restaurants del barri estaven a preus prohibitius. Afortunadament també hi havia una infinitat de petits locals anònims i sense cap pretensió on servien magnífics ous ferrats amb bacó i, en el mateix carrer, diverses *delicatessen* on podia comprar a preus moderats tots els aliments haguts i per haver de tots els països del món. Tot i no haver cuinat mai, no em podia morir de gana. Però tenia un altre problema, més difícil de resoldre: el meu anglès era molt justet. Entenia de què parlava la gent, però havia de prestar molta atenció i, a penes baixava la guàrdia, perdia el fil del que es deia. No podia participar normalment en una conversa i les vegades que la Barbara m'havia convidat a sopars, o a reunions amb amics seus, m'havia vist relegat a la trista condició d'invitat de pedra. Tots els immigrants saben com d'enutjosa arriba a ser aquesta barrera i és normal que s'apleguin en barris segons la seva procedència. Amb un anglès incert i un alemany inexistent, a Yorkville, m'hi vaig trobar sol com un mussol i, com que no gosava abusar de les generoses invitacions dels únics amics que tenia a la ciutat, em vaig passar molts caps de setmana assegut en un banc, a la vora del riu, mirant les gavarres lluitant, com jo, a contracorrent. La solitud en la qual la incomunicació m'havia reclòs em va agafar desprevingut. Em sentia desarmat. Per posar-hi remei vaig apuntar-me a unes classes per a estudiants estrangers que feien els vespres a la Columbia University. Però no tenia paciència. El que necessitava, desesperadament, no era gramàtica i sintaxi sinó captar la música de la llengua que sentia. Vaig deixar córrer les classes i em vaig posar a llegir diaris i revistes, vaig comprar-me una ràdio i quasi cada nit anava al cinema. L'anglès del món dels negocis, que s'ha convertit avui en la *lingua franca* del planeta, és un idioma senzill i directe, circumscrit a un nombre reduït de fórmules que cobreixen amb gran precisió totes les fases de la vida econòmica. Gràcies a les judicioses correccions de la Liz no vaig tardar a assimilar aquesta mena d'esperanto i fins i tot escriure'l prou correctament. Al cap de poc temps, vivia vuit hores al dia, cinc dies per setmana en perfecta sintonia amb l'idioma que es parlava al meu voltant, però fora del despatx no em servia de res. Un cop al carrer, una mà misteriosa canviava la longitud d'ona, la música es deformava, se sentien diverses emissores a l'hora, el garbuix era una altra vegada inextricable. Per moments veia la llum, però en un tancar i obrir d'ulls el cel tornava a ennuvolar-se. Els dissabtes i diumenges queia en un pou i esperava ansiós que fos dilluns per retrobar gent que entenia. Els primers mesos a Nova York, vaig portar dues vides. A la professional tenia la impressió de fer coses, d'aprendre'n de noves, tot i que feien trontollar les que sabia. A la vida ociosa em semblava perdre el temps, escoltant la ràdio, anant al cine, deambulant pels museus. A la primera em guanyava la vida, cosa que no havia fet fins ara i, sens dubte, hauria de continuar fent per sempre. Ara descobria que els que feien funcionar les coses, els que feien bullir l'olla, i per tant la meva, no tenien cap de les meves inquietuds polítiques, intel·lectuals o literàries. Eren gent senzilla i directa, summament competent i admirablement adaptada al món. Eren el món! El que portava al cap, no el veia enlloc. Potser l'havia somiat. Fora de la feina, trobava les seves converses sovint banals, no mostraven interès pel teatre de Samuel Beckett, les novel·les de Faulkner o la pintura del *douanier* Rousseau, que no em cansava d'anar a contemplar al MOMA. ¿Però qui era jo i les meves cabòries sense ells? Tres dies de pràctiques en una empresa metal·lúrgica del Midwest em van posar davant d'una evidència. El treball, per crear riquesa, requereix jerarquia i comandament. Tot i saber que els resultats són sempre incerts, des del president fins a l'últim mico de la companyia, ningú no posava en dubte la jerarquia, ni que la tenacitat és condició imprescindible de l'èxit. ¿Què quedava de la idea que els coneixements de com funcionen les societats qualifiquen per manar? Cap dels que treballaven disciplinadament no pretenia saber cap on va el món, però indubtablement eren els que l'afaiçonaven.

Quan John L. Sullivan, cap del departament de comptabilitat, travessava la sala de les secretàries i, a uns metres de la porta, amb dos dits de la mà dreta, es donava un copet a l'ala del barret que s'acabava de posar, no t'havies de mirar el rellotge: eren les cinc en punt, hora de plegar. La secretària en cap, la senyoreta Toni Manteiga, filla d'un gallec, pilot de remolcador als molls de Brooklyn, es quedava fins que, a la vora de les sis, se'n tornava a Nova Jersey l'últim director a marxar, el senyor Kenneth Lopez, gegant de pèl roig, de pare mexicà i mare irlandesa, del qual era la secretària personal. A partir d'aquella hora—sempre em quedava passades les cinc per llegir literatura tècnica i familiaritzar-me amb la indústria siderúrgica que era la nostra especialitat—, començava la meva altra vida. Al cap de tres quarts d'hora entre metro i autobús, tornava a ser a aquell *ersatz* d'Alemanya on vivia. Ja eren prop de les set, engegava la ràdio, acabava el diari, comprat al matí a la cruïlla de la 86 i Lexington, menjava alguna cosa i em posava a llegir les revistes que m'havia deixat la Barbara, o tornava a la 86 per recollir la roba d'un dels bugaders xinesos del barri, comprar queviures a un *delicatessen*, o fer un mos a una cafeteria i anar al cine. A les onze era al llit per poder-me aixecar d'hora, evitar la *rush hour* i tenir temps d'esmorzar tranquil. Aquest era l'únic àpat que feia de gust, el següent l'havia d'engolir a corre-cuita entre dos quarts d'una i la una en un abeurador de plàstic rosa on servien un nombre reduït de plats que tots feien aquella indefugible pudor de desinfectant. Els caps de setmana eren més complicats. No semblava capaç de vèncer la inhibició on m'havia fet caure la incapacitat de comunicar amb normalitat. La poca facilitat de paraula em paralitzava a l'hora d'iniciar una relació. Sempre tenia por de ser considerat un sòmines, o de fer-me pesat per no poder dir el que volia dir amb suficient fluïdesa i claredat. Nova York no és una ciutat especialment acollidora, on sigui fàcil entaular conversa amb desconeguts. Sense un motiu precís i concret et poden clavar un moc com aquell que res. En una entrevista a la televisió he sentit dir recentment a l'escriptor americà actualment de moda, Philip Roth, que «*Mind your business!*» és una expressió típica de la ciutat que tradueix molt bé la incomunicació existent entre les diferents comunitats d'immigrants que viuen replegades sobre si mateixes i que la majoria de la gent va capficada amb els seus problemes, disposada en tot moment a engegar-te a fer punyetes per no perdre temps. Aquest *mind your business* no és diferent de l'«*Occupe-toi de tes oignons!*» parisenc, ni del barceloní «I tu què n'has de fer!», però a Nova York pot ser infinitament més despietat quan relega a la solitud del gueto on han caigut els que s'han deixat vèncer. Els primers mesos temia sentir-lo. Més endavant m'adonaré que l'expressió també pressuposa unes relacions personals més directes, menys hipòcrites i més fecundes, que són el ciment d'una comunitat tant o més forta que les basades en la llengua i la història. La vida a Nova York no resultava ser un infern, tal com havia pronosticat l'amic dels Sands, però era dura i em pesava la solitud. A la humiliació de constatar cada dia que tot el que creia saber servia de ben poca cosa i que, arran de terra, on ara caminava, era un zero a l'esquerra, s'hi afegia els vespres i els caps de setmana la sensació d'estar perdent el temps, fent voltes sobre mi mateix. Havia acordat amb l'empresa que al cap dels sis mesos de prova, si decidíem que continuava, em deixarien tornar a París per presentar la tesi i obtenir el títol de doctor. El pla original era aprofitar durant aquests sis primers mesos les hores lliures per anar preparant el treball i acabar-ne la redacció a París a principis d'any. Però el xoc americà va capgirar les meves prioritats i no vaig obrir ni un sol llibre dels que m'havia emportat. A París m'esperava un altre xoc. No vaig reconèixer la ciutat. Vaig tenir la sensació de tornar a una capital d'una d'aquelles monarquies centreeuropees que surten a les operetes, amb un general fent el gegant, pronunciant discursos pomposos sobre un imperi que ja no existeix i diaris plens de les intrigues dels funcionaris que es disputen els seus favors. També vaig trobar canviat el carrer. La gent més amanerada, una mica obsequiosa, dissimulant fins i tot qui són sota la roba de colors discrets que porten. El metro em va semblar tret d'un decorat de teatre i els autobusos, amb plataforma al darrere i timbre de cadena, d'un altre segle. Ho veia tot net, polit i endreçat, provincial i desuet. Per sort els menjars no havien canviat, continuaven sent exquisits. Quasi tots els amics de la colla eren al servei militar. Uns a Algèria, els més afortunats a França, o a Alemanya. En Domino, que havia començat a escriure en una revista, era a Berlín; en Bernard, que tenia assegurada la col·locació a l'administració de l'Empresa

Nacional de l'Energia Atòmica, era a Oran; en Sergi estava de proves en una oficina del Ministeri d'Economia; l'altre Bernard havia entrat a l'Institut Nacional d'Estadística; en Mickey, que s'havia salvat del servei, preparava el concurs d'oratòria del Col·legi d'Advocats; en Claudio havia ingressat al cos diplomàtic suís, i en François, que havia fet lletres i tirava per a professor, era a Alger. Jo no em veia periodista i com que no era francès no podia ser ni funcionari ni advocat. Decididament Amèrica m'oferia més possibilitats. L'endemà mateix d'arribar, vaig anar a la universitat. Els companys de curs que preparaven la tesi em van explicar els temes que havien escollit, però tant els temes com els comentaris sobre els punts de vista que pensaven defensar em van semblar extraterrestres. Al cap de dos dies a Sainte Ginette completant la bibliografia del meu treball, i tot just fullejats els primers llibres, vaig arribar a la conclusió que no havia de perdre ni un minut més i havia de tornar-me'n a Amèrica. Em sentia incapaç de tancar-me una altra vegada a l'armari de les abstraccions. A París no se m'hi havia perdut res. A Nova York hi havia deixat la feina a mig fer i preguntes sense contestar que no em deixaven dormir. Escollir entre quedar-me a França o emigrar a Amèrica era un fals dilema. De les dues revolucions, la francesa que havia mamat, i l'americana que m'havia rebolcat, s'havia imposat la més forta. Sense que me n'adonés.

Durant la meva estada a Nova York, Catalunya i tot Espanya havien desaparegut de l'horitzó. A les pàgines dels dos diaris que llegia, el *Times* i el *Herald Tribune*, ni rastre de l'actualitat espanyola, com si la península no existís. Una carta explicant-me el boicot a *La Vanguardia* i la importància d'aquella campanya, que per primera vegada havia fet recular el poder, va ser l'única notícia que em va arribar, però em parlava d'un país que ja no veia i d'una guerra que no era la que estava fent. Altre cop a París vaig anar a veure en Pallach. El vaig trobar, com sempre, desbordant d'activitat, amb el mateix entusiasme i mil projectes. La nova oposició espanyola semblava interessar els americans i jo a Nova York podia ser molt útil. Hauria de contactar amb Victoria Kent, que hi publicava la revista *Ibérica*. El març del 59 Victoria Kent havia organitzat una sèrie d'entrevistes a en Juan Manuel Kindelán, de pas per Nova York procedent de Lima, on havia anat des de París per participar en una reunió internacional d'estudiants en representació de l'Agrupación Socialista Universitaria (ASU). La Kent li havia presentat en Norman Thomas, el vell líder del socialisme nord-americà, i l'havia portat a veure el senador demòcrata Hubert Humphrey. Es parlava de la formació d'un comitè americà d'ajuda a la democràcia espanyola i era interessant que hi arribessin les opinions dels demòcrates catalans. A Catalunya les converses entre la UGT, la CNT i els grups de sindicalistes cristians de cara a la constitució d'una aliança sindical anaven per bon camí i seria interessant establir contacte amb els sindicats americans que en Pallach sabia descontents de la burocràcia de la Confederació Internacional d'Organitzacions Sindicals Lliures (CIOSL), que només reconeixia la UGT exiliada. Decididament el meu amic no havia abaixat la guàrdia.

A la primavera arribava a Nova York, aquesta vegada, sense bitllet de tornada. El primer dia, la ciutat em va caure a sobre. Una boira humida i tèbia havia convertit els edificis en fantasmes fosforescents. La remor sorda de sala de màquines que fa la ciutat a tota hora no em deixava dormir. El monstre semblava invencible. L'endemà vaig anar a veure un estudi que una amiga de John Evarts volia llogar abans de marxar a Califòrnia. El piset era una bombonera rosa amb un petit dormitori i una gran sala amb cuina incorporada. El bany, també rosa, tenia una catifa peluda de color blanc. La propietària ja no era rosa, però sí simpàtica, i ens vam entendre de seguida. El 7D era al setè pis d'un gran immoble blanc, a la cantonada de la Sisena Avinguda i el carrer 9, a dues travesseres de Greenwich Village. No volia tornar a viure al Manhattan quadriculat de Yorkville, i el Village, amb carrers estrets i tortuosos de barri antic, teatres, llibreries i cafès freqüentats per artistes i poetes i innombrables botigues i restaurants italians, feia més per a mi. L'endemà de la meva instal·lació, sortint de la dutxa, vaig sentir una gran cridòria. Havia deixat la finestra oberta. En el grandiós edifici d'inspiració gòtica i forma de castell, de l'altre costat de la Sisena Avinguda, veia braços i mans fora de finestres enreixades que em donaven una hispànica i sorollosa benvinguda. Vaig cobrir-me amb una tovallola i vaig agrair la salutació, cosa que va fer augmentar la cridòria. Eren les presidiàries porto-riquenyes del Women House of Detention, que hi havia adjacent al Jefferson Market Courthouse, avui convertit en biblioteca. Tenia casa i amigues que celebraven la meva arribada. Començava una nova vida amb bons auguris.

Les setmanes que vaig ser a París, en lloc de retrobar-me en terreny conegut, vaig tenir la sensació d'haver entrat en un túnel sense sortida. Aquest estrany sentiment em devia empènyer a acceptar l'oferta que m'havien fet sense pensar-m'ho dues vegades. Deixar la universitat i tornar-me'n a Amèrica, trencar amb el món que fins aleshores havia estat el meu, abandonar amics de tota la vida, interrompre una relació sentimental, perdre les referències que m'havien guiat fins ara i tirar-me tot sol a l'aigua en un país que a penes coneixia semblava una decisió difícil de prendre i sorprenentment no em va costar gens. És possible que les grans decisions siguin sempre fruit d'una gestació lenta i secreta i, quan quallen els mil ingredients de què estan fetes, s'imposin. Sigui com sigui, la que creia haver pres va produir en mi un canvi radical. Com per encant, va desaparèixer l'antiga inhibició i tot i que el meu anglès no podia haver millorat, no em va costar cap esforç sortir de l'aïllament en el qual havia viscut. Ni me'n recordava. L'endemà mateix d'arribar, vaig reprendre el contacte amb la Barbara, vaig telefonar als Sands i als altres estiuejants de Chappaquiddick, que no m'havia atrevit a molestar abans, i a tots aquells de qui m'havien donat l'adreça a París. La Barbara em va invitar a una reunió amb els seus amics de la revista *Dissent* el dijous, els Sands a passar el pròxim cap de setmana a casa seva a Hanover, el matrimoni Rosenthal a sopar dissabte, en Jimmy Shute, un amic de la infància de John Evarts, a un concert. Al cap de tres o quatre setmanes vivia a Nova York com si ja hi portés anys. Va contribuir a aquest canvi un curiós esdeveniment. Un dia, no recordo a casa de qui, em vaig adonar que no feia cap esforç per entendre el que deia la gent, ja no perdia el fil de la conversa, com si de sobte la música m'arribés sense cap interferència. La podia escoltar amb més, o menys, atenció, però m'arribava sempre neta i clara. A partir d'aquell dia em vaig sentir com peix a l'aigua. Encara avui no sé ben bé a què atribuir aquesta miraculosa mutació, si als sis primers mesos, deambulant pels carrers, llegint diaris, escoltant la ràdio i anant al cinema—quedant demostrat que el temps que un creu perdre no és mai *un temps perdu*—, al fet d'haver-me hagut de defensar tot sol i perdre prejudicis i cabòries, o simplement a l'extraordinari poder d'assimilació de la societat americana.

Ara només tardava un quart per anar a la feina. Les oficines de la companyia, la Forel Corporation, eren al número 165 de Broadway, a tres passos de Wall Street, en el pis vint-i-dos d'un vell gratacels on es pujava amb l'últim ascensor hidràulic que quedava a la ciutat. Tota la zona darrere l'edifici, on més tard construirien el World Trade Center i les famoses Torres Bessones, estava molt degradada, amb magatzems portuaris abandonats, tallers a punt de tancar i una infinitat de botigues de peces de recanvi i articles de segona mà que feien companyia als rutilants edificis de les més poderoses institucions financeres del planeta. La Forel Corporation era una petita empresa d'enginyeria que representava grans fabricants nord-americans de maquinària per a la indústria siderúrgica en els diferents països d'Amèrica Llatina, Espanya i Portugal. La nostra activitat, des de la venda d'instal·lacions específiques fins a la negociació de contractes «claus en mà», obligava a tenir els ulls oberts sobre països molt diferents i oficis molt diversos. Em van caure les primeres pestanyes dels ulls a la Wean Engineering Company de Warren, Ohio, i a la Mackintosh Hemphill de Pittsburgh, on em van enviar de pràctiques. L'Ohio d'aquell temps ja no era l'Ohio rural dels contes de Sherwood Anderson, ni Warren el *Winesburg* de la seva cèlebre novel·la, que tant m'havia impressionat, però encara s'hi veien aquelles granges de fusta pintades de vermell amb teulades de quatre aiguavessos enmig de camps plantats de blat de moro. Warren era una petita ciutat industrial, neta i polida, amb cases disseminades, centres comercials, motels i *country clubs*, esglésies de diverses religions i, als afores, dos locals amb música i alcohol per a l'atordiment. Els enginyers amb qui vaig fer vida eren tots atlètics, cordials i sense pretensions. Raymond John Wean, president i fundador de l'empresa, mundialment conegut i respectat per les seves patents, conduïa un modest Chevrolet, saludava tots els empleats pel seu nom i havia donat la seva fortuna a una fundació per millorar l'educació en el seu poble. Absència total de vanitat, cadascú concentrat en el que fa, tothom treballant de valent. No veia el capitalisme sanguinari i despietat treure el cap per enlloc. Tot allò tenia més de falansteri fourierista. L'estada a Pittsburgh va ser igualment alliçonadora. Després d'una setmana en un hostal depriment de la Young Men's Christian Association, vaig trobar habitació al Sherwyn, un hotel de segona, bastant abandonat, que en una època més gloriosa havia estat The Travelling Salesman Hotel. Des de Point Park, on conflueixen l'Allegheny i el Monongahela per formar l'Ohio River, a pocs metres de l'hotel, podia agafar un autobús que, un cop travessat l'Ohio, pujava per la riba esquerra i en poc més de quinze minuts em portava a McKees Rocks, on era la Mackintosh. A principis dels seixanta, Pittsburgh encara era una ciutat dia i nit emboirada pels fums de les fàbriques que, com deia el conserge del Sherwyn, no feien pas olor de sabó, i McKees Rocks era un barri obrer, amb una forta presència d'immigració ucraïnesa i hongaresa, encara ennegrit per fums corrosius. Fa uns anys, me l'ha recordat la pel·lícula que s'ha projectat a Espanya amb el títol d'*El caçador*. Els paisatges fabrils, la manera de ser de la gent, l'escena de la boda ortodoxa amb música i balls de les terres que han hagut d'abandonar els pares. Vaig tenir la impressió de tornar-hi a ser. Però per molt que els fums de McKees Rocks em recordessin els de *Germinal*, els hongaresos i els ucraïnesos que treballaven a la foneria de cilindres de la Mackintosh Hemphill havien adoptat feia temps la disciplina i els valors luterans que hi regnaven. Encara avui recordo el dia en què acabava d'entregar les fitxes revisades dels cilindres de l'última fosa a Steve Stasko, el metal·lurgista en cap, un noi cordial amb qui havia fet molt bona amistat, quan va entrar el president de la Mackintosh. En veure la meva taula buida, em va demanar què estava fent, i quan li vaig contestar que tot just havia acabat la feina que m'havia donat l'Steve, va allargar el braç fins al prestatge on eren els llibres de metal·lúrgia i en va tirar un sobre la meva taula, dient-me amb un somriure: «Aquí la feina no s'acaba mai». Sorprès, vaig mirar l'Steve, que em va adreçar el mateix somriure. Decididament, s'havia d'estar molt alerta. Per molts anys continuaré viatjant a Pittsburgh, Warren i altres centres industrials de Pennsilvània i Ohio. És possible que en una altra època en què els fums eren més negres, els conflictes socials haguessin pogut fer veure en la lluita de classes el «motor» de la història, però als anys seixanta, els luterans havien guanyat la partida i reinvertint les plusvàlues havien aconseguit diluir l'antic proletariat en una immensa classe mitjana. En les relacions cordials entre el senyor Wean i els seus empleats, o entre el president de la Mackintosh i els treballadors que jo ajudava a rascar els forns, després de la fosa, no hi podia trobar cap «motor» de la història. Si és que se'n pot trobar un. Les ideologies revolucionàries, que a França han deixat tantes empremtes en els esperits i tan poques en els fets, no semblaven ni haver mullat el terra de Pittsburgh, o de Warren.

Com tothom sap, tant les idees que van inspirar la Revolució Russa com les que aquesta ha inspirat, no han tingut èxit a Nord-amèrica. Per raons a la vegada polítiques i religioses estaven condemnades a una vida marginal i subterrània. Els pioners fundadors, que arribaven a la terra promesa i podien per fi celebrar lliurement els seus cultes, no estaven per escoltar altres profetes, ni els colons, que havien fet una revolució per desfer-se de la monarquia que els oprimia, no els podia interessar fer-ne una altra. Així i tot, aquestes idees van suscitar simpaties i adhesions entre els fills dels dos milions de jueus que van arribar a principis del segle passat, fugint de la terrible onada de pogroms que havia assolat l'imperi tsarista. Com és natural, van veure en els fets d'octubre la fi del règim que havia perseguit els seus pares i l'esperança de l'eradicació definitiva dels prejudicis racials que havien patit. Curiosament descobriré rastres d'aquestes il·lusions a les platges elegants de Southampton. La Shelley Winters m'havia convidat a passar un cap de setmana amb uns amics seus. Entre els molts coneguts que prenien copes sota els para-sols del més distingit i luxós club de la zona, tots ells del món del teatre i del cinema, la Shelley em va assenyalar discretament els que havien estat comunistes. Quan vivia a Yorkville, a les pàgines de les revistes que em deixava la Barbara, ja havia entrevist la importància que havia tingut aquesta fascinació així com el terrible desengany que va significar l'estalinisme. Ara que solia concórrer a les reunions de casa seva, entenia més bé el recorregut que havien fet els seus amics. La Barbara havia conservat un record inesborrable de la seva aventura política i amorosa anant a rescatar del Valle de los Caídos els companys d'en Paco Benet, però el seu interès per la causa de la República espanyola venia de més lluny. L'havia heretat de les generacions d'intel·lectuals i escriptors inconformistes que s'havien oposat a la participació dels Estats Units en la guerra «imperialista» del 14, havien simpatitzat amb els diferents corrents del socialisme i intervingut apassionadament en les discussions i polèmiques que van dividir el marxisme. La *Partisan Review*, que em deixava la Barbara, era d'alguna manera la continuadora de la famosa revista *The Masses*, on havia escrit Sherwood Anderson, i de la seva successora, *The New Masses*, que havia donat suport a la política frontpopulista dels comunistes i havia fet campanya a favor de la República espanyola. Hi havien escrit Dorothy Parker, que ara em trobava al *New Yorker*, i Eugene O'Neill, de qui acabava de veure *Desire under the elms* al Provincetown Theater, a dos carrers de casa, obra en la qual el meu nou amic Jimmy Shute havia interpretat, de jove, el paper del violinista. La *Partisan Review*, que gaudia del prestigi d'haver publicat T. S. Eliot i George Orwell i d'haver donat a conèixer Bashevis Singer, havia començat simpatitzant amb les posicions comunistes del club John Reed de Nova York, però s'havia convertit en detractora acerba del marxisme soviètic. *Dissent*, l'altra de les revistes que m'havia fet conèixer la Barbara, era una publicació inspirada per un grup d'intel·lectuals molt crític del conformisme de l'esquerra dels anys seixanta, fins i tot de la línia de *Partisan Review*, on alguns d'ells encara col·laboraven. Irving Howe, un dels seus fundadors, era el cas típic de fill d'immigrants jueus, que estudia gràcies als sacrificis dels pares, americanitza el seu cognom de Horenstein a Howe i juga obertament la carta de l'assimilació, però no pot quedar insensible a les idees que trasbalsen el món dels seus pares. Socialista des de la primera hora, havia passat per les baralles entre marxistes i simpatitzat amb el trotskisme abans d'incorporar-se a les files de la socialdemocràcia. Una evolució que me'n recordava altres. Irving

Howe era a més un reputat crític literari amb estudis publicats sobre Sherwood Anderson i William Faulkner. Havia trobat els meus. Tant ell com el seu amic Stanley Plastrick, un idealista refinat i nostàlgic que havia estat col·laborador de Trotski a Mèxic (no precisament el tipus d'àngel guardià que necessitava el pobre Trotski), es van mostrar tots dos molt interessats pel que els podia explicar un jove de la diàspora espanyola, cosa que recordo que em va confortar i a la vegada deixar una estranya sensació de pertànyer també a un passat caduc. També venia per casa de la meva amiga Norman Mailer, un home intens, que recordo més aviat baixet, moreno, de cabells arrissats i ulls blaus, segur d'ell mateix, dels seus llibres i del seu èxit amb el sexe femení, càustic, de plantejaments originals, sovint agosarats, però sempre brillants, de qui haig de confessar no haver pogut acabar *The naked and the dead*, la novel·la que l'havia fet famós. Un dels altres habituals era Marc Jaffe, que tenia un càrrec important a l'editorial Knopf i junt amb la Barbara em recomanava lectures. No faltava mai la Shelley Winters, que ens invitava tot sovint a festivals de teatre on actuava ella, o els seus amics de l'Actor's Studio. Tots formaven part de la minoria intel·lectualitzada, filla de la immigració jueva de principis de segle. Seran la meva primera família americana.

De les nou del matí a les cinc de la tarda, de dilluns a divendres, vivia en un món que no tenia res a veure amb la minoria selecta de la immigració jiddischista que acampa a Central Park West, on vivia la Barbara, i tan bé retrata Bashevis Singer en els seus contes. A l'Amèrica on em guanyava la vida no hi cabien les visions antagonistes. Europa quedava lluny. Les velles discussions que retrobava a les revistes dissidents, per originals i suggeridores que fossin, semblaven d'un altre planeta. A la terra que trepitjava cada dia, tothom treballava en una mateixa direcció i l'optimisme general que hi regnava deixava entendre que els problemes, per difícils que fossin, tenien solució. El treball com a únic camí de salvació configurava un món exigent, fins i tot sever, però els meus nous conciutadans no estaven hipotecats pel record d'un ordre opressiu, ni havien hagut de lliurar cap batalla per alliberar-se de les cadenes que havien tingut els homes subordinats entre ells a l'edat mitjana. Tenien amb les forces intactes, la d'associar-se lliurement i dedicar-se sense constrenyiments als seus interessos. La primera vegada que vaig sortir d'excursió fora de la ciutat, descobria amb gran sorpresa que els paisatges eren sense marges antics, ni pedres velles, i les ciutats, sense muralles, castells, ni límits definits. Ho trobava tot nou, desconcertant.

En Jimmy Shute, que també havia conegut per John Evarts, era un vertader americà. Fill de la petita ciutat de Gloucester, podia presumir de descendent dels pioners anglesos que hi van arribar el 1603. Vivia en una d'aquelles antigues *brownstone* de maons ferruginosos i escala exterior que puja de la vorera al primer pis, paret per paret amb la First Presbyterian Church (The Old First), també coneguda com «l'església dels patriotes» per haver fet costat a la revolució contra els anglesos, que és a la cruïlla de la Cinquena Avinguda i el carrer 11. En Jimmy era un home singular. Segons em va explicar, a la coral de l'església on cantava, de molt jovenet, es va enamorar del nen que tenia al costat i a l'escola, les nenes, especialment les que s'interessaven per ell, li feien una barreja de por i angúnia. Descobrir-se homosexual al Gloucester purità de principis de segle el condemnava a la solitud més absoluta. Fins i tot va arribar a pensar que només eren quatre o cinc com ell en tots els Estats Units. De seguida que va poder va marxar del poble i sortosament a Nova York va descobrir que eren nombrosos els disposats a compartir la seva solitud. En Jimmy no era creient, però sí profundament protestant, tant d'educació com de manera de ser. Era recte i honrat, honrat amb els altres i amb ell mateix. No feia misteri de la seva homosexualitat, tampoc no la proclamava, l'assumia amb tota naturalitat. D'entrada quedava descartat tot malentès. Amic de la infància de John Evarts, devia passar dels seixanta i per aquesta raó no li havia trucat durant la meva primera estada. Havia estat un error perquè tot i la diferència d'edat vam simpatitzar de seguida. Era un home culte, original i divertit, que sabia una infinitat de coses, amb gran sentit de l'humor, que parlava de Mark Twain com qui parla d'un amic del barri. La seva generositat m'obrirà les portes d'un Nova York que sense ell només hauria trobat a les pàgines dels diaris. Guionista de cine reputat, la irregularitat dels seus ingressos no li impedia mantenir una vida social intensa: concerts, teatre, ballet, òpera, no se li escapava res. Coneixia mig món i, excel·lent cuiner, la seva taula era molt concorreguda. La gran passió de la seva vida era la música. De jove havia estat crític musical i tenia una infinitat d'amics en aquest món. Sopant a casa seva, vaig conèixer Carlos Moseley, en aquella època director general de la Filharmònica de Nova York, i el director de l'orquestra Leonard Bernstein, ja famós en aquella època. Tot degustant el seu incomparable *Poulet à la Vallée d'Auge* i el seu irreprotxable *Soufflet au Grand Marnier*, també vaig conèixer el violinista Paul Makanovitsky i el pianista Noël Lee, que venien tot sovint, abans de sopar, per assajar les peces del seu pròxim concert; el compositor Aaron Copland, que no faltava mai quan era a la ciutat, i el violinista Samuel Dushkin, col·laborador del gran Stravinsky, que supervisava els assajos d'en Paul i en Nöel i també es quedava a sopar. En Jimmy havia conservat molt bona amistat amb l'esposa del propietari del *New Haven Register* de l'època en què n'era el crític musical. La senyora Rose Jackson, una velleta menuda, sempre vestida de negre, assenyada i de molt caràcter, havia descobert, a la mort del seu marit, que era multimilionària i havia abandonat la vida austera que li havia fet portar. Ara viatjava, sopava amb amics, anava al teatre i organitzava concerts a casa seva. Als setanta anys començava a viure. Com molts americans rics, la senyora Jackson dedicava part de la seva fortuna a obres benèfiques, en el seu cas, en benefici del Metropolitan Opera House i de l'Orquestra Filharmònica. Recordo que vaig pensar (malpensar) que aquests americans tan generosos no devien estar gaire convençuts de merèixer tots els diners que havien guanyat i, avergonyits, en tornaven uns quants a la comunitat. Avui trobo en canvi que aquesta tradició filantròpica, infinitament més sincera i desinteressada del que pensava, té el gran avantatge de la diversificació. Incitar fiscalment els rics a dedicar els seus excedents a projectes del seu gust és menys arriscat que recaptar-los per deixar-los a les mans d'un sol i únic estol de funcionaris, per molt cultes que siguin. Els errors tenen conseqüències menys greus. La Rose, *noblesse oblige*, disposava sempre de tres butaques tant a l'Òpera, com a la Filharmònica i al New York City Ballet. En Jimmy era l'acompanyant *en titre* i, quan la Rose no baixava de New Haven, disposava de les entrades. El meu entusiasme de neòfit era molt ben rebut i tot sovint feia de número tres o acompanyava en Jimmy amb algun altre dels seus amics.

A París per raons sentimentals més que literàries—una jove actriu de la Comédie-Française que feia de Dorine en el Tartuffe—, em vaig fer un tip d'anar al teatre. Em sabia el repertori clàssic de dalt a baix i havia vist moltes de les obres més d'una vegada. També freqüentava les sales on representaven obres d'autors moderns i, com tots els de la meva generació, era un entusiasta de Beckett, Jarry i Ionesco. Però no anava mai a l'òpera. Ni recordo l'única que vaig veure. Devia ser soporífica. També trobava els ballets, tot i els espectaculars *pas de deux* intercalats, interminables i antiquats, del temps en què senyors panxuts amb barret de copa i monocle pessigaven les ballarines. Sense més educació musical que la de «*La Bonbonne qui joue de la trombone à Carcassonne*» eren poquíssims els concerts a què anava i si em vaig declarar partidari de Stravinsky, de qui només havia sentit una obra, va ser per esnobisme infantil. A Nova York em vaig trobar amb un panorama completament diferent. El sistema de Stanislavski i el mètode de Lee Strasberg havien revolucionat la direcció d'escena. Els actors havien abandonat la declamació i actuaven amb una sorprenent autenticitat. Desconeixia el teatre americà. Ara me'l feien descobrir els meus nous amics. La Shelley Winters, el de Clifford Odets i Arthur Miller; en Jimmy, el de Thornton Wilder i Tennessee Williams. Però el gran descobriment va ser un altre. Als anys seixanta, Nova York era la capital mundial de l'òpera, el ballet i la música. Al City Ballet, les coreografies de George Balanchine i Jerome Robbins havien capgirat el gènere i les seves produccions enlluernaven tothom. Al Metropolitan, les òperes deixaven bocabadats els més recalcitrants. Cant, música, orquestració, direcció, decorats, vestits, tot era original, d'un gust exquisit i una qualitat insuperable. A la Filharmònica regnava, indiscutible, Leonard Bernstein, que s'atrevia a creuar les fronteres dels gèneres musicals i feia *West Side Story* a Broadway. Havia entrat a la cova d'Alí Babà. Dels molts tresors que, gràcies a la generositat de la Rose i d'en Jimmy, vaig poder-hi admirar, dos m'han quedat gravats a la memòria: unes sessions dels avui famosos *Young People's Concerts* dirigides pel mateix Bernstein i els assajos d'en Paul i en Noël dirigits per Samuel Dushkin. Aquelles dues experiències em van acostar tant a la música que per moments vaig creure entendre'n els secrets. Assistir a l'autòpsia d'una frase musical, a la separació, comparació i recomposició dels seus elements, i sentir el que deien de la seva nova fisonomia els iniciats en el misteri, va ser per a mi com és per a un jovencell veure despullar-se una dona pel forat del pany.

Greenwich Village era un barri de forta presència italiana, sobretot visible en els noms de botigues i restaurants. Al final de MacDougal Street, vaig trobar una excel·lent *trattoria* on servien menjars del meu gust i a preus assequibles. Amb les invitacions d'en Jimmy, la cuina siciliana del Joe's, així es deia la *trattoria*, i els àpats que em preparava amb les llaunes de tonyina, embotits, pebrots confitats, enciams i tomàquets de la magnificent *delicatessen* italiana de la Sisena Avinguda quedava definitivament resolt el problema del sopar i podia salvar més fàcilment l'escull del dinar amb pudor de desinfectant. La vida política del Village estava dominada per la figura pintoresca de Carmine di Sapio, *boss* indiscutible de Tammany Hall, la poderosa associació del partit demòcrata que feia i desfeia a l'ajuntament de la ciutat. Di Sapio vivia a Washington Square i me'l vaig trobar més d'un cop pel barri, fins i tot un dia sopant al Joe's. Era inconfusible, sempre amb ulleres de sol, els cabells blancs engominats cap endarrere, abric negre fins als peus i mocador blanc a la butxaqueta. Tot un *padrino avant la lettre*. En Giuseppe, l'amo del Joe's, havia americanitzat el nom del seu establiment el dia que, cansat de tallar cabells, va convertir la barberia en casa de menjars. Però de tota evidència havia conservat la clientela i quan apagava els fogons s'asseia a fer tertúlia a la taula que solien ocupar els vells amics sicilians del barri. Vaig fer bona amistat amb el cambrer, en Vincenzo, que havia hagut d'abandonar la constructora on treballava d'electricista perquè patia de vertigen, i estava molt agraït a en Giuseppe, parent llunyà de la seva mare, que li hagués donat feina. Un dia, tot rient, li vaig demanar que digués als seus amics de la Cosa Nostra de no trencar els vidres del Cafè Rienzzi el diumenge, dia que hi anava a fer el cafè. En Vincenzo, espantat, em va estrènyer el braç fent-me el senyal de callar a l'acte. Un cop al carrer, em va aclarir que el cobrador de la «companyia d'assegurances» amb la qual el nou propietari del Rienzzi es negava a fer tractes estava sopant a la taula d'en Giuseppe. Jo que creia invencible el poder d'absorció de la societat americana, ara m'adonava que la integració de grans allaus immigratòries, sobretot de pobles antics que han passat per l'edat mitjana, és tortuosa i lentíssima, feta de passos endavant i replegaments sobre si mateixa.

Alberto Machimbarrena, que el 1956 havia estat detingut a Madrid amb Vicente Girbau, vivia a Washington, on treballava en un organisme internacional. Venia els caps de setmana a veure una novieta que vivia a Nova York i, com que era de la colla dels amics del PSOE de l'interior, no necessitava presentacions. L'Alberto era un basc alegre i *bon vivant* que tenia amics a tot arreu. Va ser en una *party* on em va portar que vaig conèixer el matrimoni Fonseca. El Gonzalo i l'Elisabeth es convertiran, i més tard els seus fills, en grans amics, d'aquells que es conserven tota la vida. En Gonzalo era pintor i escultor. Havia format part del Taller Torres García, del qual arribà a ser membre destacat. Fill d'un gran advocat de Montevideo, com molts sud-americans cultes, es va rebel·lar contra l'ordre conservador, però en el seu cas no per aixecar cap bandera revolucionària, sinó per donar lliure curs a una meditada i autèntica vocació artística. No coneixeré mai un home tan absorbit pel seu art, tan despreocupat dels diners i tan indiferent al poder dels que en tenen. Va deixar l'Uruguai molt jove. Estudiós apassionat de les civilitzacions antigues, després de viatjar pel Perú i Bolívia, viurà a Grècia i durant uns anys treballarà a les excavacions que els museus i universitats occidentals dirigeixen a l'Orient Mitjà. No deixarà de dibuixar i pintar i aconseguirà subvenir a les seves necessitats acompanyant, uns mesos cada any, per les fires de la regió, un comerciant àrab que es beneficiava de la seva ajuda, i del seu aspecte europeu, per augmentar les vendes. A mitjans dels cinquanta, arribarà a Marsella i dipositarà a la consigna del port sis caixes plenes d'objectes que ha trobat o comprat en les seves peregrinacions. Escriurà als seus amics de Montevideo proposant-los deixar-ho tot als museus si paguen el transport fins a l'Uruguai. Aprofitarà els dies que tardarà la resposta per anar a París, on es quedarà tres anys. La resposta no arribarà mai i els objectes acabaran amb els seus llibres més preuats a l'habitació dels tresors del seu estudi de Nova York. De París també viatjà a Madrid i Roma, on va conèixer la jove pintora americana que serà la seva dona. L'Elisabeth era filla d'un immigrant jueu arribat a principis de segle XX de qui val la pena dir alguna cosa. Jack Kaplan va passar de mosso de la tenda que el seu pare, rabí d'un poblet de Rússia, havia obert en un barri de Boston, a milionari recollint la melassa que les sucreres cubanes llençaven i exportant-la als Estats Units. Va ser un dels fundadors del Banc de Nova York i entre altres negocis, a mitjans dels difícils anys trenta, va aconseguir unir totes les cooperatives de vinyaters de Nova Anglaterra i fer-los comprar la Welch's Fruit Juice, les begudes de la qual encara es poden veure avui a tots els supermercats d'Amèrica. De rei de la melassa a rei dels sucs de fruita. El vaig conèixer un cap de setmana que en Gonzalo em va portar a la seva magnífica propietat d'East Hampton per ajudar-lo a collir les pomes del jardí. Partidari acèrrim de no llençar mai el que es pot aprofitar, les volia collir totes abans que es podrissin. Als vuitanta anys, continuava anant a peu al despatx, no pas per gasiveria, ni per un problema de coronàries, sinó perquè, segons els seus càlculs, els serveis que oferia la companyia d'autobusos no valien els vint cèntims del tiquet. El dia que collíem les pomes van venir de la gossera a fer una demostració de com havien educat de bé els gossos de casa. La demostració va ser un èxit. Els gossos corrien, es paraven, s'ajeien, tornaven a córrer, obeint les ordres a l'acte. Jack Kaplan, visiblement satisfet del resultat, va demanar a l'ensinistrador, amb tota la serietat del món, si no podia també fer-se càrrec dels seus néts. L'Elisabeth, que ha heretat el realisme i la força de caràcter del seu pare, estava molt segura del que havia fet casant-se amb en Gonzalo, però no devia estar del tot tranquil·la el dia que el va presentar als seus pares. Segons em va explicar, eren tan diferents l'un de l'altre, la incomunicació entre els seus mons tan absoluta, que la trobada, contra tot pronòstic, va anar molt bé. Es van observar amablement, sense dir-se gaire res. L'endemà al matí, a l'hora d'esmorzar, van servir ous passats per aigua. Jack Kaplan va agafar un ganivet i d'un sol cop els va decapitar tots dos. En Gonzalo amb el dors de la cullereta anava picant a poc a poc el cap dels ous i retirant d'un en un els trossets de closca que se'n desprenien. «Aquell dia—em va dir l'Elisabeth—, em vaig adonar que m'havia casat amb un estranger». Tot i haver-hi pensat sovint encara no sé si la barreja de gent diferent, tan característica de la vida americana, dóna obligatòriament bons resultats. Del que no hi ha dubte és que fa circular les idees i no para de suscitar preguntes. Una anys més tard, l'Elisabeth em va portar a casa de la seva mare, de qui també hauríem de dir alguna cosa. L'Alicia Manheim era d'una immigració més antiga, procedent d'Alemanya, i els seus pares no veien amb bons ulls el recent i abrasant milionari que rondava la seva filla. Per un home decidit com en Jack això no era cap inconvenient i per deixar clara la seriositat de les seves intencions, cada dia, en lloc d'enviar un ram de roses a la jove Alicia, n'hi enviava un camió ple. Un cop vençuda la resistència i feliçment casats, en Jack, com tot bon jueu, va posar la seva esposa dalt d'un pedestal, però al cap d'uns anys i els quatre fills criats, l'Alicia va baixar del pedestal, va estudiar història de l'art i en uns encants de Londres va trobar un quadre atribuïble al taller del Ticià. El va comprar i amb els beneficis de la venda va començar una col·lecció dels primers pintors americans, considerada avui una de les millors del país. En Gonzalo i l'Elisabeth vivien en el mateix carrer 11 que en Jimmy, a l'altre costat de la Sisena Avinguda, prop del minúscul solar herbat on queden algunes tombes del Second Cemetery of the

Spanish and Portuguese Synagogue fundat el 1805, que van haver de traslladar a mitjans de segle quan van obrir el carrer 11. El primer cementiri jueu, situat al costat de l'Ajuntament, és de 1683. Els Manheim i els Kaplan no eren doncs els primers a arribar, ni a tenir cementiris propis. El Gonzalo i l'Elisabeth eren d'una hospitalitat que recorda la de l'antiguitat clàssica. A l'estranger que entra per la porta, no se li demana com se diu, d'on ve, què fa, què pensa, ni què vol, es posa una ampolla de vi i queviures sobre la taula i se'l deixa dir el que té ganes de dir. Cada tarda a les set, sabia que en Gonzalo havia plegat i seria ben rebut per xerrar una estona. Com tot bon artista, en Gonzalo havia passat per les diferents disciplines del seu art. Era un magnífic dibuixant, tenia al darrere una considerable obra pictòrica, però ja es veia que el seu vertader mitjà d'expressió seria l'escultura. D'una gran cultura artística, em va obrir els ulls sobre tradicions i civilitzacions antigues que desconeixia. Tinc un record inesborrable de les nostres visites al Museu de Brooklyn i a la Heye Foundation, que era aleshores al carrer 155 en el mateix edifici que la Hispanic Society i ha estat l'origen del National Museum of the American Indian de Washington. Tampoc no oblidaré mai les nostres passejades pels abocadors, prop del port, en busca de materials per a les seves escultures, i per les petites sales de subhastes, on havíem de trobar un dia, segons deia en Gonzalo, un peu de la Quinta Dinastia!

Quan vaig conèixer els Fonseca, en Gonzalo estava treballant en un gran mosaic que li havia encarregat la New School for Social Research per al seu edifici del mateix carrer 11. El 1933, la New School havia acollit els filòsofs del famós Institut für Sozialforschung de Frankfurt perseguits pel furor antisemita del nou règim. Com tots els que han volgut entendre per quins camins el marxisme ha inspirat un estat totalitari, m'interessava saber com pensaven els seus continuadors de l'escola de Frankfurt. Els Adorno, Horkheimer, Fromm, Marcuse, havien anat tots a parar a les universitats americanes i ara els retrobava al carrer 11, on vaig seguir un cicle de conferències sobre el seu pensament. Però aquell any 60, els meus interessos eren uns altres i les alambinades teories que proposaven em van semblar les de teòlegs que, veient trontollar l'edifici, dubten entre reformar-lo o traslladar els mobles a un altre de més segur. Hi vaig trobar el pensament pessimista d'homes decebuts que s'adonen finalment que la societat capitalista ha resolt la seva contradicció interna integrant en el seu engranatge la classe que l'havia d'enderrocar i busquen desesperadament en tots els àmbits, fins i tot en els moviments més marginals, qualsevol element que els permeti somiar una nova alternativa. Esperits crítics esmolats, posaven el dit sobre aspectes inquietants de la societat moderna, però em feien la impressió de portar a un atzucac polític i no veure l'olla de pressió que tenien al davant. En tornaré a sentir parlar a París el 1968.

La casa d'en Win i la Kayo, a tot just vint minuts de la petita ciutat de Hanover, era una gran casa de fusta, tota blanca, al bell mig d'un d'aquells espectaculars paisatges naturals, sense cap de les divisions i restes de construccions de l'edat mitjana, que tant em desconcertaven. Tal com havíem acordat, vaig anar-hi a passar un cap de setmana i seran molts més els que hi passaré per unes circumstàncies, aleshores, del tot imprevisibles. Havia aconseguit fer entrar a la Forel el meu amic Carlos Jiménez, fill de l'amiga de la mare que m'invitava els estius a Calella. Un cap de setmana que tots dos passàvem a casa dels Sands, un dels convidats, que era cardiòleg, va observar que la camisa del meu amic es movia a cada batec. Confirmat l'estrenyiment vascular que patia, del qual desconeixia el perill i, assabentat que a Amèrica tenia solució, en Carlos va seguir la recomanació de l'amic Sands de fer-se operar a l'Hospital de Hanover. Malauradament la malformació era tan acusada que es va produir un accident durant la intervenció. En Carlos en va sortir viu però hemiplègic a causa d'una parada prolongada del cor. El matrimoni Sands, d'una generositat poc comuna, va acollir en Carlos durant la seva llarga convalescència, fins que, a força de voluntat i caràcter, abraçadores a les cames i crosses per caminar, va tornar finalment a Nova York i va reprendre el treball. M'havia impressionat molt la tràgica operació que l'havia deixat invàlid i tot sovint aniré a passar el cap de setmana amb ell. Hanover era una petita aglomeració neta i arbrada, completament dominada per la imposant i venerable Universitat de Dartmouth. Acostumat a universitats al centre de grans capitals i que professors i estudiants hi desapareguin després de les classes, aquell formiguer universitari sense ciutat, a tota hora visible, enmig de camps d'esport envoltats de boscos, era per a mi tan nou que no sabia què pensar-ne. Només el veuré de lluny. Encara avui em sap greu no haver conegut cap d'aquestes universitats per dintre. En Winthrop Sands era un *new Englander* de cap a peus. Sensible, reflexiu i secret, sense conviccions religioses, però d'un capteniment ètic rigorós, probablement heretat d'una educació protestant estricta. No se li va notar mai que acollís en Carlos perquè se sentia responsable d'haver-li recomanat aquella malaurada operació. Mai va aparentar compassió, ni exterioritzar cap sentiment de pena envers el meu dissortat amic, molt probablement, per no relegar-lo a la inferioritat de tot invàlid. Formant part d'una cultura en la qual s'accepta que Déu destini per endavant els homes a la salvació, o a la damnació, no considerava la malaltia com una injustícia, ni qui la pateix amb el dret d'exigir que sigui reparada, defugint la responsabilitat d'afrontar-la. Parlava a en Carlos de la seva malaltia sense embuts, ni hipocresies, i l'invitava a mirar-la com qui examina objectivament un problema al qual s'ha de trobar una solució. Si el realisme amb el qual abordava la tràgica situació del meu amic podia semblar per moments inhumà, va aconseguir reforçar la confiança d'en Carlos en ell mateix, i a la vegada, que no se sentís deutor de la seva generositat.

Com és natural, l'amistat amb els Sands es va convertir en una gran amistat. A Nova York vaig reprendre contacte amb tots aquells que havia conegut l'estiu del 56 a la seva casa de Chappaquiddick. En poc temps tenia una altra família d'amics que veia regularment, en especial els Rosenthal, que vivien al cor de Manhattan. En Norman i la Janyce eren tots dos baixets, extraordinàriament desperts i actius. La Janyce, tota ella rodoneta, amb els cabells pentinats cap enrere i recollits en una trossa, era un nervi, constantment en moviment, atenent els convidats, servint el xampany, participant en la conversa, tocant el piano, supervisant la cuina, sense separar-se mai de la seva bossa, com si estigués sempre a punt de sortir. No parava. Havia conservat d'uns estudis de piano una gran passió per la música i una infinitat d'amics intèrprets i compositors que tenia invitats a sopar dia sí dia no. Tot i que la seva estatura no li havia permès de jove seguir classes de ballet, professava una igual passió per aquest art i el professor de les seves filles, ballarí del New York City Ballet i ajudant de Balanchine, formava pràcticament part de la família. En Norman, amb un floc de cabells castanys que li queia sobre el front, ulls espurnejants i sempre somrient, irradiava intel·ligència i simpatia. Havia fet una brillant carrera de medicina i, especialitzat en diagnòstics difícils, estava en contacte permanent amb els grans hospitals del país i al corrent de totes les novetats terapèutiques, com els metges que havia conegut a Hanover, però d'un tarannà diferent. Més circumspecte, d'opinions més matisades, també era partidari de dir la veritat al pacient, però sabia dosificar-la i explicar-la, situant-la dintre i fora del marc de la ciència. Tenia una altra manera d'aixecar l'ànim del malalt. No dissimulava les limitacions del seu saber, però transmetia al pacient la seguretat que es feia i es continuaria fent tot el que era humanament i científicament possible per curar-lo. Procedia d'una cultura on els designis del totpoderós són igualment inescrutables, però en la qual el metge és el missatger de Déu i té per missió sagrada preservar el bé més preuat de tots: la vida humana. No crec que en Norman fos lector del Talmud i cregués allò de «on hi ha mort hi ha pecat» ni, com Maimònides, que les malalties són necessàriament conseqüència de la violació de les regles morals, però venint d'un món on cos i ànima són indissociables, també creia, com l'amic Sands, que el malalt és el primer responsable de la seva salut. Tant l'un com l'altre, encara que per camins diferents, tenien una mateixa concepció de la medicina. Jo no havia estat mai malalt de veritat. Tret de tres dies a un hospital de París per una operació d'apendicitis als disset anys i d'algunes visites innòcues a consultoris de Perpinyà, on m'arrossegava la mare encaparrada a prevenir-me d'angines i refredats, no sabia res del que pot ser una vertadera malaltia, ni de la complexitat de les relacions entre metge i pacient. Va ser la sobtada i tràgica operació d'en Carlos que em va fer veure de prop aquests problemes. Tots eren completament nous per a mi. No sé si nous i desconcertants pel dramatisme de la situació, o nous i desconcertants per la manera d'abordar la malaltia i tractar el malalt. Però les reaccions del meu amic al tracte dels seus metges em va convèncer de les virtuts d'una concepció que posa el malalt davant de les seves responsabilitats i li dóna forces per afrontar el seu mal. Quan al cap de mesos de convalescència i recuperació, en Carlos, tot i l'inconvenient de l'hemiplegia, va tornar finalment a Nova York i va reprendre el treball, en Norman, que ens havia invitat a sopar i s'alegrava de tornar-lo a veure, li va dir amb el mateix gest del puny que fa l'entrenador per celebrar el gol del seu equip i un gran somriure entusiasta: «*Very good! And now! Back to work to pay the fees!*». Anys enrere, no sé què hauria pensat d'aquesta benvinguda tan crua i sincera. Aquell dia, en Carlos ja havia fet seva (jo també) la idea que el malalt no és un ésser passiu a la mercè de la benevolència de la societat, sinó una persona que té un problema i mira de resoldre'l, adquirint els serveis d'un professional, que no tenen per què ser de franc, ni el metge ha de ser necessàriament compassiu.

A casa dels Sands també vaig conèixer una de les filles del director de l'hospital de Hanover, que començava a Nova York una carrera de periodista al setmanari *Newsweek* i, com la majoria dels seus companys, era simpatitzant del partit demòcrata i partidària dels Kennedy. Vam fer molt bona amistat. Era de la meva edat i, gràcies a ella, vaig poder integrar-me a la vida americana dels nois i noies de la meva generació. Les eleccions presidencials d'aquell any 60 havien creat gran expectació. Després de les dues presidències republicanes del general Eisenhower, el país semblava disposat a acceptar un canvi, però així com Richard Nixon gaudia del suport unànime dels republicans, el senador Kennedy havia tingut moltes dificultats per aconseguir la nominació del partit demòcrata. Les eleccions primàries havien estat molt disputades i continuava tenint molts adversaris en el seu propi partit. Havia de superar a més a més una altra barrera no menys considerable: convèncer un electorat majoritàriament protestant d'elegir per primera vegada un president catòlic. Però el seu aspecte juvenil tenia el mèrit d'envellir el seu rival. Recollia les simpaties, que sempre susciten els que competeixen en inferioritat de condicions, i sobretot, tenia del polític la virtut suprema: la màgia de la paraula que arriba al cor de la gent i transmet esperança. Tot i no tenir cap simpatia per Nixon, no compartia l'entusiasme dels meus nous amics per Kennedy, en qui veien un home valent i decidit, capaç de canviar les coses, i jo, en canvi, un noi de casa bona, ambiciós i oportunista, disposat a tots els giravolts. Trobaven la virilitat de la seva eloqüència convincent; jo, arrogant. Estaven enlluernats per la retòrica de la «Nova Frontera» i l'arribada al poder d'una nova generació; jo no hi sabia veure l'autèntica alternativa social i política amb la qual estava acostumat a somiar. No em vaig creure el personatge i el fracàs de la Bahía de Cochinos, al cap de pocs dies d'arribar al poder, em va confirmar en el meu escepticisme. Aprovar una operació pensada, i tan mal pensada, pel govern anterior, del qual havia professat i pregonat distanciar-se, no augurava res de bo. Però en els tres anys escassos de la seva presidència, no va cometre cap altre error i, si va donar suport al cop d'estat dels militars sud-vietnamites per desfer-se d'un govern que intentava posar fi a la guerra, se li han de reconèixer clars encerts: mantenir la calma i desinflar la provocació d'un Khruixtxov instal·lant míssils a Cuba, aconseguir firmar amb la Unió Soviètica un primer acord per limitar els assajos nuclears i obrir la porta a la distensió, i no dubtar de fer intervenir l'exèrcit per fer respectar els drets civils en els estats del sud. A finals de 1961, em vaig passar una setmana a Alabama visitant amb uns enginyers de Warren i uns clients mexicans les instal·lacions siderúrgiques que la US Steel tenia a la ciutat de Birmingham. Era la primera vegada que veia una ciutat amb un percentatge tan elevat de població d'una altra raça. Només sabia de la segregació racial el que en deien llibres i diaris. Trobar-s'hi és tota una altra cosa. Recordo que el primer dia, a la nau del laminador que visitàvem, vaig acostar-me a fer un glop a un d'aquests distribuïdors d'aigua potable que sol haver-hi a tots els tallers i despatxos d'Amèrica. Un dels operaris em va donar un cop a l'esquena senyalant-me'n un altre que hi havia més avall amb el cartell de «*Whites only*». Vaig tenir a l'acte la certesa física que no m'ho havien de dir una altra vegada. Tot i una certa rudesa, els tècnics de la fàbrica amb qui tractàvem eren tots simpàtics i especialment acollidors. Però em costava entendre que trobessin normal aquell cartell que es veia a tot arreu, a les portes dels restaurants, cafès, bars i hotels. Un dels enginyers de Warren que va notar la meva estranyesa es va limitar a dir-me quan érem sols a l'hotel: «Aquí baix, són especials». Després d'aquest viatge vaig entendre la calculada ambigüitat que havia mantingut Kennedy sobre la qüestió racial per obtenir la nominació d'un partit tan implantat, com ho era el demòcrata, en els estats del sud i, un cop president, les dificultats que tindrà, especialment a Alabama, per eradicar-ne tot just la segregació a les escoles i a la universitat. Que un país democràtic des del segle divuit hagi hagut d'esperar 1963 i el coratge d'un president per sentir un discurs reclamant del Congrés una llei que faci efectiva l'aplicació dels drets civils, explica més que cap altra cosa com podia arribar a ser de difícil i arriscat extirpar un quist que s'ha deixat endurir tants anys. Mentre va ser president, Kennedy no em va convèncer. Les ínfules de sofisticació artística i d'infal·libilitat intel·lectual que emanaven de la Casa Blanca, des de les invitacions a poetes i escriptors a compartir taula amb la primera dama fins a les justificacions implacables i sempre xifrades dels ministres, no van ser mai del meu gust. Però el seu assassinat, al cap de pocs mesos del seu valent discurs sobre els drets civils, farà immediatament pensar en el president Lincoln i convertirà la seva presidència en la millor de tots els temps.

A principis de 1961, la propietària de la bombonera rosa va tornar de Califòrnia i vaig haver de buscar pis. En vaig trobar un no gaire lluny, a Grove Street, al primer pis d'un *brownstone* que havien dividit en tres apartaments. Per sort el que estava lliure era el que donava al carrer amb dues grans finestres. No canviava de barri, la casa tenia l'encant de la casa antiga i el carrer, arbrat i silenciós, era, a Nova York, tot un luxe. Gràcies als amics de la Barbara i d'en John Evarts, m'havia pogut incorporar a les parts més vibrants del teixit social de la ciutat. Que un modest empleat d'una societat d'enginyeria accedís a mons tan diferents i tan distingits, en tan poc temps, no era cap mèrit sinó una prova més de la generositat i permeabilitat d'aquest país. M'hi trobava cada dia més bé. A França, tot i que estava completament integrat, continuava sent un estranger. Aquí també, però com que ho era quasi tothom, no me'n sentia, o més ben dit: ser-ho o sentir-me'n no presentava cap problema, ni a l'hora de treballar, ni a l'hora de relacionar-me. Tenia una altra raó per trobar-m'hi tan a gust. M'hi trobava lliure. Socialment lliure. Lliure dels constrenyiments d'una societat encarcarada, lliure de pertànyer a una determinada família, raça, comunitat, professió, cultura, llengua o classe social, coses que marquen per sempre en una societat que ha estat un dia medieval. Si m'ho haguessin preguntat, segurament hauria contestat que a Nova York existien els mateixos condicionants, però no els notava i, si no els notava, és que no devien tenir la mateixa força, o eren d'una altra mena. Passar d'una societat orgànica a una societat contractual, a més de treure'm la son de les orelles, em va infondre grans dosis d'energia i optimisme. Veia oportunitats a tots els horitzons. Tot em semblava possible. Em sentia com un gos jove que acaben de deslligar, però amb el cap encara ple de tòpics. Recordo una discussió a casa dels Sands, un dels primers caps de setmana, en què em resistia a admetre que guanyar diners és senyal d'intel·ligència i, com tot fill de país dividit durant segles entre nobles propietaris i pagesos asservits, defensava que qui guanya molts diners parteix generalment d'una posició privilegiada. Em va impressionar la racionalitat de la resposta que va suscitar la meva opinió. Només existeixen dues comprovacions de la intel·ligència. No són cent per cent fiables, però només n'hi ha dues: l'excel·lència acadèmica i l'èxit econòmic. L'observació, feta amb tota naturalitat, des de la convicció que fer-se ric no és un pecat, sinó un mèrit, i que el nombre dels que es fan rics per mètodes fraudulents, o gràcies a un privilegi, és més anecdòtic que significatiu, em va sorprendre. La distància insalvable entre les dues concepcions encara separa més que l'Atlàntic.

Les setmanes que vaig passar al vell Travelling Salesman Hotel de Pittsburgh encara no sabia que, tot i no ser la meva vocació, faria de *travelling salesman* tota la vida. Aquell mateix any 61, vaig començar a acompanyar clients a les empreses subministradores per discutir les ofertes presentades i a les fàbriques on podien veure funcionar instal·lacions similars a les projectades. El despatx i els viatges m'absorbien moltes hores i tenia les altres ocupades per múltiples activitats. Catalunya i Espanya no cabien a l'agenda, però, tal com m'havia suggerit en Pallach, vaig anar a veure Victoria Kent a les oficines de la revista *Ibérica*, que des de 1954 era la principal publicació de l'Espanya republicana als Estats Units. Victoria Kent, que havia estat directora general de Presons els primers anys de la República i diputada per Izquierda Republicana a les eleccions del 36, era molt representativa del vell republicanisme exiliat, però simpatitzava amb els nous corrents de l'oposició antifranquista. Ja es parlava a l'època de la constitució d'un comitè de personalitats americanes per donar suport a les noves aspiracions democràtiques espanyoles i, com havia fet per a l'amic Kindelán, em va organitzar el tradicional pelegrinatge a veure en Norman Thomas, el vell líder del socialisme americà, i Eleanor Roosevelt, la vídua del president Roosevelt. A *Ibérica* també vaig conèixer Nancy MacDonald, la milionària radical que era l'ànima de l'Spanish Refugee Aid Committee. Totes aquestes venerables personalitats gaudien de gran prestigi tant per la independència i sinceritat de les seves opinions com per la seva distinció intel·lectual. Estaven carregades de bones intencions i el seu suport podia ser molt beneficiós, però formaven part d'una esquerra que als Estats Units sempre ha estat minoritària i dubtava que poguessin ser gaire operatives. Aquest no era el cas del jove Allard Lowenstein, un activista del partit demòcrata que el senador Hubert Humphrey havia enviat a Madrid el 1959 per entrar en contacte amb l'oposició i redactar un informe per al comitè de relacions internacionals del Senat. Allard Lowenstein, amb qui faré bona amistat, era un idealista nat que va fer seva la causa dels demòcrates espanyols, com havia fet seva la dels sud-africans que lluitaven contra l'apartheid. També tindrà un paper rellevant en les campanyes dels *freedom fighters* a Mississipí i Alabama i serà el principal organitzador del Dump Johnson Movement a la convenció demòcrata del 68 per forçar la renúncia del president Johnson a la reelecció. Durant anys intentarà mobilitzar l'opinió americana a favor de la democràcia espanyola. L'Allard era un home valent i generós. Ens mantindrem en contacte fins passats els setanta, després de l'assassinat de Robert Kennedy, en la candidatura del qual havia participat activament. No fa gaire temps em va consternar saber que havia estat assassinat per un desequilibrat el 1980. L'altre exiliat que en Pallach m'havia recomanat d'anar a veure era el cenetista Jesús González Malo, que dirigia *Espanya Libre*, la revista de les Sociedades Hispanas Confederadas de Estados Unidos. En González Malo era un anarquista d'enciclopèdia, d'enciclopèdia anarquista s'entén. Descarregador de moll, líder de la CNT de Santander, la seva dona, una aristòcrata, que compartia el seu ideal, havia renunciat a la seva fortuna i se n'havia anat a viure amb ell al barri del port. A finals de la guerra, s'havien refugiat a Nova York, on continuaven entregats a la causa. Eren tots dos uns originals. Ell alt, moreno, ben plantat, amb una mirada penetrant i un somriure desarmant; ella, igualment alta i morena, alegre i desperta, amb una gran cabellera arrissada. Els anarquistes han estat sistemàticament perseguits pels totalitarismes d'un i altre signe. Se'ls ha acusat de tots els mals, d'haver desbaratat la República, d'haver intentat reformes insensates, d'haver fet perdre la guerra als demòcrates, d'haver-se deixat dominar per una colla de brètols. Tot i així aquest moviment obrer ha produït, més que cap altre, antidogmàtics per excel·lència, homes íntegres, capaços de conformar els seus actes als seus ideals. Els González Malo eren d'aquests. En coneixeré molts altres a Barcelona, a Madrid, a París, a Amsterdam i a Buenos Aires.

A la mateixa època vaig conèixer en Joaquim Maurín. Entre el que havia llegit i el que m'havien explicat els seus antics coreligionaris coneixia la seva trajectòria. De sindicalista i secretari de la CNT als anys vint, a líder i organitzador de la Federació Comunista Catalana del PCE, fins a la dissidència i la fusió d'aquesta Federació amb el Partit Comunista Català per crear el Bloc Obrer i Camperol el 1930 i, finalment, dirigent del POUM, sorgit el 1936 de la fusió del Bloc amb la Izquierda Comunista del seu amic Andreu Nin. En Maurín havia estat al centre dels debats que han configurat el moviment obrer del segle XX. A la CNT havia lluitat per apartar el sindicalisme de la turbulenta nuvolada anarquista i fer-li adoptar posicions marxistes. A la Federació Comunista Catalana, al Bloc i al POUM havia lluitat per apartar el marxisme de la concepció totalitària en què l'havia fet caure el Komintern. Els seus esforços van naufragar, però no deixava de ser un dels primers d'haver vist els vicis que corrompen les ideologies revolucionàries. Josep Coll i Josep Buiria, antics companys seus, m'havien explicat la seva detenció i empresonament els primers dies de la Guerra Civil i la seva desaparició de la vida política. La sublevació militar el va sorprendre a Santiago de Compostel·la, on participava en un congrés de la branca gallega del POUM. De camí cap a Barcelona va ser detingut a Jaca amb una identitat falsa. Al cap de deu mesos, sense càrrecs contra ell, va ser alliberat, però pocs dies després, va ser reconegut i novament empresonat. La intervenció d'un cosí seu, capellà militar del cercle íntim del general Franco, li va salvar la vida, però a canvi de donar-lo per mort i tenir-lo a disposició del dictador, tancat a la presó de Salamanca amb una nova identitat falsa i en el confinament solitari més absolut. Se li respectava la integritat física, però se li suprimia la intel·lectual, començant pel seu nom. Joaquim Maurín era tancat a una cel·la amb el nom de Màximo Uriarte i separat dels altres presidiaris, sense ràdio, diaris, llibres, ni visites de cap mena. La dictadura l'empresonava en el seu passat. La seva dona, que havia demanat ajuda al cosí capellà, el sabia viu, però no podia denunciar la seva incomunicació per por del que li podia passar, ni ell devia saber qui li havia salvat la vida. Finalment condemnat el 1944 amb la seva vertadera identitat a trenta anys de presó, va ser alliberat el 46 i va reunir-se tot seguit amb la dona i el fill a Nova York. Quan va reprendre el contacte amb el món, va haver de reconstruir a partir de zero tot el que havia passat, en quines condicions havia acabat la Guerra Civil, com havia començat i acabat la mundial, com havien evolucionat les idees i els règims polítics, quines havien estat les actituds d'uns i altres i quina hauria estat la seva. S'entén doncs que s'abstingués de tornar a intervenir en la vida política. M'interessava molt anar a veure'l, no tant per conèixer el seu pensament actual i esbrinar si aprovava, o no, l'evolució dels seus companys cap a una socialdemocràcia de disciplina catalana, sinó per la seva experiència de la revolució soviètica. Maurín havia anat a Moscou el 1921 i el 1924 per participar en les reunions de la Internacional Sindical Roja, de la qual va ser destacat dirigent el seu amic Andreu Nin. Havia tractat els principals dirigents russos i estrangers del Komintern i era un testimoni d'excepció del naixement d'un règim totalitari que encara dominava gran part del món. El vaig anar a veure a casa seva. L'home que em va obrir la porta, alt, elegant, els cabells curts, les celles embardissades, amb ulleres de professor universitari i distinció de senyor rural, no tenia res del dirigent obrer sever, endurit per les lluites socials i baquetejat per la història que m'esperava trobar. D'una cordialitat exquisida, sense la més mínima afectació, em va tractar de seguida com a vell amic que s'alegrava de retrobar. En Maurín parlava d'una manera compassada, sense floritures. No volia convèncer, ni divertir, ni justificar. El que pensava es deduïa del que explicava. Les coses que deia eren totes pensades i les deia sense embuts, amb tota naturalitat. La noblesa dels seus sentiments i de les seves actituds inspirava respecte i em va fer entendre la devoció i fidelitat que li havien professat els seus seguidors. Al cap d'una hora de conversa va quedar clar que ens quedaven moltes coses per dir i a mi per preguntar. Molt generosament en Maurín em va proposar de dinar periòdicament plegats a un petit restaurant xinès que hi havia prop del seu despatx, a la cantonada de Broadway i la 74, i d'unir-me a la tertúlia que mantenia, un cop al mes, sopant al restaurant Jai Alai de Greenwich Village amb un grup d'amics exiliats. No recordo que en Maurín em revelés cap fet determinant de la Revolució d'Octubre que no hagués llegit en els llibres que m'havia empassat a París. Les discussions que havia tingut amb Zinoviev, Lenin, Stalin o Trotski, evocades quaranta anys després en un restaurant xinès de Nova York, per a un home transportat de cop i volta a una altra època i a un altre món, per no dir a un altre segle i a un altre planeta, tenien quelcom d'insòlit. Però, com sol passar, els testimoniatges personals tenen més força que moltes teories. Aquell Lenin d'en Maurín, assegut a l'extrem de la taula presidencial del Congrés de la Internacional Roja, llegint el diari, mentre se succeïen els oradors a la tribuna, i tirant-lo de sobte sobre la taula amb un gest brusc en senyal de menyspreu pel que acabava de sentir, convençut de la seva superioritat, impacient d'atènyer les metes que la nova ciència li havia revelat ineluctables i, per tant, disposat a emprar tots els mètodes, fossin els que fossin, per accelerar-ne l'adveniment; aquell Stalin incrèdul i murri, participant en les reunions sense obrir boca i xiuxiuejant a la sortida amb els seus fidels, dissimulant la seva impaciència, sense esperar que el nou credo convertís la necessitat en virtut per desfer-se dels escrúpols d'una altra època; aquell sinistre Hotel Lux on vivien, confinats en una indicible promiscuïtat, els dirigents estrangers i on corrien—i els serveis secrets feien córrer—, els rumors més inquietants, em van fer entendre, més que moltes lectures, la singularitat del règim totalitari que feia més de quaranta anys que era al poder i encara dominava gran part de món. Més enllà de la tradició despòtica del país i d'un estat policíac, em va quedar més clar que el secret de la seva continuïtat residia en la idea que la prescripció de tots els valors morals quedava justificada per la finalitat idíl·lica d'una societat sense classes d'homes lliures, l'adveniment de la qual era pronosticada per una doctrina científica infal·lible. En les controvèrsies ferotges dels líders de la Revolució, que va presenciar en Maurín als anys vint, hi vaig veure la línia mestra del totalitarisme que havia sobreviscut tots els altres.

La tertúlia del Jai Alai era una reedició de la de ca l'Ametlla, però havien passat prop de vint anys, el paradís perdut era a milers de kilòmetres i, en lloc del Canigó, la frontera era un rengle de gratacels. Els tertulians eren més nostàlgics que els de Perpinyà i s'entendrien quan un paisatge americà els recordava els de la joventut. Era gent molt ben informada. Comentaven la situació política espanyola amb molt interès, però sense la passió d'aquells anys. Aquell exili no era com el que havia conegut. N'havia desaparegut la idea del retorn i, des de Nova York, Espanya passava inevitablement a ser un país llunyà, petit i entre molts altres. Al Jai Alai hi venien l'Ángel del Río, professor de literatura espanyola a la Universitat de Nova York, que, més exiliat intel·lectual que polític, eixamplava els horitzons de la conversa i contribuïa a treure-la de l'atzucac de la República i la Guerra Civil; el periodista Carles Esplà, antic col·laborador de *La Publicitat* i *Mirador*, gran amic de l'avi Hurtado, que havia estat diputat del partit d'Azaña i governador civil de Barcelona al començament de la República, dotat d'una memòria sorprenent, capaç de refer els governs de la República fins a l'últim sotssecretari; i el llegendari músic, militar i diplomàtic Gustavo Durán, successivament compositor i musicòleg de La Residencia de Estudiantes, on havia fet amistat amb García Lorca, Buñuel i Dalí, improvisat i genial cap militar de l'exèrcit republicà, convertit per Malraux en un dels personatges de *L'Espoir*, col·laborador del Departament d'Estat a l'època de Roosevelt, posteriorment perseguit per McCarthy i finalment alt funcionari de l'ONU. Les converses del Jai Alai eren converses d'exiliats. No podia ser d'altra manera. S'hi recordaven amb emoció anècdotes del passat, com la d'en Gustavo Durán, aprofitant una pausa, en el curs d'una cruenta ofensiva militar, per tocar una sonata de Schuman en un piano descobert per atzar en una casa mig derruïda, o del present, com la d'en Maurín, marxant precipitadament d'una sala de festes de l'ONU per no haver de donar la mà al famós Alexandre Orlov, cap de l'NKVD a Barcelona i responsable de l'assassinat d'Andreu Nin, que, assabentat del que passava a Moscou, havia desertat i ara col·laborava amb la CIA. Però les converses també eren sobre temes d'actualitat i no tenien aquell regust de catacumba que solen tenir les reunions d'exiliats. S'hi comentaven llibres i molt sovint la situació política en els diferents països d'Amèrica Llatina. En Carles Esplà vivia normalment a Mèxic, en Gustavo Durán acabava d'arribar d'una prolongada missió a Xile i en Maurín dirigia una petita agència de premsa sud-americana. Tots ells coneixien molt bé els països d'aquest continent i estaven al corrent del que hi passava. Jo que hi comerciava en sabia ben poques coses i m'interessava molt tot el que en deien. Vaig assistir a la tertúlia més d'una vegada. M'hi van acollir amb cordialitat i afecte i la companyia era molt agradable, però els poderosos atractius de la ciutat em feien mirar en altres direccions.

Era des de juny del 59 a Nova York. Després del breu sojorn a París, un cop franquejada la porta, el dragó americà em va papar com un mosquit i, al cap d'un mes, ni em recordava quan havia arribat. Quan avui penso en aquella època, veig un xitxarel·lo de vint-i-cinc anys, lliure de controls familiars i socials, esbravant-se a camp obert, sense més fronteres que les naturals i sense més preocupacions que la de no caure en un barranc, on a Nova York n'havia vist molts estimbar-se. Fora de la feina, que cada dia m'ocupava més hores, corria d'un costat a l'altre, sense parar. Va haver-hi més concerts a la Filharmònica, més òperes i més ballets al Lincoln Center, més sopars a casa d'en Jimmy, més festivals de teatre amb la Shelley Winters i més musicals a Broadway, des dels *Pirates of Penzance* a *West Side Story* passant per *Guys and Dolls*, *Annie Get your gun* i *My Fair Lady*, també més caps de setmana amb els Sands a Chappaquiddick, on ens portava, cantant, el Happy Train, un tren sense seients i bar a cada vagó, que sortia de Grand Central el divendres a dos quarts de sis i ens deixava, encara cantant, al port de Woodshole, just a temps per agafar el ferri i arribar a l'illa a temps per sopar. No es van interrompre les trobades amb la Barbara i els seus amics escriptors, ni els sopars a casa dels Rosenthal i a casa dels Fonseca. Amb els amics periodistes de *Newsweek*, va haver-hi visites a l'estudi del pintor Andy Wharhol, que el seu quadre dels *Campbell Soup Cans* ja havia fet famós, per veure les seves pel·lícules excèntriques, com *Empire*, en la qual la façana de l'Empire State Building ocupa immòbil tota la pantalla durant més d'una hora; i algunes excentricitats més, com anar tots junts a veure incendis. Un de la colla, responsable de la crònica d'aquests successos, s'havia fet amic d'un dels caps del cos de bombers, que sopava cada nit a un restaurant irlandès on l'informaven dels incendis que s'anaven declarant a la ciutat i ens recomanava el més espectacular, que tot seguit anàvem a veure, embarcats en un taxi, amb les copes del restaurant encara a la mà. Amb la Rose Jackson, a més dels sopars i concerts a la seva finca de Connecticut, va haver-hi un extravagant cap de setmana gastronòmic a París. Me les vaig haver de tenir amb en Jimmy, a qui havia rebrotat el calvinisme i no volia acceptar la invitació, dient que es tractava d'una prodigalitat escandalosa i volia dissuadir la Rose. Però la Rose el va deixar sense arguments quan li va explicar que el seu banquer li havia confirmat que podia invitar cinc persones a París tots els caps de setmana de l'any, tots els anys que volgués. Vam anar doncs a París, en primera classe i habitació al Ritz, la Rose, una amiga de la Rose, una de les seves nétes, en Jimmy i jo, on vam fer tres àpats memorables al Grand Véfour, Chez l'Ami Louis i al Lapérouse. En aquest últim restaurant, la Rose em va donar un sobre dient-me a cau d'orella: «En Jimmy és un xic garrepa. ¿Per què no s'encarrega de les propines?». És el que vaig fer, sabent, després de mirar què hi havia al sobre, que si un dia hi tornava hi hauria de tornar disfressat. El purgatori era història, Nova York potser no era un paradís, però a més d'aprendre a treballar, m'hi vaig divertir de valent.

A principis del 62, a la Forel, van acordar obrir una delegació a París des d'on coordinar les llicenciades angleses, franceses i alemanyes de les nostres representades americanes, que començaven a disposar de crèdits a l'exportació. El soci responsable del mercat espanyol, que ja havia obert una oficina a Madrid, era el que se n'havia de fer càrrec. Andrés Bausili era el menys americanitzat dels socis. Fill del que havia estat home de confiança d'en Cambó a l'Argentina, havia arribat a Buenos Aires molt abans de la nostra guerra. Hi havia passat tota la infància i tota la joventut, però curiosament no s'hi havia integrat i, un cop acabada la carrera, se n'havia anat a Nova York, on vivia, feliç d'haver arribat finalment a la ciutat dels seus somnis. L'Andrés em portava deu anys. De cara ovalada, ulls clars i poc cabell, era elegant, simpàtic i despert. De jovenet havia parlat català a casa seva, però tot i que no l'havia oblidat, ja no el parlava, ni quan en tenia l'ocasió. Si bé el seu castellà no tenia la cantarella argentina, encara utilitzava, accentuades amb la tonada de rigor, algunes de les expressions més típiques de la capital del tango. L'Andrés era un home de contradiccions. No havia volgut formar part de l'oligarquia argentina, que li solia inspirar més llàstima que repulsió, però quedaven en les seves actituds restes de la seva desimboltura desvergonyida. Estava convençut de la superioritat absoluta de la vida nord-americana i no perdia l'ocasió de caricaturar anglesos, francesos, italians o espanyols, però era el més europeu dels europeus, de costums, hàbits i lectures. Càustic fins al llindar de la impertinència, realista fins al de l'autocrítica, la seva companyia era estimulant. Li feia molta il·lusió passar-se uns anys a París, explorar les possibilitats que oferien les llicenciades europees de cara als mercats sud-americans, poder atendre més eficaçment i de més a prop els clients espanyols, obrir mercat a aquelles de les nostres representades que encara no tenien soci europeu. Per dur a terme tots aquests objectius necessitava un col·laborador. Havia pensat en mi i em va deixar entendre que, al cap d'uns anys, se'n tornaria a Nova York i em quedaria aleshores al càrrec. Pensava traslladar-se a París de seguida, jo m'havia d'incorporar, a París o a Madrid, a partir del mes de maig. Quedava, doncs, aclarit el meu futur a la Forel. Però pocs dies després d'aquesta conversa, un amic dels Rosenthal, president d'una important societat de productes farmacèutics amb qui havia simpatitzat a Chappaquiddick, em va invitar a dinar per concretar-me l'oferiment que m'havia anticipat uns dies abans. Buscava, en efecte, un jove entre vint-i-cinc i trenta anys per treballar, sota la seva supervisió personal, d'adjunt del director de la divisió internacional de la seva empresa amb vista a substituir-lo quan aquest es jubilés a finals del 63. El futur director no havia de ser necessàriament ni metge, ni farmacèutic. El que volia era un jove que parlés francès, anglès i castellà, fos bàsicament de formació jurídica, tingués una idea del comerç internacional i no li desagradés viatjar. Més que recórrer al mercat laboral, preferia una persona coneguda, de la seva confiança, que pogués formar ell mateix. Em proposava per començar un sou un cinquanta per cent més elevat que el que cobrava i d'un cent per cent més elevat al cap del període de formació. Entenia que m'ho havia de pensar, però em demanava que no tardés a donar-li una resposta per poder-me presentar les persones amb qui hauria de treballar. De sobte em vaig trobar entre l'espasa i la paret, en una d'aquelles situacions imprevistes que obliguen a prendre decisions en poc temps. L'oportunitat que se m'oferia d'entrar a una de les grans corporacions americanes al costat del seu màxim dirigent no es podia agafar amb la punta dels dits com una col·locació per anar tirant uns anys més a Amèrica. Implicava un canvi radical. Implicava canviar de pell, tallar el cordó umbilical, estar disposat a fer-me americà. París havia quedat lluny. Em fascinava la societat americana. ¿No era aquesta l'oportunitat per tirar-m'hi de cap? Però m'assaltaven altres preguntes. ¿Seria capaç de tornar a Barcelona de turista? ¿Podria oblidar-me de l'únic país que a fi de comptes era el meu? Per molt que ho intentava, no em veia disfressat d'executiu de multinacional, vivint *uptown*, els caps de setmana, en una casa de fusta blanca amb gespa retallada al voltant, soci d'un club de golf, bevent martinis, ensabonant clients, sense paisatge, punts de referència, ni horitzons. La decisió va ser més fàcil de prendre del que em pensava. El meu passat la va prendre per mi.

IV

A principis de maig, aterrava a Madrid, quinze dies després, era a París, al cap d'una setmana, em parava a Bilbao, camí d'Oviedo. A mitjans de juny, era a Lieja, camí d'Amsterdam. Els primers dies d'agost, anava a Düsseldorf i Gènova i el mes de desembre, era a Pittsburgh i altre cop a Nova York. Durant deu anys faré de *travelling salesman* de la Forel... i d'altres empreses més etèries. En tots aquests anys no tindré domicili estable. Donat d'alta a la sucursal de la Forel a París, vaig llogar un petit estudi, no gaire lluny del meu antic barri, que serà el meu *pied à terre* a la capital del Sena, però ni físicament, ni mentalment tornaré a viure a París. Els primers anys, la venda de cilindres de laminació de la Mackintosh a les principals siderúrgiques de la Comunitat Europea del Carbó i de l'Acer em farà viatjar regularment per Europa, però no trigaré a passar la major part de l'any entre Espanya i Portugal, amb viatges freqüents als Estats Units. A París, hi retrobava els amics del Janson de Sailly, feliçment alliberats de les seves prolongades obligacions militars a Algèria, i sobretot en Pallach i la Catalunya que m'havia emportat a Nova York. El pas per Amèrica m'havia desarrelat de França i la meva nova activitat professional em portava cada dia més a la Península: a Astúries i al País Basc, on eren les principals acereries, a Madrid, on teníem oficina, també a Lisboa, on un important projecte siderúrgic em farà passar llargues temporades. No tenia clients a Barcelona, però ara, tenia moltes més ocasions d'anar-hi.

La primavera del 62, s'havien succeït vagues als principals centres industrials del país i el mes de juny, pocs dies després del meu retorn, s'havia celebrat, convocada pel Consell Federal Espanyol del Moviment Europeu, la famosa reunió de Munic entre representants de la nova oposició democràtica i membres prominents de les organitzacions polítiques exiliades. Després de no haver estat capaç d'endegar l'onada de conflictes socials, el govern, que aquella reunió havia agafat d'imprevist, va reaccionar amb gran vehemència, orquestrant una violenta campanya de premsa contra el «*Contubernio*» de Munic, deixant pensar que la dictadura estava tocada. De fet, a Munic, tret d'unes resolucions piadoses reclamant el pacífic restabliment de la democràcia, no s'hi va prendre, ni s'hi podia prendre, cap acord polític que fos operatiu. Els polítics exiliats encara no estaven disposats a deixar de banda el seu republicanisme i continuaven reticents a participar en una maniobra per entronitzar Don Juan i, si la nova oposició no semblava descartar la solució monàrquica per sortir del franquisme, tampoc no la defensava unànimement. Les negociacions per aixecar una simple acta d'àmplia coincidència democràtica entre els reunits van ser laborioses. Així i tot la reunió va ser un èxit. La participació de gran nombre de personalitats conservadores al costat de polítics que en el passat havien estat adversaris irreconciliables, reclamant junts l'adveniment d'un mateix règim democràtic, tenia un valor simbòlic d'alt contingut polític. S'enterrava la Guerra Civil i es posava de manifest la voluntat de concòrdia àmpliament majoritària a tot el país. Les resolucions aprovades a la reunió de Munic, posteriorment recollides pel conjunt del Moviment Europeu, confirmaven que l'Espanya de Franco no podia formar part de les institucions europees. Aquesta evidència, convertida en portada dels principals diaris europeus per les represàlies de què eren objecte els reunits, no deixava de ser un contratemps greu per a un govern que havia fet de l'acostament a Europa la seva prioritat. Franco, que es va adonar de l'error d'aquella campanya de premsa contra el suposat *contubernio*, en va fer responsable el ministre d'Informació, Gabriel Arias-Salgado, i el va substituir per Fraga Iribarne, dissimulant, però, el canvi amb una remodelació del govern, que no tocava els ministeris clau (Hisenda, Governació, Assumptes Exteriors), ni modificava l'equilibri entre les famílies polítiques del règim, i es limitava a canviar els tres ministres de les forces armades (eterns peons de brega del dictador), nomenant per a una Vicepresidència de nova creació el general Muñoz Grandes, conegut per la seva oposició a tota vel·leïtat de restauració monàrquica. Contràriament al que molts van pensar, els fets de Munic no van tenir cap repercussió en la classe política franquista, immersa com de costum en les seves intrigues, disputant-se els favors del dictador, teoritzant sobre les diferents maneres de prolongar el règim el dia que no hi fos. El que havia passat a Munic tot just va ressonar a la gàbia de vidre on vivien tancats els polítics del règim, ressuscitant-hi alguna antiga lluita intestina. Des de 1957, amb l'entrada al govern de Castiella i Solís per una banda i d'Ullastres i Navarro Rubio per l'altra, havien quedat definitivament perfilades les dues famílies polítiques que es disputaran els ministeris al llarg de la dictadura. Els primers, amb el suport de Fraga, defensaran vitalitzar i enfortir el Movimiento Nacional, els altres, apadrinats per l'almirall Carrero Blanco, institucionalitzar el règim amb una llei orgànica i el nomenament de Juan Carlos com a futur rei. Uns, hereus del *Nacionalsindicalismo*, els altres del *Nacionalcatolicismo*, tots dos convençuts que «*Spain is diferent*» i que una democràcia amb partits polítics i llibertat d'expressió portaria novament al desastre, intentaran en va reformar el règim per assegurar-ne la perennitat i discutiran fins a l'infinit d'unes futures associacions per organitzar, segons els més conservadors, *la ordenada concurrencia de pareceres*, segons els més atrevits, el no menys ordenat *contraste de pareceres*, fins al dia que, mort el dictador i la gent al carrer, aprovaran *in extremis* una llei de reforma política per enterrar el Movimiento i convocar eleccions lliures a les Corts Constituents. Com tota classe política, la franquista es preocupava abans que tot de la seva supervivència. Fracassarà el seu intent de prolongar la vida del règim, però tindrà un èxit extraordinari a l'hora de prolongar la seva, i és que, tot i ser filla d'una ideologia caduca, té l'avantatge decisiu d'heretar una victòria amb la qual ha eliminat físicament tots els seus adversaris.

Els pares vivien a Barcelona, però havien conservat el piset de Passy, on passaven llargues temporades. Me'ls vaig trobar a París, el pare, com sempre, desbordant d'activitat, ocupat ara amb un Patronat de Cultura Catalana Popular, del qual era una altra vegada l'activista numero u. El PCCP, com resava el seu manifest, volia ser «una obra de cultura bàsica, educació cívica i promoció social de les masses catalanes i forasteres radicades a Catalunya, desitjoses d'integrar-se al recobrament i a les aspiracions de progrés del país, al marge de tota opinió política o confessió religiosa». Un programa fet a mida per al pare. Impossibilitat d'actuar a Catalunya, el Patronat semblava una empresa quimèrica, però aquesta no era raó per demorar la publicació d'unes petites biografies de catalans il·lustres injustament esborrats de la consciència col·lectiva. Fictíciament impreses a Suïssa, apareixeran les de Pompeu Fabra, Rovira i Virgili i el cardenal Vidal i Barraquer, al cap d'uns mesos, les de Pau Claris, Rafael Casanova i el doctor Bartolomeu Robert i s'anunciaven les dels presidents Prat de la Riba, Puig i Cadafalch, Macià i Companys, les de Nicolau d'Olwer, Gabriel Alomar i Joan Peiró, les de... Com ja havia passat el 47 amb *Quaderns*, les publicacions del Patronat s'interrompran per manca de recursos, però no l'activisme patriòtic del pare, que sempre trobarà nous camps d'aplicació, des de l'organització de conferències als locals d'un Òmnium Cultural clausurat a Barcelona que obria sucursal a París fins a la creació d'un Centre d'Études Catalanes a la Universitat de París.

L'any 1962, tornava a bullir el petit formiguer antifranquista de París. Als opositors que s'hi havien refugiat el 57 i 58 s'hi afegien ara els del *Contubernio* de Munic, que havien escollit l'exili per evitar el confinament a l'illa de Fuerteventura. Entre aquests nous exiliats destacava, al voltant de Dionisio Ridruejo, el grup d'intel·lectuals i escriptors madrilenys que formaven José Suárez Carreño, Jesús Prados Arrarte, Fernando Baeza, Pablo Martí Zaro i el valencià Vicente Ventura. En Ridruejo era sens dubte una de les personalitats més rellevants de la nova oposició. El seu passat de líder feixista, que continuava provocant les reaccions irades dels seus antics coreligionaris però ja no suscitava les reticències dels demòcrates, excitava la curiositat de la premsa internacional. Abans de marxar cap a Amèrica, ja n'havia sentit parlar, havia llegit alguns dels seus articles a *Revista*, setmanari finançat per Albert Puig Palau, amic de la infància de l'oncle Víctor, i en coneixia les molt elogiades intervencions a les reunions entre poetes catalans i castellans, que tanta ressonància tingueren en el soterrani catalanista barceloní. Ni tampoc no m'havia passat per alt la constitució a Madrid del seu Partido Social de Acción Democrática, amb el qual teníem contacte. Va ser l'oncle Víctor, també partícip de la reunió de Munic, que me'l va presentar. Dionisio Ridruejo era un home baixet, de faccions harmonioses, pell pàl·lida, orelles grosses i mans delicades. Fumava amb fruïció i s'expressava amb exquisida naturalitat. Culte i refinat, amb veu de vellut, somriure humil, cortesia sense afectació, ho tenia tot per seduir i convèncer. Havia heretat d'una terra pobra i eixuta el físic castigat de pastor de cabres i la valentia i la serenitat d'una raça molt antiga. De cabells espessos i ondulats, front ample, ulls ametllats, nas recte i llavis ben dibuixats, el seu aire trist i senzill inspirava a l'acte simpatia. Quan el vaig conèixer no sabia res de la seva trajectòria d'escriptor, de crític, poeta i assagista. Només tenia present la política. En aquella època les desafeccions del règim eren moneda corrent i ja estava acostumat a veure els més radicals passar alegrement d'un extrem a l'altre. El cas d'en Ridruejo, però, era diferent. Era únic. De feixista ortodox, membre de la cúpula dirigent del Movimiento, del grup dels falangistes anomenats els «*auténticos*», partidari convençut d'una «Nova Europa» inspirada per l'Alemanya nazi, havia evolucionat lentament, com va dir ell mateix, sense cap «*salto de pértiga*», fins a convertir-se, un cop abandonats els somnis de grandesa imperial, en un demòcrata europeista, tolerant i moderat, sensible a les desigualtats socials i respectuós amb els nacionalismes perifèrics. Un mes abans de la reunió de Munic, a tall de presentació, apareixia, publicat a l'Argentina, el seu llibre *Escrito en Espanya*. He conservat l'exemplar que em va dedicar el novembre d'aquell mateix any. Barreja densa i articulada de filosofia política i interpretació històrica, el llibre també volia ser un acte polític i després d'analitzar els principals problemes del país, proposava les línies mestres d'un programa. En un primer capítol, sense amagar ni ometre res, repassava la seva trajectòria de líder feixista, els càrrecs que havia ocupat i la seva participació entusiasta en la guerra. Amb la mateixa franquesa explicava els seus intents ingenus i puerils de posar barretina a la *Cruzada* celebrant la victòria amb pamflets en català, de voler integrar la intel·lectualitat liberal al Movimiento invitant algunes de les seves personalitats rellevants a col·laborar en una revista falangista i, fins i tot, d'exigir al govern que dugués a terme la revolució nacionalsindicalista. El 1942, al seu retorn de l'expedició al front rus amb la División Azul, definitivament convençut que Franco havia traït els ideals falangistes i que el govern feia causa comuna amb les forces reaccionàries, dimitia de tots els seus càrrecs. Franco, que no tolerava cap classe de rebequeria i només volia falangistes dòcils, el va confinar primer a Ronda, després a Catalunya. Comença aleshores el llarg procés de reflexió que el portarà a principis dels cinquanta a donar suport des de fora del règim als esforços dels que, des de dintre, el volen fer evolucionar cap a formes democràtiques i, després del fracàs del projecte «aperturista» dels seus amics Ruiz Jiménez, Tovar i Laín i la seva detenció arran dels disturbis universitaris del 56, a incorporar-se definitivament a les files de l'oposició. Ridruejo acabava aquest capítol introductori fent-se ell mateix la pregunta que no podia evitar que li fessin: «*Si este hombre confiesa que se ha equivocado una vez, ¿por qué quiere intervenir de nuevo y no se calla?*», i contestava: «*Me equivoqué. Pero el compromiso del hombre civil con su comunidad no se cancela nunca*». Jo no era dels que volien que callés, però la democràcia, la justícia social, la llibertat religiosa, la independència sindical, la integració europea i un federalisme respectuós amb les particularitats regionals ja formaven part del meu bagatge i lògicament m'interessava molt més conèixer les interioritats d'un règim que només podia veure des de fora. El que li esperava sentir a Ridruejo era com s'havia preparat la sublevació, qui s'hi havia apuntat, com s'havia organitzat el nou poder, de quines complicitats havia gaudit, qui prenia les decisions, quins eren els grups influents. Me'n vaig quedar amb les ganes. El programa d'un partit europeu de centreesquerra que proposava no era per a mi cap novetat. Tampoc no ho era la vella idea d'un acord entre les forces democràtiques i el pretendent per sortir del franquisme. Idea que acabava de rebre un desmentiment categòric de la Casa Real l'endemà mateix de la reunió de Munic i havia obligat Gil Robles a dimitir del Consell Privat del Comte de Barcelona. Més que un exlíder feixista capaç de dir coses assenyades, el que sí que era per a mi una novetat era la manera que tenia de dir-les. Descobria la seva prosa fluida i precisa, a la vegada cerimonial, amb innombrables «*nivel de los tiempos*», que em recordaven l'Ortega que acabava de llegir, on trobava expressions felices com la del «*macizo de la raza*» per definir aquell magma endurit de tradicions i sentiments en el qual la República va despertar tantes inquietuds i la rebel·lió militar va aixecar tantes expectatives. Aquella retòrica tan pulcra i tan perfecta em va deixar un dubte: ¿era Ridruejo un polític que era bon escriptor, o un escriptor que feia de polític? Dionisio Ridruejo s'havia guanyat les simpaties de molts catalans per les seves nombroses mostres de respecte i interès per la llengua i la cultura catalanes. En el seu llibre parlava de «formes d'associació plurinacional en un estat comú», de «noves fórmules allunyades del centralisme», de «fórmules generalitzables però no uniformes, capaces de satisfer els sentiments i les exigències del nacionalisme particular», però que també havien de ser capaces de «neutralitzar les reaccions que provoquen els autonomismes sospitosos de privilegis davant de les regions menys desenvolupades», que fan pensar «en la possible dissolució d'Espanya». En aquella època, aquests generosos i assenyats propòsits, que encara sentim a alguns dels més distingits representants del *macizo de la raza* d'avui en dia, sonaven molt bé, però no deien res de com, ni entre qui, s'havien d'acordar aquestes noves formes d'associació. Quan vam discutir d'aquests problemes, em vaig adonar que, tot i que els vaixells en els quals navegàvem semblaven anar de costat, tant ell com els seus amics no desistirien mai de pensar que de vaixell només n'hi havia un i que, si els nous liberals predisposats a reconèixer la realitat plurinacional de la Península no entenien que les parts que negocien un afer no solen estar assegudes al mateix costat de la taula, la resolució del problema s'anunciava espinosa. En continuarem parlant molts anys, però les nostres converses a poc a poc deixaran de ser exclusivament polítiques per donar pas a una vertadera amistat, tot i que a finals del 74, encara col·laboràvem estretament en la formació de la Plataforma de Fuerzas Democráticas, col·laboració que ens portarà als calabossos de la Direcció General de Seguretat en companyia, entre altres, de Josep Pallach, Felipe González, Nicolás Redondo i Juan Ajuriaguerra. Com tots els poetes i escriptors que unes circumstàncies turbulentes llancen a l'arena política, en Ridruejo sempre defensarà causes més per fer realitat un somni que per ambició de poder i, tant en l'etapa de feixista ortodox com en la de demòcrata liberal, actuarà en tot moment mogut per un compromís moral que li exigeix «*un acuerdo honrado entre lo que se cree y lo que se hace*». Predisposicions més pròpies del moralista que del polític, però que me'l feien encara més simpàtic. Intel·ligent com era, no crec que es fes gaires il·lusions de veure la seva acció consagrada per l'èxit. La seva trajectòria tampoc no ajudava. Els que esperaven pacientment la mort del dictador per fer-se demòcrates no podien tenir excessives simpaties per un home que posava al descobert les seves intencions i era de preveure que els que feia més de vint anys que esperaven per poder fer valdre les seves credencials no li reservarien un seient a primera fila. Entre uns i altres les seves possibilitats eren escasses. Una mort prematura sis mesos abans de la del dictador li evitarà esbrinar-ho.

El 62, sabia ben poques coses d'Espanya. Una mica d'història, una mica més d'història contemporània, múltiples converses amb testimonis i protagonistes de la República, la Guerra Civil i l'antifranquisme, però sense paisatge, sense veïns, sense vida quotidiana, Espanya continuava sent una abstracció. Ara que m'hi havia de guanyar la vida, canviaria de signe. La manera més pràctica, per no dir l'única, de visitar les siderúrgiques del nord era llogar un cotxe i de Madrid anar, per Burgos i Miranda, al País Basc, alternativament, per Tordesillas i Lleó, a Astúries, ja que la carretera entre Bilbao i Gijón era impracticable. Repleta de revolts i el ferm ple de forats, els viatjants que, obligats a fer-la, van acabar per avorrir-la tant que van esborrar el pal de la *R* de tots els cartells «*Ruta Costa Verde*». Va ser a l'octubre d'aquell any—ho recordo perfectament—que, de camí a Mieres i Avilés, vaig descobrir Castella. Després de la serralada rocosa i arbrada del Guadarrama, vaig veure, per primera vegada, desplegar-se a l'infinit aquelles planes desolades, ara rogenques, ara emblanquinades, on, entre els replecs, niaven poblets minúsculs de vida abandonada, però coronats per esglésies monumentals, palaus bornis, castells esberlats i, apinyades, casetes de fang. Vaig quedar desconcertat ¿Quina raça havia estat capaç de tanta desmesura? ¿Qui ofegava un passat tan descomunal? I de sobte, augmentant la meva perplexitat, a mig camí, trobava una petita vila alegre i animada, amb fira i mercats, hostal amable, menjars suculents i homes elegants amb camises blanques per sobre dels pantalons, vestigi—ves per on—, d'un antic assentament jueu. Dec a en Dionisio aquesta informació sobre Medina de Rioseco. Als anys setanta, en Dionisio, que preparava una guia de Castella, em va explicar que havia fet un mapa amb els noms de les viles antigues que tenien població jueva i un altre amb les viles cristianes de nova creació després de la reconquesta. Els va superposar successivament sobre un tercer en què figuraven els pobles que s'havien declarat favorables a la *Cruzada*. No coincidien cap de les viles amb assentament jueu amb les viles on havia triomfat la sublevació. Enamorat de la seva terra, més que cap altre, en Dionisio me la farà entendre i estimar, però serà la secretària que regentava la nostra oficina de Madrid qui, sense interpretacions, ni referències històriques de cap mena, me'n farà descobrir un element decisiu: la força que hi tenen les conviccions. Mercedes Pascual, filla de l'estanquer del carrer San Bernardo, soriana, com en Ridruejo, era una noia desperta, decidida i valenta i, com a bona castellana, amb un sentit innat de la jerarquia. Tot i treballar junts molts anys no deixaré mai de ser per a ella el «*señor Cuito*». Com molts catalans hem pogut observar, sentir-nos parlar en català pot causar a Madrid un cert malestar, com si empréssim el nostre idioma amb l'únic propòsit de no ser entesos. Curiosament, la Merche, que parlava i escrivia correctament el francès i l'anglès, també era susceptible de cometre aquesta equivocació. Un dia, quan la nostra relació ja era menys formal, vaig intentar ingènuament fer-li entendre per què els catalans també podíem mal interpretar segons quines actituds dels castellans i com es podria resoldre aquest malentès. El nen de la masia que hi ha al costat de la caseta que tenim al Montseny—li vaig explicar—, em va sorprendre un dia dient-me que no li agradava anar a escola perquè la mestra era castellana. Una criatura de cinc o sis anys no podia pas ser un separatista *enragé*. Aquest rebuig tan precoç només tenia una explicació. El Ministeri havia enviat una mestra castellana a una escola on els nens no l'entenien. ¿No seria millor que la mestra els ensenyés a llegir i escriure en la seva llengua materna abans de passar a una altra i evitar així antipaties i prejudicis innecessaris? La Merche va semblar convençuda. Però l'endemà mateix, va entrar al despatx amb un d'aquells somriures que diuen més que moltes paraules. «*No, no, no. De lo de ayer, nada de nada. Porque si la maestra les enseña catalán, después ustedes no me aprenderán el castellano*».

Aquell any 62, igual que el 56 i el 58, el país va conèixer una onada de conflictes socials, principalment a Catalunya, Astúries i el País Basc. Com els anys anteriors, les reivindicacions dels treballadors, tot i tenir la mateixa significació política, eren abans que tot de caràcter salarial, però es produïen en un context econòmic molt diferent. Els anys 56-58, el model autàrquic, que havia propiciat una primera industrialització, s'estava esgotant i la inflació galopant d'aquells anys, amb la inevitable minva del poder adquisitiu, havia provocat el descontentament dels més desfavorits. El 1959, amb un dèficit exterior insostenible, la caixa pràcticament buida, i el país a punt de suspendre pagaments, els nous ministres de l'Opus van acabar imposant a la vella guàrdia franquista unes inajornables mesures de sanejament econòmic. El Plan Nacional de Estabilización Económica va marcar un abans i un després en la història del país. Dràstica devaluació de la pesseta, liberalització de les importacions i de les inversions estrangeres per retrobar l'equilibri exterior, reducció de la despesa pública, control del crèdit i de la massa monetària per restablir l'equilibri interior; el Pla era un ajust sever, que implicava un alentiment momentani de l'activitat econòmica, amb congelació salarial i atur, però que, amb el suport del Fons Monetari Internacional, els crèdits americans i el beneplàcit de l'Organització Europea de Cooperació Econòmica, a la qual Espanya aconseguiria ingressar, acabaria tenint èxit. El 1962, els preus s'havien estabilitzat i el país coneixia finalment una clara represa de l'activitat sobre bases més realistes i més sòlides. Els treballadors, que havien estat els més perjudicats per l'ajust, reclamaven, ara que era possible, una substancial millora salarial. La classe treballadora, que el 56 i el 58 havia tornat a aixecar el cap, no era la dels anys trenta. Havien passat vint anys des de l'acabament de la guerra. Les antigues organitzacions sindicals havien estat abolides i els seus quadres dirigents, exterminats, exiliats o empresonats. Els petits grups que havien sobreviscut en la clandestinitat, generalment identificats i vigilats, no estaven en condicions d'iniciar, dirigir, ni canalitzar els nous moviments de protesta. En els últims vint anys, el procés d'industrialització havia produït la clàssica allau de mà d'obra del camp a la ciutat i aquests nous treballadors, sense tradicions sindicals, ni experiència de les lluites socials, partien de zero a l'hora de plantejar les seves reivindicacions. Tret d'algun barri, alguna població, o algun centre industrial on havia perdurat una mateixa estratificació social i les tradicions obreristes havien pogut passar de pares a fills, els petits nuclis existents d'ugetistes i cenetistes tenien més valor testimonial que operatiu. Així i tot, havien participat en les accions reivindicatives i, encara que les condicions socials i polítiques de l'època no tenien res a veure amb les d'abans, eren dels pocs que podien proposar noves orientacions a l'acció sindical. La immensa burocràcia en la qual estaven ensarronats junts empresaris i treballadors feia molt difícil articular autèntics moviments reivindicatius. Les eleccions d'un primer nivell de representació obrera que s'hi celebraven no oferien gaires garanties, però permetien sovint elegir enllaços sindicals combatius, que podien pressionar els comitès d'empresa i eventualment accedir-hi. El 1958, una nova llei de convenis col·lectius, que fixava un nou marc per acordar condicions de treball i remuneracions, oferia nous canals per plantejar les reivindicacions. Tot i ser adversaris irreconciliables de les organitzacions sindicals falangistes, els antics sindicalistes presents sobre el terreny no podien ignorar les estructures existents, ni menystenir les possibilitats que oferien. Les organitzacions sindicals reconstituïdes a l'exili, presoneres del passat, especialment la UGT dirigida per la cúpula del PSOE, no podien en canvi deixar de veure tota acció a través d'aquestes estructures com una traïció i continuaven defensant una acció sindical estretament lligada als objectius del partit socialista.

El 1960, la Confederació Internacional d'Organitzacions Sindicals Lliures i la Confederació Internacional de Sindicats Cristians, sensibles als canvis de la política econòmica espanyola i al suport que li prestava l'OECE, van recomanar als seus respectius adherents la formació d'aliances amb les altres organitzacions sindicals democràtiques per incidir més directament en la nova realitat econòmica i contrarestar la creixent influència dels comunistes. Aquell any 60, especialment a Catalunya, es va obrir un debat per definir una nova línia d'acció sindical que tingués en compte l'emergència d'una nova generació de treballadors combatius, la participació cada dia més decidida de militants de les organitzacions apostòliques en les accions reivindicatives i el fracàs de la vaga general de protesta orquestrada pel Partit Comunista a la resta del país amb el nom de Huelga Nacional Pacífica, que havia deixat clar el poc entusiasme que suscitava la politització de les reivindicacions socials per part dels partits polítics. Des de la UGT de Catalunya s'animava els sectors catòlics a formar una organització de classe que pogués participar en una gran aliança entre sindicats democràtics, que serà finalment possible el 1962 amb la constitució de l'Aliança Sindical Obrera (ASO). Josep Pallach i Josep Buiria, secretari de la UGT de Catalunya, que s'ocupava des de Perpinyà de la publicació i introducció de la nostra propaganda a Catalunya, seran dels primers a definir i defensar una nova concepció del sindicalisme adaptada a la nova realitat social i política del país. L'acció sindical l'havien de decidir i organitzar els treballadors des dels llocs de treball i les organitzacions sindicals exiliades només havien de servir de caixa de ressonància i de suport. L'ajuda que prestaven els sindicats internacionals havia d'anar directament a mans dels que lluitaven a l'interior. Denunciar la farsa dels sindicats verticals no era incompatible amb presentar-se a les eleccions que s'hi celebraven per elegir els enllaços sindicals i participar en els comitès d'empresa. Era a partir d'aquests primers nivells de representació que es podia eficaçment mobilitzar els treballadors i fer costat a les reivindicacions. En clara oposició amb el vell model d'inspiració leninista que considera merament els sindicats com a corretja de transmissió de la voluntat del partit, defensaven la idea d'un sindicalisme totalment independent dels partits polítics, única manera per altra banda d'aconseguir una aliança sòlida i estable entre les diferents tendències democràtiques.

Les posicions amb les quals s'havia constituït l'ASO a Catalunya eren compartides per la majoria dels socialistes de l'interior. Entre ells Manuel Montesinos, Josefina Arrillaga i Paco Bustelo. Manuel Montesinos, responsable a Frankfurt de l'afiliació dels immigrants espanyols a l'IG Metall, el poderós sindicat dels treballadors de la indústria metal·lúrgica alemanya, havia constituït diverses agrupacions de la UGT en terres alemanyes; Josefina Arrillaga, coreligionària i advocada de l'Antonio Amat, des de Madrid, estava en contacte amb els grups socialistes que aquest havia coordinat abans de la seva detenció el 1958, i Paco Bustelo, un dels fundadors de l'Agrupación Socialista Universitaria, ara refugiat a París, viatjava regularment a Espanya amb documentació falsa i mantenia contacte amb aquests mateixos grups. Montesinos, Arrillaga i Bustelo seran els primers promotors de l'ASO en l'àmbit nacional. El mes de juny d'aquell any 62, en Montesinos, que havia convençut la direcció de l'IG Metall dels nostres punts de vista, va obtenir que una delegació de la UGT que renaixia a l'interior fos rebuda pel secretari general de la Federació Internacional d'Obrers Metal·lúrgics (FIOM) per discutir de com es podia canalitzar directament l'ajuda que prestava, sense passar per la vella UGT exiliada. Adolf Graëdel, antic dirigent dels treballadors de la indústria rellotgera suïssa, tenia una llarga experiència del món internacional. Particularment despert i perspicaç, va simpatitzar amb els nostres punts de vista i va agrair molt especialment que no li expliquéssim sopars de duro. La primera reunió va ser tot un èxit. Semblava finalment trencat el monopoli de les relacions internacionals que tenia la UGT exiliada. En sortir de la reunió va quedar clar que de tots nosaltres n'hi havia un que per motius professionals, per tant amb cobertura legal indiscutible i cost zero, viatjava regularment al País Basc, Astúries, Madrid, Barcelona i París. Aquest era jo, cosa que em convertia en emissari ideal del projecte.

No refaré aquí la història de l'ASO, però voldria recordar-ne alguns episodis, alguns bons amics i alguns personatges que vaig tenir el privilegi de conèixer. A Barcelona les idees que defensava la UGT de Catalunya van ser ben rebudes pels quadres dirigents de la CNT que, després de llargues penes de presó, encara estaven en contacte amb els petits nuclis sindicalistes existents al Principat. Per la seva banda els militants cristians, que havien constituït una Solidaritat d'Obrers Cristians de Catalunya, veien amb bons ulls establir relacions permanents amb les famílies tradicionals del sindicalisme de casa nostra. Els que no ens van rebre gens bé van ser naturalment els comunistes, que, també partidaris de participar en les eleccions d'enllaços sindicals i comitès d'empresa, veien sorgir un competidor. Des d'un primer moment van denunciar l'ASO com un intent de dividir la classe obrera pagat per la CIA i, d'acord amb els més purs mètodes estalinistes, van fer córrer els nostres noms i cognoms per si podien ser d'alguna utilitat a una altra policia. No vivint a Barcelona no podia seguir l'activitat de l'ASO dia a dia, però me les componia per passar per la ciutat al més sovint possible. A cada visita anava a veure en Miquel Casablancas, màxim responsable de la UGT a l'interior, per recollir la informació i poder fer-la arribar als companys de França i a les organitzacions internacionals. En Casablancas, amb cabells blancs, ulls blaus i un somriure que inspirava de seguida confiança, era el prototip d'aquells dirigents obrers experimentats que no s'arruguen ni en les circumstàncies més crítiques. Recordo amb un punt de nostàlgia les múltiples reunions a casa seva, a Sant Andreu, i les nostres il·lusionades discussions, sovint en companyia d'altres vells militants, com en Salvador Clop, en Rocabert del grup de Sants i el llegendari Pistoletes, que havia facilitat la fuga d'en Pallach de la presó de Figueres el 1945. Tampoc no deixava d'anar a veure en Sebastià Calvo i en Saturnino Carod, del Comitè de la CNT de Catalunya, que després de llargues penes de presó havien pogut trobar feina d'acomodadors als cines de la Rambla, així com l'Antonio Turón i en Ladislao García, més joves, amb qui també vaig fer molt bona amistat. El 1963, veuré aparèixer, atrets per les propostes de l'ASO, unes noves generacions sense passat, que s'afegien a la lluita sindical, moguts més per un compromís moral d'arrel religiosa que per consciència de classe. L'empenta i la vivacitat d'aquests nous activistes contrastava amb les actituds més reservades dels vells militants castigats per anys de repressió. Em va impressionar la determinació de tots els que vaig conèixer, entre ells: l'Ignasi Carvajal, en Josep del Hombre i en Josep Pujol Bardolet, que participarà el 1964 en la creació de la primera Comissió Obrera a la parròquia de Sant Medir. A partir de mitjans dels seixanta, va quedar clar que la majoria dels moviments socials i polítics s'organitzarien a l'ombra protectora de les parròquies amb la connivència i complicitat dels joves clergues que volien dur a la pràctica els ensenyaments de les encícliques renovadores de Joan XXIII. Aquesta nova actitud d'una part de l'Església tindrà profundes repercussions en l'evolució social i política del país. Que un dels dos sindicats més importants d'avui dia porti un nom de clara ressonància apostòlica com el de «Comissions» diu molt de la importància que va tenir aquest moviment renovador.

El mes d'octubre d'aquell mateix any 62, vaig participar en una reunió preparatòria de l'ASO a escala nacional amb la Josefina (Arrillaga), en Manolo (Montesinos) i en Paco (Bustelo), que representaven la UGT de l'interior, i els membres del Comitè Nacional de la CNT convocats per un d'ells, en Francisco Calle, de la CNT de Catalunya. En Florián, així es feia dir Francisco Calle, era un anarquista de llibre. Si mal no recordo, de pares artistes, havia estat secretari del Sindicat d'Espectacles i durant la guerra havia tingut alguna responsabilitat en activitats culturals, des de predicar l'amor lliure i organitzar teatres ambulants fins a promoure el naturisme. En Florián era un andalús exuberant, llest i atrevit, disposat a tot, d'aquells que s'entusiasmen fàcilment i amb la mateixa facilitat comuniquen el seu entusiasme als altres. El dia que vam anar a Montserrat a explicar el programa de l'ASO a l'abat Escarré, quan va sentir l'abat declarar-se obertament partidari de la reconciliació, li va oferir immediatament les banderes de la CNT perquè les posés a la mateixa vitrina on hi havia les dels regiments nacionals que van entrar al monestir el 39. Impressionat per l'acolliment amable de l'abat i el seu interès per tot el que li explicàvem, ja li volia proposar la formació d'un comitè d'enllaç i demanar un amagatall en el monestir per dipositar la nostra propaganda.

La Josefina, que acabava de conèixer, era una basca de cap a peus. No simpatitzava amb les idees del Partit Nacionalista Basc (PNB), però no li costava mostrar-se orgullosa de les virtuts de la seva raça. Era una noia menuda, però ai del que no sabia veure darrere aquella fisonomia gràcil una voluntat de ferro i una tenacitat poc comuna. De veu aflautada, ullets elèctrics i somriure maliciós, a més de semblar intel·ligent, ho era. Formava part d'un grup d'advocats socialistes que estava en contacte amb la direcció del PSOE a l'exili, però acceptava difícilment sotmetre's a la seva disciplina i mantenia relacions amb tots els altres grups socialistes que anaven sorgint a la Península. En Manolo era un andalús químicament pur. Tocava la guitarra, li agradaven els toros i el flamenc. No l'havia conegut a través de la política, sinó a través de la família. Me'l va presentar la sogra de l'oncle Víctor, Maria Morales, amiga íntima d'Isabel García Lorca, tia d'en Manolo, amb qui compartia una mateixa passió pel cant i el ball flamenc. La Maria havia obert a París un petit *tablado* que tenia molt èxit, i en Manolo en va ser client assidu els mesos que va estudiar a París per completar una tesi de dret que estava preparant a la Universitat de Frankfurt, on havia anat a viure després del seu primer empresonament el 1956. A més de compartir idees, coincidíem en moltes altres coses. En Manolo havia crescut en el si d'una família de refugiats i s'havia fet home en una llengua que no era la dels seus pares. Infant i adolescent a Nova York, com jo a França, no havia tingut cap dificultat a adaptar-se a un altre país i a una altra llengua i ara vivia integrat a Alemanya com jo m'havia integrat a Amèrica. En Paco, que coneixia de París, on va haver d'exiliar-se el 1958, era d'una sola peça: seriós, pausat, metòdic, quasi germànic. Profundament honest, era dels que no treuen fàcilment la banya del forat on l'han ficat. D'una amabilitat que no pertorbaven les discussions més vives, el seu aspecte estudiós i la fermesa de les seves conviccions quedaven enaltides per una discreta i civilitzada ironia. Tots tres seran bons i grans amics.

En aquella reunió, en un simpàtic alberg dels afores de Madrid regentat per una família d'anarquistes, va començar de fet la història de l'ASO. En els mesos anteriors, en Manolo i en Paco havien intentat sense èxit presentar una moció favorable a les idees de l'ASO al Congrés de la UGT exiliada celebrat a Tolosa a l'agost. Havien de donar suport a la moció els principals dirigents de l'interior, els grups d'Alemanya i Suïssa i alguns dirigents de l'exili com en Wenceslao Carrillo (que a diferència del seu fill s'havia mantingut fidel al vell partit), també l'Arsenio Jimeno, de l'agrupació de París, però a l'últim moment, l'Antonio Amat no es va atrevir a trencar la disciplina de la direcció exiliada i en Pascual Tomás, secretari general des del 46, es va apanyar perquè no fos discutida la resolució que havia de presentar l'agrupació de Frankfurt. Després d'aquest fracàs, en Manolo i en Paco, que continuaven comptant amb l'acord dels que els havien fet costat, confiant a la llarga a convèncer l'Amat i forts de l'ajuda dels sindicats alemanys, van decidir tirar pel dret. La Josefina, que ja s'havia enfrontat a la direcció exiliada, també era partidària de no perdre més el temps i a partir d'aquell mes d'octubre ens vam dedicar a sembrar la idea de l'ASO i mirar de convèncer tot grup susceptible d'adherir-s'hi. Al País Basc, vam entrar en contacte amb la Solidaridad de Trabajadores Vascos. Jesús Inchausti, que havia estat secretari del president Aguirre i era un puntal del govern basc a l'exili, ens va facilitar les introduccions. En Jesús, amb ulls minúsculs, nas aguilenc, txapela negra i gavardina color de pedra, era l'estampa inconfusible del basc universal. Gran amic d'en Pallach, era una font d'informació de primera mà, en contacte permanent amb la xarxa clandestina del Partit Nacionalista, de lluny el més ben organitzat de tots els grups de l'oposició. Els sindicalistes bascos es van mostrar receptius a les nostres idees, però reticents a tot plantejament unitari. Estaven molt ben organitzats i, si mantenien una Aliança Sindical purament nominal a l'exili amb la UGT, eren escèptics sobre la capacitat organitzativa dels socialistes i coneixien bé les seves divergències internes. Les idees d'una ASO impulsada per una UGT catalana, en mans de catalanistes, els inspirava simpatia, però donaven clarament prioritat a l'enfortiment de la seva organització. L'Antonio Amat, que vivia a Vitòria en llibertat provisional i pendent de judici, continuava sense decidir-se i la Josefina va entrar directament en contacte amb un grup d'ugetistes joves disposats a prescindir de la direcció de l'exili. A Catalunya, l'ASO es va consolidar ràpidament i, al cap d'uns mesos, vam poder organitzar uns seminaris de formació al sud de França per als joves militants que s'anaven incorporant. A València, a través d'en Vicent Ventura vam conèixer un grup de joves socialistes valencianistes interessats a col·laborar, que amb prou feines havien sentit a parlar del PSOE i de la UGT. A Sevilla, on encara no se sabia res del grup que constituiran Alfonso Guerra i Felipe González, en Fernández Torres, antic dirigent de l'època de la guerra, coquetejava amb els partidaris de la solució monàrquica i en Francisco Román, un altre militant històric, tot just mantenia una presència simbòlica a Màlaga. A Alacant, en canvi, els nostres amics madrilenys comptaven amb el decidit suport de Justo Fernández Amutio, que formava part de la vella guàrdia «*caballerista*» i, malgrat els seus anys i la seva sordesa, era d'una persistència admirable.

A Madrid, les coses eren infinitament més complicades. La Federación Sindical de Trabajadores, que volia ser el gran sindicat cristià espanyol, no passava de ser un projecte i el grup de la CNT que portava la veu cantant a la capital, tot i mostrar-se partidari de l'ASO, era reticent a començar un treball organitzatiu de base i es feia il·lusions de dur a terme un ambiciós projecte de penetració dels sindicats oficials que els situaria en una millor posició de partida a la fi del règim. Vaig tenir llargues converses amb Íñigo Lorenzo, indiscutiblement, la personalitat més forta de la CNT madrilenya. L'anava a veure al barri de Cuatro Caminos, on, després de llargues penes de presó, havia trobat feina de dependent en un petit comerç. L'Íñigo era un home prim però vigorós, de cabells negres pentinats cap enrere. Mentre parlàvem, continuava fent paquets amb la mateixa meticulositat amb què s'expressava. Era dels que es pensen les coses abans de dir-les i se les pensen dues vegades. Durant dos anys l'intentaré convèncer de desistir del seu projecte. No hi va haver manera. Si és veritat que en política preveure és escollir, l'Íñigo preveia un final del règim franquista gradual i per etapes i, davant d'un sindicalisme catòlic que es beneficiava de la complicitat d'una part cada dia més significativa de l'Església i d'un sindicalisme controlat pels comunistes que rebia ajuda substanciosa de la Unió Soviètica, creia impossible organitzar un sindicalisme independent que defensés els interessos dels treballadors en tota llibertat sense el suport d'alguna estructura existent. Jo no sabia quan, ni com, acabaria la dictadura però, més mogut per conviccions que per càlculs, estava convençut que el futur acabaria sent dels que sabrien mantenir-se fidels als ideals democràtics, i no entenia que un home com l'Íñigo, que havia pagat aquesta fidelitat amb divuit anys de presó, s'arrisqués ara a enterbolir-la pactant amb la burocràcia del sindicalisme franquista l'entrada de sindicalistes genuïns com ell i els seus amics en aquesta mateixa burocràcia. L'honorabilitat de l'Íñigo estava fora de dubte i tornava a veure en la seva agosarada estratègia les tradicionals confusions de l'anarquisme ibèric. Fins i tot vaig creure que la determinació de l'Íñigo era més producte de l'afany de corregir errors del passat que d'una decisió meditada. Irònicament aquest noble i audaç intent serà el que farà caure el moviment anarquista en la seva última i definitiva contradicció. Si les discrepàncies amb el grup de l'Íñigo eren un obstacle, les rivalitats entre els diferents grups socialistes de la capital plantejaven una altra dificultat. Coneixia de feia anys els avatars dels diferents nuclis que acceptaven, ara sí ara no, la disciplina del PSOE exiliat, entre altres el dels advocats Antonio Villar i José Frederico Carbajal, amb qui havia col·laborat la Josefina, també el grup socialista universitari, els membres del qual oscil·laven des de 1956 entre la submissió aparent i el conflicte obert. Tant els uns com els altres eren els més susceptibles de veure el projecte de l'ASO amb bons ulls. El grup de seguidors del professor Enrique Tierno Galván era un cas a part. Ja n'havia sentit parlar abans de marxar cap a Amèrica. El 1958, havia acompanyat en Vicente Girbau a una cafeteria de la plaça del Trocadéro, on l'havia citat amb gran misteri un col·lega seu, diplomàtic com ell, que venia en representació d'en Tierno i de la, per a mi, no menys misteriosa Asociación Funcionalista. Fernando Morán, futur ministre d'Afers Estrangers del primer govern socialista, va aparèixer de darrere un arbre amb una boina negra i una gavardina fins al peus que havien de dissimular el diplomàtic distingit, però delataven el conspirador principiant. Les confuses explicacions d'en Morán sobre els mèrits de la teoria de Talcott Parsons no em van aclarir quina relació podia haver-hi entre aquesta teoria i l'oposició antifranquista, ni de moment vaig entendre com la utilitzava un astut professor de dret polític per remenar la cua per Madrid sense anar a la presó. En Tierno Galván, que em va presentar la Josefina, encara no havia fundat el Partido Socialista Interior, ni havia abraçat el marxisme radical amb el seu Partido Socialista Popular. Professava aleshores un socialisme moderat, predisposat a col·laborar amb els monàrquics. El vaig conèixer en una reunió, en una sala dels baixos de l'Hotel Suecia. Quan vam entrar, estava explicant a un petit grup de simpatitzants com havia de ser el partit socialista del futur i a la pregunta d'un dels presents sobre la dificultat que presentava l'existència dels nacionalismes perifèrics el vaig sentir contestar: «*Que hablen esquimal o cualquier otra cosa no tiene la más mínima importancia...*». Un cop acabada la seva explicació, ens vam acostar amb la Josefina. Tot just identificada la meva procedència, amb la mateixa desimboltura, se'm va posar a parlar de Pi i Margall, Rafael Campalans i de la importància del catalanisme per al restabliment de la democràcia. En Tierno era un actor consumat. El seu paper preferit era el del *viejo profesor*, amb el qual es presentava com a teòric polític íntegre i desinteressat. No me'l vaig creure ni un minut, però no vaig tardar a adonar-me que era un polític de raça, sempre a l'aguait de les oportunitats, sempre disposat a utilitzar-les en benefici propi. No en devia veure cap en l'ASO, però no es va oblidar de demanar-nos que ens mantinguéssim en contacte. Tots aquests grups socialistes o socialitzants que anaven apareixent eren majoritàriament de classe mitjana: advocats, mestres, periodistes, escriptors, metges, funcionaris amb escassa presència de treballadors manuals. Una excepció era la de la Unión Sindical Obrera. Ens va venir a veure l'Eugenio Royo en nom d'aquesta organització. L'Eugenio Royo formava part del grup de treballadors de les Cooperatives de Mondragón, procedents de les Joventuts Obreres d'Acció Catòlica (JOC), que com que no simpatitzaven amb el nacionalisme basc havien decidit constituir un sindicat d'arrel cristiana, però d'àmbit nacional. L'Eugenio era un xicot alt i gros, de cara ovalada, maneres reservades un pèl conventuals. Com la majoria dels nous catòlics era alhora audaç i desconfiat. Els havien enganyat una vegada i no volien que els enganyessin una altra. L'Eugenio no era dels que per recuperar la puresa d'un ideal profanat es creuen obligats a professar-ne les manifestacions més extremes. El pas pel moviment cooperatiu l'havia vacunat contra les utopies i el pas per les JOC li havia fet conèixer el sindicalisme cristià francès que tenia per model. L'Eugenio es va mostrar d'acord amb les línies generals del programa de l'ASO i decidit a participar-hi, però discretament reticent a tota perspectiva unitària, sobretot per la inevitable rivalitat amb les organitzacions sindicals cristianes existents a Catalunya i al País Basc.

Per la seva banda, com sempre en solitari, Antonio García López, que tornava a viure a Madrid, continuava agitant el pati socialista amb la idea de reconciliar el socialisme espanyol amb l'exèrcit. Encara recordo el dia que el vaig acompanyar fins a la porta de Capitania portant una carta del secretari general del PSOE adreçada al capità general de Madrid, García Valiño. Abans d'interpel·lar el soldat que estava de guàrdia a la porta, havíem quedat que avisaria els corresponsals estrangers si al vespre no havia tornat a casa. Aquesta serà una de les múltiples entrevistes que aconseguirà mantenir amb militars. Que jo sàpiga ningú no li ha reconegut una tasca que—els esdeveniments ho han demostrat—era més que necessària. L'Antonio veia amb simpatia el projecte de l'ASO, però no el considerava prioritari i per acostar-se a l'estament militar necessitava, com a mínim, fer-ho des d'una legitimitat i un reconeixement internacional que l'obligaven a no apartar-se dels que el detenien. A casa seva, devia ser a finals del 64, vaig conèixer un jove advocat laboralista andalús, procedent d'Acció Catòlica, que s'havia fet del PSOE. Era un noi alt, moreno, reservat, molt segur del que deia. Em va sorprendre que anés vestit d'esportista de classe alta, amb un d'aquells abrics de loden color verd oliva, jersei de coll obert i camisa de quadres. No sé si havia sentit parlar de l'ASO, però en el terreny sindical no semblava interessat en res que no fos la UGT, segons em va dir, «*blasón inmaculado de nuestro Partido*». El 1988, vaig recordar les seves paraules. Felipe González era president del govern, havia abandonat el marxisme, però continuava aferrat a la mateixa concepció leninista del sindicat. L'afiliació dels militants socialistes a la UGT era encara obligatòria i el secretari general de la UGT automàticament membre de l'executiva del partit. La vaga general del 14 de desembre d'aquell any va tacar el «*blasón immaculado*» i el president del govern la va qualificar de «*golpe bajo*».

La dispersió i les rivalitats entre tots aquests grups socialistes complicaven les coses i així com l'ASO havia quallat ràpidament a Catalunya, la seva implantació a la capital era més lenta, fins que a finals de 1963, en Manolo va decidir anar a viure a Madrid i amb la Josefina van obrir una assessoria laboral que serviria de cobertura legal a l'organització clandestina. La decisió es va demostrar que era encertada i al cap de poc temps estaven en condicions d'imprimir un butlletí que acreditava la presència de l'ASO a la metal·lúrgia i havien aconseguit organitzar un nucli particularment actiu a l'Empresa Municipal de Transports de la capital. L'àmplia acceptació de les idees de l'ASO i la seva materialització en nuclis actius a Barcelona i Madrid, així com el suport internacional que rebien, no podien passar inadvertits per les autoritats. El mes de febrer de 1964, de pas per Madrid, vaig rebre de matinada una trucada telefònica anònima, amb la contrasenya convinguda, avisant-me de la detenció d'en Florián i dels seus companys José Cases i Mariano Pascual i vaig creure prudent agafar el primer avió que sortia a l'estranger. El mes d'abril de l'any següent, queien detinguts Josep Pujol, Antoni Martínez, Ignasi Carvajal i Josep del Hombre. El juliol d'aquell mateix any, contra l'opinió i les pressions de l'exili, la Confederació Internacional d'Organitzacions Sindicals Lliures reconeixia la nostra existència i invitava l'ASO al congrés que celebrava a Amsterdam. Alertat per aquest suport significatiu i no volent córrer el risc de despertar-se un dia amb una vaga dels transports públics a la capital, el govern decidia desarticular la nostra organització a Madrid. Era clausurada l'assessoria laboral, detinguts en Montesinos i tots els companys de l'Empresa Municipal de Transports. Després de totes aquestes detencions, els corresponents judicis i condemnes, després de la inevitable deriva de la CNT madrilenya i la decidida voluntat dels sindicats cristians de fer camí pel seu compte, l'ASO no va durar gaire temps més, però perduraran les seves idees i, a la llarga, s'acabaran imposant. Fins al restabliment de les llibertats, seran en efecte els enllaços sindicals i els comitès d'empresa elegits en el si dels sindicats verticals els capdavanters de les lluites reivindicatives. Uns sindicats independents dels partits polítics, com els que defensaven en Pallach i en Buiria, que defineixen la seva pròpia política tant nacional com internacional i s'organitzen en federacions d'indústria sense portar perjudici a la unitat de classe, han acabat sent els d'avui en dia. L'ASO també serà el detonant de dos fets que tindran profundes repercussions. D'una banda, el PSOE i la UGT, reconstituïts a França a l'acabament de la guerra mundial, perden el monopoli del reconeixement internacional i en conseqüència gran part de la seva legitimitat històrica; de l'altra, darrere l'ajuda del sindicalisme internacional treu el cap el partit socialdemòcrata alemany que, des del seu congrés de Bad Godesberg, contribueix sense complexos a la formació de la política exterior de la República Federal d'Alemanya i pren cartes en l'evolució política espanyola.

La meva activitat professional m'obligava a desplaçaments constants. A cada viatge, quan es presentava l'oportunitat, contactava els responsables de les relacions internacionals dels sindicats dels països que visitava. A Ginebra, Adolf Graëdel em va presentar Victor Reuther i el seu delegat, Dan Benedict, que seguia la situació espanyola de més a prop. Els germans Reuther eren figures llegendàries del sindicalisme americà. Socialistes convençuts, el 1936 havien participat en el moviment que va portar el United Auto

Workers i vuit sindicats més a separar-se de l'American Federation of Labour per fundar una Confederation of Industrial Workers més combativa. Fills d'un immigrant alemany, obrerista de la primera hora, els Reuther havien heretat tota la severitat i rigor moral dels primers americans. En Victor Reuther era un home alt, de cabells escassos, que havia perdut un ull en un atemptat, probable represàlia per haver protagonitzat la famosa vaga general de la General Motors l'any 36, o per haver fet front diverses vegades a la violència de les milícies patronals. De poques paraules i moltes preguntes, intimidava, però el viu i sincer interès que tenia per als nostres projectes era una mostra de la simpatia que ens tenia. A Londres, no vaig tenir tanta sort amb les dues converses que vaig tenir amb els funcionaris del Trade Union Congress, tots molt importants, però dels quals no recordo cap nom. Em van rebre, això sí, amb grans demostracions d'entusiasme i solemnes discursos de solidaritat amb el poble espanyol oprimit per la dictadura franquista, i poca cosa més. A París, un comerciant gallec, vell amic del meu pare, que s'havia fet ric però s'havia mantingut fidel a les idees del seu admirat Largo Caballero, em va recomanar d'anar a veure en Wenceslao Carrillo a Charleroi, que em podia presentar els responsables dels sindicats belgues. José Calviño, llarg i prim com un dia sense pa, calb, el cap igual que un ou, amb ulleres rodones passades de moda sempre en desequilibri damunt del nas, era un personatge pintoresc, dels pocs que no s'havia deixat vèncer per la desfeta i conservava l'energia i les il·lusions dels vint anys. Però a Brussel·les, com a Londres, em vaig trobar amb els mateixos venerables funcionaris que els records «*des luttes héroïques des travailleurs espagnols*» a penes despertaven de la somnolència. A París, també vaig conèixer André Bergeron, secretari general de Force Ouvrière, el sindicat escindit de la poderosa Confédération Générale du Travail, controlada pels comunistes. André Bergeron devia estar capficat amb els problemes que li plantejaven els seus turbulents afiliats *pieds-noirs* que tornaven d'Algèria i no devia tenir gaire temps ni mitjans per ajudar-nos, però em va presentar el seu amic Irving Brown, delegat dels sindicats americans a Europa, que ens podia ser d'alguna utilitat. El 1947, l'Irving Brown havia estat nombroses vegades portada de diari a França. Els comunistes, expulsats del govern pel primer ministre socialista Paul Ramadier, havien desencadenat una violenta campanya contra el Pla Marshall amb vagues als principals ports per fer impossible l'arribada de l'ajuda americana. L'Irving Brown, a qui no havien d'explicar res dels mètodes comunistes i no tenia gaires manies, va donar suport amb diners provinents del mateix Pla Marshall als descarregadors de moll dels sectors de Force Ouvrière i amb l'ajuda d'un controvertit regidor de l'Ajuntament de Marsella, bon coneixedor dels baixos fons de la ciutat, va aconseguir desarticular la vaga comunista i fer descarregar els vaixells americans. Aquest èxit i el ple suport que va donar a les escissions de Force Ouvrière a França i a la Confederació Italiana de Sindicats Lliures a Itàlia el van posar en el punt de mira de la Unió Soviètica, que el va acusar *urbi et orbi* d'agent de la CIA en connivència amb la xusma marsellesa i la màfia siciliana. Precedit d'aquesta tenebrosa reputació, em va sorprendre que el poderós i tèrbol Irving Brown ocupés amb una secretària un modestíssim despatx de dues petites habitacions al 20 de la rue de la Paix, amb placa de llautó a la porta a la vista de tothom. Més aviat grassonet, d'estatura mitjana, cara de minyó i cabells negres, amb una metxa rebel que li queia sobre el front, jovial i desbordant de vida, l'Irving era d'una ironia i un realisme despietats, possiblement heretats de la raça més perseguida. De tracte directe, era home d'un combat, amb idees i fidelitats clares. Com a representant de l'American Federation of Labour per a Europa depenia del cap de les relacions internacionals, el secret i llegendari Jay Lovestone, que des de Washington dirigia amb mà de ferro la política exterior de l'organització. L'Irving Brown també formava part d'un altre organisme, més restringit, més àgil i més eficient, que no havia de donar periòdicament compte de les seves activitats, ni estava subjecte als canvis d'humor dels afiliats. Creat pel mateix Lovestone, el Free Trade Union Committee volia ser, com se li va escapar un dia a l'Irving, una mena de nucli dirigent d'un futur Komintern de la democràcia. Aprofitant un viatge als Estats Units, a finals del 63, vaig anar a veure en Lovestone a la seva oficina de Washington. A la planta baixa de l'edifici de l'American Federation of Labour, una amable recepcionista, després d'un cop d'ull a una carpeta on tenia apuntades les visites, es va limitar a indicar-me el pis i el número del seu despatx. Després d'un gutural «*Come in*», oberta la porta, sol, assegut darrere una gran taula rectangular, un home corpulent, de cabells blancs, llavis gruixuts i ulls blaus, em mirava fixament. Encara recordo la força penetrant d'aquells ulls. En Lovestone es va aixecar, va venir al davant de la taula on hi havia dues cadires i, després d'una vigorosa encaixada de mans, em va senyalar una de les cadires i es va asseure a l'altra. Volia manifestament tenir-me a pit descobert i poder buidar tot el que portava al sac. D'entrada, i amb poques paraules, em va deixar clar el seu pensament. «A tots els països del món, sindicats independents i democràtics són indispensables per a l'establiment i la consolidació d'un règim de llibertats. Tenen dos enemics: les dictadures militars, o de partit únic, feixista o comunista, i l'estupidesa de tots aquells que per manca de coratge o idees confuses es creuen prou intel·ligents per treure'n profit col·laborant-hi. Els sindicats americans tenen recursos limitats, però en la mesura de les seves possibilitats faran costat a tots aquells grups que es demostrin capaços d'organitzar la defensa dels interessos dels treballadors d'acord amb aquests criteris». Si l'Irving continuava sent objecte de campanyes de difamació a totes les publicacions comunistes, en Jay Lovestone ja era considerat enemic número u a la Unió Soviètica des de 1929, i per raons més determinants que les de mer adversari sindical. En l'excel·lent biografia que li ha consagrat el periodista Ted Morgan he descobert les claus que em faltaven d'aquest singular personatge i de la seva accidentada i controvertida trajectòria. Poc coneguda, ha estat tanmateix crucial en la formació de la política europea dels Estats Units. Jay Lovestone neix amb el nom de Jacob Liebstein el 1897, a Molchad, poblet de la Lituània polonesa. Quan els pogroms de l'any 2, el seu pare, rabí de la comunitat, aconsegueix enviar la dona i les dues filles a Nova York, però només aconsegueix emigrar amb els dos fills el 1907. Gràcies a la mare i les dues germanes, que treballen en una fàbrica de botons, els nois podran estudiar i entrar a la universitat. Amb el nom americanitzat, Jay Lovestone ingressa al Partit Comunista el 1919. La seva primera escola política, que el marca per sempre, és la de les lluites intestines que divideixen, des dels seus inicis, el moviment comunista americà en diverses faccions i eventualment en dos partits que es disputen el reconeixement del Komintern. Lloctinent del secretari general Charles Ruthenberg, el succeirà el 1927, i amb nombrosos viatges a Moscou acabarà per convèncer els dirigents soviètics de fer obeir les faccions dissidents, però el 1929, cau en desgràcia per haver donat suport a Bujarin. És cridat novament a Moscou i «retingut» al famós Hotel Lux a l'espera d'un nou destí. Lovestone, que coneix bé les tripes del Komintern i personalment Stalin, amb qui ha mantingut més d'una tensa discussió, sap perfectament què vol dir una espera indefinida a l'Hotel Lux i aconsegueix miraculosament escapar via Berlín gràcies a la complicitat d'un funcionari lituà com ell. Altre cop als Estats Units, destituït del seu càrrec, acusat de traïdor, perd el control del Partit, però continua sent comunista i intenta refer un altre partit, però fora de l'òrbita soviètica. Entrarà en contacte amb els altres grups europeus que pretenen organitzar un moviment comunista independent, entre ells, Joaquim Maurín. Al terme d'una tortuosa evolució, acaba per abandonar l'antiga fe i es converteix en defensor igualment intransigent dels ideals democràtics. Per recomanació del no menys llegendari David Dubinsky, líder dels treballadors del tèxtil, col·laborarà amb el president del United Auto Workers, que es vol treure de sobre els comunistes que té infiltrats, i topa amb els germans Reuther, que en són els aliats circumstancials i, des d'aquell dia, els seus enemics irreconciliables. El 1945, home de confiança del president de l'American Federation of Labour, tindrà una intervenció decisiva en la política europea. Les administracions dels presidents Roosevelt i Truman, que les circumstàncies de la guerra han convertit en aliades de la Unió Soviètica, no tenen una idea clara del sistema polític que hi impera, ni de les intencions que té el seu aliat d'imposar-lo a altres països. Tret d'un Office of Strategic Services de caràcter purament militar, que assessora els generals americans, ara responsables des de Berlín de l'administració dels territoris ocupats, el govern americà no disposa de cap servei d'intel·ligència, només del creat el 47. Aquesta oficina militar, radicalment contrària a la reconstitució dels antics partits i sindicats perquè els consideraven contaminats pel nazisme, veia amb bons ulls com sorgia a Alemanya un nou moviment sindical format per uns comitès de fàbrica que semblaven espontanis, però que en realitat eren inspirats i dirigits pels comunistes. En Lovestone, que des de 1941 disposa amb el Free Trade Union Committee d'un servei d'informació política infinitament més aguerrit i competent que el dels militars, ajudarà immediatament Kurt Schumacher, el vell líder dels socialdemòcrates alemanys, que vol reorganitzar les antigues organitzacions i s'oposa fermament a la unió de socialistes i comunistes, ja consumada a la zona controlada per l'exèrcit soviètic. La iniciativa de Lovestone toparà amb serioses dificultats i la incomprensió de l'exèrcit i el Departament d'Estat, però amb el suport dels sindicats i dels seus ajudants Irving Brown i Henry Rutz sobre el terreny acabarà imposant Kurt Schumacher als militars i convencent l'administració americana d'apostar decididament per la reconstrucció d'una Alemanya democràtica enfront de l'imperi soviètic. Aquesta idea, legitimada amb escreix el 1948 pel cop d'estat de Praga i el bloqueig de Berlín, serà l'eix central de la política europea dels Estats Units, que farà d'Alemanya el seu principal aliat. De la mateixa manera que per solemnitzar la confiança dels treballadors americans Lovestone havia invitat Kurt Schumacher al congrés dels seus sindicats el 1947 a San Francisco, demanarà el 1963 als sindicats alemanys d'invitar el president Kennedy al seu congrés de Berlín i l'endemà suggerirà al president americà la frase que farà famós el seu discurs: «*Ich bin ein Berliner!*». Quan els vaig conèixer, en Lovestone i l'Irving podien estar satisfets. Els sindicats alemanys de les tres zones ocupades pels exèrcits aliats s'havien unit el 1949 per formar una sola organització que, amb cinc milions de membres, era una peça clau de la democràcia alemanya. A França i Itàlia s'havia contingut la penetració comunista, que ja no representava cap perill per a l'estabilitat de la democràcia, i s'havia posat fi al seu monopoli sindical. Als anys seixanta, Lovestone i Brown continuaven vigilants, però els seus objectius prioritaris ja no eren europeus, s'havien desplaçat amb la frontera calenta de la guerra freda cap als països de l'Àfrica del Nord i del sud-est asiàtic. Lovestone i Brown moriran tots dos l'any en què s'ensorra l'imperi soviètic. Benevolència del destí que no els va deixar perseguir fantasmes.

El 1963, vaig anar a Portugal per primera vegada. En aquella època, Portugal era un país oblidat de tothom. No en parlava mai ningú. Tret d'haver llegit en el *Portugal* d'en Gaziel la raó geogràfica del seu aïllament i com la *Meseta*, barrant-li el pas a Europa, l'havia convertit en un país de mariners, tampoc no en sabia res. Tot just recordava que Luís de Camões, el seu poeta més famós, havia escrit una epopeia a la glòria del seu mariner més gran per haver descobert el camí de l'Índia pel cap de Bona Esperança. De la classe d'història del Janson de Sailly, només m'havia quedat que quan Richelieu s'havia apoderat del Rosselló, el comte duc d'Olivares, per plantar-li cara, havia hagut d'aixafar la revolta dels catalans i els portuguesos ho havien aprofitat per separar-se d'Espanya; també que uns cent anys més tard, un terrible terratrèmol havia arrasat Lisboa, havia espantat tot Europa i inspirat a Voltaire algun dels seus comentaris més incisius, i finalment que Napoleó l'havia envaït al mateix temps que Espanya. Però no sabia res del que hi havia passat després. Res de la cruenta guerra civil entre liberals i absolutistes, res de la monarquia pseudoparlamentària que va acabar per implantar-s'hi, res de la República proclamada a començaments del segle XX, res del cop d'estat militar que, sense canviar-li el nom, va obrir la porta d'aquesta República a l'*Estado Novo* del doctor Salazar, i molt poca cosa d'aquell estrany règim corporativista, alhora paternalista i policíac.

El viatge a Portugal tenia per objectiu esbrinar si la «*siderugia nacional*» era susceptible d'interessar-se per algun dels equipaments de les nostres representades. En una guia de Portugal havia llegit que el primer capítol exportador del país era el de llaunes de sardines i tonyina i, com que acabàvem d'instal·lar a La Basconia de Bilbao una línia electrolítica contínua per substituir les velles cuines on s'estanyaven antigament les llaunes una per una, vaig pensar que aquesta referència era prou bona perquè em rebés el president de la dita siderúrgia. A la planta baixa de les oficines de Lisboa, un porter calb, gras i uniformat em va acollir amb un estentori «*Bom dia*». Després de diverses consultes telefòniques, un ordenança, igualment uniformat, em va acompanyar a l'últim pis, allà, un altre ordenança em va portar fins al despatx d'una cerimoniosa secretària que em va fer entrar a un petit saló on em va tenir mitja hora esperant abans d'introduir-me al despatx del president. El senyor Antonio de Sommer Champalimaud era un home prim, de cara ovalada i pàl·lida, barrada per un bigotet rectangular. Recargolat dalt d'un impressionant seient presidencial, les cames creuades, amb un gest imperceptible de la mà em va assenyalar la cadira que tenia al davant. En ajupir-me per treure un document de la cartera vaig veure que portava mitjons de seda color malva. Em va escoltar en silenci, no sé si amb interès, i quan vaig haver acabat, em va pregar de dirigir-me al director tècnic. Manifestament m'havia saltat l'ordre jeràrquic, però si m'havia rebut és que havia tingut la curiositat de sentir-me. Esperançat, vaig anar a veure el director tècnic. Sebastiâo José de Carvalho era un xicot baixet, d'ulls entremaliats, llavis sensuals, ràpid de reflexos i de moviments. Es deia igual que el marquès de Pombal, el famós primer ministre que va fer reconstruir Lisboa després del terratrèmol. Com corresponia al seu càrrec, era reservat, i no em vaig atrevir a demanar-li si era descendent d'aquella il·lustre família. Parlava un francès impecable i estava visiblement content de parlar-lo amb mi, cosa que a més de facilitar la comunicació va crear un clima de confiança entre nosaltres, com si d'alguna manera pertanyéssim a un mateix món. D'entrada costa entendre el portuguès, es necessita més d'un dia per acostumar-se a la cantarella xiuxiuejant dels lisboetes. Els portuguesos, en canvi, entenen fàcilment el castellà, però no sembla agradar-los haver-lo de sentir i s'estimen més, quan és possible, conversar amb un espanyol en anglès, o en francès, llengües que la gent educada parla generalment amb fluïdesa. El pare ja m'havia advertit: la majoria de les estàtues de Lisboa celebren la separació d'Espanya. Encara no tenia consciència de l'estranya barreja de susceptibilitat, enveja i ressentiment, sovint tenyida de menyspreu, que el país veí inspira als portuguesos. En vaig tenir molt aviat un bon exemple sentint parlar de «*as duas espanholas de Champalimaud*» per referir-se al servilisme de prostíbul dels seus dos directors adjunts.

La diferència de cost entre una llauna estanyada per immersió i una d'estanyada per electròlisi, multiplicada pel nombre de llaunes de conserva produïdes a Portugal, era el meu gran argument per justificar una fàbrica moderna de bandes d'acer estanyades en continu per aquest procediment. Era un projecte de grans dimensions i aconseguir-ne l'encàrrec òbviament complicat. En Champalimaud era un home difícil, distant i secret, acostumat a ser obeït cegament. Tenia dos germans sense ocupacions definides. Els tres eren coneguts com en Campalibom, en Champalimau i el president de la siderúrgia com en Champalipessimo. L'origen de la fortuna era la de l'oncle matern, Henrique Araújo de Sommer, propietari de les grans fàbriques de ciment del país que, sense descendència, n'havia confiat la gerència al seu nebot preferit, l'Antonio. A l'època d'en Caetano, un jutge farà cas als altres dos germans, que acusaran l'Antonio de desviament d'herència i en Champalipessimo haurà d'exiliar-se a Mèxic durant el judici. Així com França era el país *des deux cents familles*, a Portugal només semblava haver-n'hi dues, la de l'Antonio de Sommer Champalimaud i la família dels Melo, que tenien la indústria química i el monopoli del tabac. L'Antonio i els Melo amb els seus respectius bancs i companyies financeres es feien la competència per completar el domini de tot el que encara no controlaven. Per acabar-ho de complicar l'Antonio estava casat amb una Melo que li havia donat set fills i de la qual s'acabava de divorciar. El personatge no podia ser més complicat. D'altra banda, Portugal era un país petit i laberíntic, un dels estats més antics d'Europa, amb una administració sobredimensionada, legions de funcionaris timorats i creguts i multiplicitat de reglamentacions minucioses que impregnaven els tractes d'un formalisme puntimirat. La deferència envers els superiors semblava innata, alhora que la dominació ininterrompuda d'una mateixa classe social, unida al clima sufocant del salazarisme, tenia els humils en una actitud reverencial permanent. La societat portuguesa feia anys que estava congelada. Venint de París, o Nova York, tenia la sensació de despertar-me en una novel·la del segle XIX. A l'avió de la companyia aèria portuguesa ja havia observat que les assistentes de cabina eren totes nenes de bona família, com si només haguessin d'atendre pares, familiars o amics. En arribar a l'aeroport, em va sorprendre que els taxis fossin tots models antics de la Mercedes, amb seients de cuir desgastats que feien pensar que els pocs que anaven en taxi no havien donat per renovar-los.

Tret de la immensa caixa de sabates de marbre blanc de l'Hotel Ritz, que dominava la plaça del marquès de Pombal, la Lisboa que descobria el 63 s'havia conservat intacta des de l'època en què la va reconstruir el genial marquès. De temperatura meridional, però de meteorologia atlàntica i pluges suficients per mantenir-la neta, fresca i verda, la ciutat, tota ella d'un mateix estil arquitectònic, amb admirables places arbrades i tramvies grinyolant pels carrers, tenia l'estrany encant d'una modernitat desueta patinada pel temps. M'hi vaig trobar bé des del primer dia. La Pensâo York, a la rua das Janelas Verdes, i el minúscul restaurant A Primavera, en el Barrio Alto, establiments recomanats pel meu amic Jimmy Shute, van acabar de convertir-me en un incondicional de la ciutat. La Pensâo York, d'una rusticitat refinada, era un antic convent de monges carmelites, rehabilitat per una senyora anglesa, i en el restaurant A Primavera, *O Gil*, materialització químicament pura de la idea de cambrer, portava a una única taula comunitària uns llenguados memorables i, oh sorpresa!, una «*omelette norvégienne*» incomparable. Al cap d'un temps, en Sebastiâo de Carvalho, amb qui ja havia tingut l'ocasió de mantenir alguna conversa fora dels temes professionals, es va atrevir a demanar-me un favor «molt especial». Es tractava de subscriure'l al diari *Le Monde* amb un altre nom i una altra adreça on li seria fàcil passar-lo a recollir sense aixecar sospites. Que la Policia Internacional e da Defesa do Estado, la sinistra PIDE, vigilés fins i tot els subscriptors d'aquesta publicació em va fer pensar que les coses eren probablement encara més fosques que les de casa. Per agrair-me el favor em va regalar la novel·la d'Eça de Queirós *Os Maias*, afegint que, contràriament al que em dirien els seus compatriotes, Portugal continuava sent igual que el de l'època dels Maia. Em va agradar la novel·la tant, o més, que les passejades per la ciutat, i en escriure avui aquestes ratlles, no sé si em pugen a la memòria aquelles cases senyorials, silencioses i enigmàtiques, amb jardins vessant de les parets, que encara es veien pels carrers de Lisboa, o O Ramalhete, el palau amb estàtua versallesca, cedres, xiprers i *cascatizinhas* on viuen derrotats en Carlos Maia i el seu avi. En Sebastiâo era d'esperit obert, interessat per la història del seu país i pels seus secrets més pintorescos. Me'n va contar un digne d'Eça de Queirós. Quan l'Ajuntament de Lisboa va decidir erigir un gran monument a la gloria de Pedro IV, primer rei constitucional de Portugal, va esclatar un greu conflicte entre els regidors, incapaços de posar-se d'acord amb l'escultor a qui havien d'encarregar l'estàtua del rei. Finalment presa la decisió, van continuar barallant-se per altres motius. Tot just un mes abans de la inauguració, es van recordar de l'escultor que s'havia gastat els generosos acomptes sense haver fet l'estàtua. Els partidaris de l'escultor desestimat van obrir la capsa dels trons. L'escàndol era monumental, l'Ajuntament ingovernable, i la data de la inauguració a pocs dies vista, fins que un obscur secretari que tenia un parent a Duanes va trobar la solució. Un vaixell atracat a port portava una estàtua de l'emperador Maximilià I, que acabava de ser assassinat a Mèxic, i la Lloyd's, per una quantitat modesta, estaria encantada de desfer-se de l'estàtua. L'aprovació del consistori va ser unànime i Maximilià I, emperador de Mèxic, amb la carta de llibertat dels seus súbdits indígenes a la mà, és avui el rei Pedro IV, oferint als ciutadans la primera Constitució liberal del país. No s'ha mogut de dalt de la gran columna que hi ha al centre de la plaça del Rossio. «Pot estar segur—va afegir en Sebastiâo—que els meus compatriotes, convençuts que Portugal ha canviat, li diran que es tracta d'una llegenda».

A les novel·les d'Eça de Queirós vaig afegir ben aviat els llibres de Fernando Pessoa, començant per *O Banqueiro anarquista*, que també em va recomanar en Sebastiâo. A Lisboa no tenia cap amic, ni conegut, i la meva exploració de la vida portuguesa continuava sent bàsicament literària. En Sebastiâo no deixava de ser un client i vam haver d'esperar la conclusió de la nostra relació professional per poder compartir les nostres inclinacions i preferències en privat. No recordo qui em va posar en contacte amb Mario Soares. Possiblement en Raúl Morodo, o algú altre del grup d'en Tierno Galván, l'únic que hi tenia relació. El 1963, Mario Soares encara no formava part de cap organització socialista, però ja tenia un llarg historial d'opositor al règim salazarista. El 1946, havia participat en el Movimento de Unidade Democratica inspirat pel Partit Comunista, a les files del qual havia militat, i el 49 havia col·laborat amb el general Norton de Martos, que va intentar presentar-se a les eleccions a la presidència de la República. Abandonada la militància comunista de la joventut, el 1958 va participar activament en la molt agitada campanya electoral d'un altre militar, el general Humberto Delgado, que també aspirava a la presidència de la República. Quan el vaig conèixer, en Mario Soares era un advocat de prestigi. El vaig anar a veure al seu petit despatx de la rua do Ouro. Les coincidències polítiques ens van fer simpatitzar de seguida. Uns deu o quinze anys més gran que jo, era particularment afable, d'una cordialitat natural. Amb gran seguretat en si mateix i facilitat de paraula, ja semblava un polític experimentat. Em va presentar l'advocat Francisco Salgado Zenha, antic company del Movimento de Unidade Democratica, i el periodista Raúl Rego, amb els quals estava constituint una Acçao Socialista Portuguesa. En Zenha era un home elegant i culte, que parlava amb desimboltura; en Rego, baixet, amb boina negra, tenia un to de veu dolç i suau. Tots dos i Soares seran ministres dels governs provisionals després del cop d'estat militar del 25 d'abril. Els meus nous amics portuguesos estaven interessats pel que passava a Espanya, com ho estaven pel que passava a França, o a Anglaterra. Tot i la similitud entre la dictadura franquista i la de Salazar, em van fer veure la diferència abismal entre les dues situacions polítiques. Portugal encara era un imperi colonial amb importants possessions a l'Àfrica, l'Índia i el sud-est asiàtic. El cop d'estat militar el 1926 havia suspès les llibertats públiques, però sense guerra civil ni canvi de règim, i els militars havien trigat vuit anys a entregar el poder a Salazar. L'exèrcit portuguès no li estava per tant sotmès com estava sotmès l'exèrcit espanyol al general Franco. Les ambicions polítiques dels caps militars eren moneda corrent a la vida portuguesa. Feia tot just dos anys, el general Botelho Moniz, ministre de Defensa, havia intentat un cop d'estat per destituir Salazar. Així com Espanya, amb un exèrcit mut, vivia tancada a l'interior de les seves fronteres, Portugal, amb un exèrcit en guerra de Goa a Guinea passant per Angola i Moçambic, estava exposat als vents de la política mundial. El desenllaç no tenia per què ser el mateix. En els anys següents, continuaré veient en Mario, amb qui faré bona amistat. El 1965, l'assassinat del general Humberto Delgado en un poblet extremeny prop de la frontera portuguesa a mans de la PIDE va deixar clara la natura venjativa d'un règim disposat a abandonar fins i tot les aparences de la legalitat. El 1968, Mario Soares va ser novament processat i desterrat a l'illa de São Tomé. El 1969, Marcelo Caetano, aleshores primer ministre, en un tímid intent de fer evolucionar el règim, el va deixar tornar a Lisboa i participar en unes eleccions amb una tolerada Coaligação de Unidade Democratica. Aquelles eleccions van tornar a ser un frau i Mario Soares, novament perseguit, va haver de marxar precipitadament de Portugal. El vaig tenir amagat a casa dels pares, uns dies, a Barcelona, abans d'exiliar-se definitivament a París, on es quedarà fins al seu retorn a Lisboa l'endemà de la Revolució dels Clavells. Mario Soares no desmentirà mai la impressió de polític experimentat que em va fer el dia que el vaig conèixer al seu despatxet de la rua do Ouro. Entregat amb cos i ànima a la seva vocació, demostrarà ser un polític de raça capaç d'adaptar-se a totes les circumstàncies. Ministre de Relacions Exteriors en els primers governs provisionals revolucionaris, retirarà Portugal de les colònies i els reconeixerà la independència, primer ministre del 76 al 78, traurà el país de la deriva revolucionària per portar-lo cap a una democràcia parlamentària europea en la qual els militars deixaran d'intervenir per sempre més. Novament primer ministre del 83 al 85, presidirà la integració de Portugal a la Comunitat Europea i durant deu anys, del 86 al 96, serà president de la República. Cas únic de polític incombustible, serà diputat al Parlament europeu de 1999 a 2004 i amb vuitanta anys encara es presentarà candidat a la presidència de la República el 2005. Els anys noranta, el president Soares va venir a Barcelona invitat pel president Pujol. Feia temps que no ens vèiem i que jo havia deixat de circular pels passadissos de la política. Quan vaig arribar al despatx, la meva secretària, encuriosida, em va dir que havia rebut una trucada de l'ambaixada portuguesa demanant per un senyor «*Curto, director de la Internacional Socialista*». No podia ser altre que en Mario Soares, que volia assegurar-se de passar una estona junts. Va ser un plaer reunir-me amb ell i la seva esposa. La trucada de l'ambaixada em va deixar un petit dubte. ¿Havia canviat, Portugal? Els records literaris són més forts que els polítics i el meu amic no els va esvair del tot.

Entre dos viatges a Lisboa, el vespre del 22 de novembre d'aquell any 63, era a París en un cafè prop de l'Òpera amb en Vicente Girbau i el meu amic Allard Lowenstein, que tornava de Johannesburg i volia que l'ajudéssim a convèncer l'oposició espanyola de firmar un manifest contra la política d'apartheid del govern sud-africà i la política colonialista dels portuguesos a Angola i Moçambic (!). Al cap d'una estona, es va acostar el cambrer per dir-nos que acabaven de matar en Kennedy. Aquell assassinat ens va fer pensar que unes forces ocultes intentaven canviar el curs de la història. Tothom encara especula sobre la identitat dels possibles autors. La conclusió a la qual va arribar l'Allard sempre m'ha semblat la més plausible. «*Local politics*», ens va dir, recordant-nos la violència que encara té amagada una societat jove i tan poc estratificada com l'americana. L'Allard era una estranya barreja de realista i de rodamón romàntic. El seu amic Fred Zinnemann, famós director de cinema, estava preparant una pel·lícula sobre un tema espanyol que, segons ell, podia tenir un fort impacte sobre l'opinió americana i l'Allard creia important que l'assessoréssim. *Behold a pale horse*, amb aquesta cita de l'Apocalipsi per títol, la pel·lícula projectada estava inspirada en l'última incursió del famós guerriller anarquista Quico Sabaté mort a trets per la Guàrdia Civil a l'estació de Sant Celoni. A la pel·lícula, el guerriller en lloc d'atracar bancs anava a veure la mare malalta, l'acció passava al País Basc i un capellà compassiu avisava el guerriller que un guàrdia civil malvat li tenia preparada una trampa. El guió em va semblar una astracanada, però, encuriosit, vaig anar a veure en Fred Zinnemann al seu hotel. Amb cabells arrissats, pell pigallada i cara de moltó, Fred Zinnemann era un d'aquells vienesos finíssims que havia fet carrera a la pàtria de ningú que deu ser Hollywood. En el seu temps havia simpatitzat amb la causa de la República espanyola, però ara el seu objectiu era casar les idees d'un guionista hongarès amb els actors que li imposava la productora. Com em va dir, dirigir una pel·lícula era com conduir un autobús amb passatgers que volen anar a llocs diferents. Anthony Quinn li semblava un guàrdia civil acceptable, Omar Sharif, un capellà creïble, però no acabava de veure Gregory Peck d'anarquista i volia que n'hi presentéssim alguns per ajudar-lo a ficar-se a la pell del personatge. L'amic Hermes Piquer, militant de la CNT catalana, es reunia periòdicament amb alguns companys partidaris de l'ASO en un local que tenien als afores de París i vaig acompanyar Gregory Peck a una de les tertúlies més surrealistes on he anat mai. A la segona sessió, vaig veure un Gregory Peck silenciós i disciplinat intentant fer caure la cendra de la cigarreta amb el dit petit, igual que ho feia un dels companys de l'amic Piquer. El govern espanyol va prohibir la pel·lícula, però els antifranquistes no es van perdre res.

El món imaginat per l'especulació política és per definició un món irreal. A l'època en què ningú no tenia informació fidedigna, les previsions dels que somiaven un país diferent eren per força diverses i inevitablement nebuloses, però els que les feien eren de carn i ossos. D'orígens i tradicions diverses, moguts per conviccions morals, religioses o patriòtiques distintes, tots tenien coses a dir, però tots estaven condemnats a dir-se-les entre ells. Formaven una comunitat alhora heterogènia i replegada sobre si mateixa, unida per una mateixa aspiració: sortir de les tenebres. A la frontera, aleshores poc definida, entre cultura i política, vaig tenir la sort de conèixer quatre personalitats singulars del món de les lletres que em faran baixar al subsòl dels seus respectius paratges, on s'entenen molt millor les teories que corren a la superfície.

A Madrid vaig retrobar l'escriptor José Suárez Carreño, que havia conegut a París al costat de Dionisio Ridruejo. Durant molts anys, a cada pas per Madrid, no deixaré mai d'anar a veure en Pepe, amb qui m'unirà molt aviat una gran amistat. Tirant a baixet, de cara treballada i cabells escassos, amb ulleres antiquades clavades a la cara, era d'una austeritat inexplicable. Madrileny fins al moll de l'os, solter i solitari, vivia en una pensió més que modesta i s'alimentava molt superficialment. Aquest estat de depauperació no era degut a cap manca de recursos, ni a cap mena de gasiveria, sinó a un desinterès absolut pel confort i el benestar, com si senzillament li agradés la pobresa. Havia rebut el premi Adonáis de poesia, el Nadal de novel·la i el Lope de Vega de teatre i havia escrit guions i diàlegs d'innombrables pel·lícules, però no parlava mai del que havia escrit. Antic cul de cafè, freqüentava una tertúlia on anaven l'Ignacio Aldecoa i en Juan Benet, germà de l'antic enamorat de la Barbara, amb el qual, entre altres coincidències, vam celebrar un mateix entusiasme per les novel·les de Faulkner. Després de l'aventura de Munic, en Pepe semblava totalment entregat a l'activitat política. Dotat d'una aguda capacitat d'anàlisi, era dels pocs que escoltaven, fins que aixecava el dit en forma d'interrogant a l'altura del nas i emprenia laberíntics i exhaustius raonaments que no deixaven mai, però, de ser coherents. La serietat, per no dir la severitat, dels seus propòsits no estava renyida amb un sentit de l'humor que podia ser despietat. Gràcies a la seva ploma polida i discretament cruel, cadascun dels tres números del *Mirador* que vaig publicar a París entre el 66 i 68, porta, firmada amb el pseudònim de Sartor Resartus, una paròdia satírica de la vida política madrilenya, digna de Carlyle. Adherit al Partido Social de Acción Democràtica d'en Ridruejo, com tot bon castellà, no li entrava al cap que no volguéssim integrar-nos a un partit espanyol. Vindrà més d'una vegada a Catalunya. Li vaig presentar en Pallach, amb qui va fer bona amistat, i amb la paciència d'un sant, una i altra vegada, ens intentarà convèncer. En els nostres interminables «*llaneos*», així en deia de les nostres passejades amunt i avall del passeig de la Castellana, vaig acabar entenent la necessitat de racionalitzar el sentiment nacional que tenen els que no el poden justificar amb una revolució. Inexplicablement en Pepe va abandonar tota activitat literària. Rigorós, d'una sensibilitat extrema, incapaç de conviure amb les incoherències i les barroeries de la política, acabarà per recloure's en la més absoluta solitud. Quan el recordo no em puc estar de pensar en els molts exemples d'intel·lectuals que l'apassionament per la política ha portat a actituds extremes.

Tot sovint les obligacions professionals em portaven al País Basc. A Sant Sebastià vaig reprendre el contacte amb alguns membres del grup socialista amb els quals havíem mantingut relacions permanents fins a les detencions del 58. No vaig arribar a conèixer Luis Martín-Santos i va ser en Vicente Urcola que em va presentar José León Careche, metge com ell. Tots tres havien format part de l'Academia Errante, una agrupació d'intel·lectuals de totes les tendències que havia intentat revitalitzar la vida cultural basca, però que va acabar dissolta per la policia. En José León, amb ullets diminuts i galtes rosades, era una altra estampa de basc a la vegada pagesívol i refinat. A més de gran amic es convertirà en el meu cicerone dels soterranis del nacionalisme basc. En aquella època, paral·lelament als nostres intents de contactar els grups sindicals susceptibles d'adherir-se a l'Aliança Sindical Obrera, des de Catalunya, intentàvem reunir en un comitè de coordinació tots els grups socialistes susceptibles d'acceptar un futur estat plurinacional. A Sant Sebastià vaig entrar en contacte amb un grup de joves de l'STV (Solidaridad de los Trabajadores Vascos) que consideraven el PNB massa conservador i poc nacionalista i havien format un Movimiento Socialista de Euzkadi. José Antonio Ayestarán i Iñaki Aguinaga, que n'eren els inspiradors, es reunien abans de sopar a l'Aurrerá, una petita cafeteria no gaire lluny de l'Hotel de Inglaterra, punt de reunió del nou nacionalisme. Liberal, d'esperit crític, en José León no estava adscrit a cap grup, ni cap partit. Tot i que simpatitzava amb els diferents nuclis nacionalistes que anaven apareixent, n'advertia les mancances i les contradiccions. No li passava per alt el caràcter messiànic que adquirien les noves actituds, com per exemple les de l'amic Aguinaga, que anomenaven «*el bonzo*» per la intransigència dels seus predicaments. José Antonio Ayestarán, que havia format part d'aquelles joventuts del PNB que s'havien ajuntat al grup universitari EKIN per formar posteriorment l'ETA, estava preocupat per la popularitat creixent dels seus antics companys i en José León insistia en la influència decisiva que els clergues renovadors havien de tenir necessàriament en la radicalització d'un nacionalisme basc tradicionalment catòlic i conservador. L'ETA, recordava, s'havia constituït en un convent benedictí al sud de França. El grup del PSOE d'en Martín-Santos, amb el qual havíem tingut relació, semblava haver deixat d'existir i l'Enrique Múgica, que m'havia presentat en Javier Pradera, ja era considerat pels meus nous amics com a ultracentralista. La situació a Biscaia era diferent; el PSOE tradicionalment fidel al de l'exili era contestat, però s'havia mantingut i el PNB, segons en José León, continuava controlant les coses de molt a prop. Els primers atemptats de l'ETA són del 68 (els assassinats del guàrdia civil José Ángel Pardines i del cap de la policia política de Sant Sebastià són del juny i agost d'aquell any), però pels comentaris de molts dels tertulians de l'Aurrerá favorables a la creació d'un moviment d'alliberació nacional a l'estil de l'algerià, ja es veia que la processó anava per dintre, o més ben dit, per sota, i que el panorama polític d'aquell racó de món era molt més complicat del que semblava. No recordo qui em va presentar en Julio Caro Baroja, però recordo amb absoluta precisió el dia que el vaig anar a veure a la famosa casa del seu oncle a Vera de Bidasoa. A la vora d'un rierol tacat de lliris blancs, protegida per un jardí frondós de grans magnòlies envernissades, aquella casa senyorial, carregada de llibres, retrats i records, tota ella d'un gust afinat per la intel·ligència de diverses generacions, em va deixar bocabadat. Hi vaig veure encarnades les millors virtuts d'aquella terra. Baixet, els cabells grisos tallats curts, amb ulleres modernes de professor americà, en Julio Caro era d'aquests bascos tímids, reservats i discrets, que tenen aspecte d'erudit local, però resulta que ho són de diferents universitats i menyspreen naturalment els presumptuosos però no ho demostren mai. D'una civilitat exquisida, amb amics a tots els bàndols, poc partidari de les polèmiques, el seu liberalisme feia arrufar el nas als nacionalistes, però ningú no li podia discutir que no era una de les persones que més bé coneixia i estimava el seu país. Una país «petit, estret, superpoblat i ple de fàbriques», com escriurà en Julio Caro, per on corrien joves encrespats, però que havia estat capaç de produir meravelles com la casa d'Itzea. El 1965, per posar a prova els predicaments liberalitzadors del ministre d'Informació Fraga Iribarne, se'm va ocórrer publicar a París un nou *Mirador*, majoritàriament escrit per residents de l'interior amb articles firmats amb noms i cognoms vertaders, com a mostra del que preteníem publicar a Barcelona. Vaig pensar que el primer número havia de portar uns articles sobre la situació social i política dels principals pobles de la Península i em vaig atrevir a demanar a en Julio Caro que escrivís el del País Basc. El que em va donar, escrit en primera persona, alhora testimoni personal i balanç objectiu de la situació, ja advertia la predisposició dels nous nacionalistes per a «l'acció directa» i senyalava que cap d'aquests joves no tenia «la capacitat de lluita explosiva dels de l'ETA». En aquella època el ministre Fraga va llançar una gran campanya de propaganda amb el lema «*Veinticinco años de paz*». Per portada del primer número de Mirador vaig trobar a l'agència Magnum de París una foto d'en Cartier Bresson d'un guàrdia civil de peu dret mirant fixament una gàbia d'ocells, que vaig titular: «¿Després de vint-i-cinc anys què sortirà de la gàbia?». Quan li vaig portar el número on sortia el seu article, en Julio es va mirar la portada observant que a la gàbia hi havia un ocell minúscul i amb un somriure resignat em va dir: «*No parece que salga gran cosa de la jaula. ¿Verdad?*».

Als anys seixanta, Ramón Piñeiro era indiscutiblement la figura més rellevant del moviment galleguista. Aprofitant una de les visites que feia regularment a la Siderúrgica d'Avilés, vaig continuar el camí fins a Santiago de Compostel·la, on vivia. Amb cabells negres curosament pentinats cap endarrere, un front immens i ulleres de forta graduació que li engrandien desmesuradament els ulls, l'home que m'obria la porta del seu piset del carrer Xelmirez tenia aspecte de poeta, de savi, de matemàtic, ¿de monjo? No ho sabria dir. Afiliat de molt jove al Partit Galleguista, secretari del comitè organitzador del plebiscit de l'Estatut gallec, el juliol del 36, gràcies al seu aspecte d'adolescent tímid i a molta sang freda, s'esmunyirà miraculosament del despatx del governador civil de Lugo el dia que hi irrompen els militars facciosos i evitarà compartir el destí del pobre governador, que va ser afusellat. Acabada la guerra, estudia filosofia a la Universitat de Santiago i participa activament en la reorganització del Partit Galleguista en la clandestinitat. El 45, és un dels promotors de la constitució d'un front democràtic i el 46, en l'eufòria de l'acabament de la guerra mundial, viatja a París per exigir la presència d'un representant del galleguisme en el govern que constitueix a l'exili el republicà José Giral. A la tornada és detingut i empresonat fins al 49. Polític i home d'acció, però alhora home de pensament, el 1950, contra l'opinió de Castelao i dels polítics de l'exili, proposa una nova orientació al moviment galleguista defensant l'abandó de la lluita clandestina i la dissolució del Partit Galleguista per bolcar tots els esforços en l'acció cultural i la defensa de la llengua. Amb l'ajuda de l'eminent metge i humanista Domingo García Sabel fundarà l'editorial Galaxia i la revista *Grial* i aconseguirà reunir al seu voltant els intel·lectuals més prestigiosos del país. Creu, en efecte, que des de l'acció cultural es pot arribar a molta més gent que des de la clandestinitat i que, abandonant la lluita partidista, el galleguisme podrà tenir influència en tots els sectors de la vida política. Ramón Piñeiro veia naturalment amb molt bons ulls que els joves socialistes del seu país haguessin creat un Partido Socialista Galego i em va presentar en Xosé Manuel Beiras, que n'era un dels principals animadors. Els objectius polítics del galleguisme cultural d'en Piñeiro no passaven, com els del catalanisme, per la creació d'un gran partit nacional, que nosaltres volíem socialdemòcrata, però preocupat, igual que nosaltres, per les repercussions que tindria a Galícia el ressorgiment de l'antic socialisme centralista, es va mostrar interessat a ajudar-nos a articular a tota la Península un socialisme partidari d'un futur estat plurinacional. Viatjàrem plegats més d'una vegada. L'estiu, el vaig portar a Cotlliure i Perpinyà a conèixer en Pallach i en Buiria. Coincidírem a Madrid en múltiples ocasions. Com que em desplaçava en cotxe per visitar els clients siderúrgics i m'havia enamorat de Galícia—¿qui no s'enamora de Galícia?—, l'anava a buscar a Santiago i continuàvem el viatge junts. En Piñeiro tenia sòlides amistats al País Basc, de l'època de la gran efervescència política de finals de la guerra mundial. Era gran amic del lingüista basc Koldo Mitxelena, amb qui havia coincidit a la presó entre el 46 i el 49. A Bilbao em va presentar Juan Ajuriaguerra, cap indiscutible de l'organització clandestina del Partit Nacionalista. Ajuriaguerra era un home minúscul, desnerit, amb un cap desguarnit, però que irradiava una energia extraordinària. Condemnat a mort, presidiari rebel, havia estat l'ànima de la reorganització del Partit després de la guerra, manifestament un d'aquells homes «difícils de doblegar» dels quals parlava en Caro Baroja al seu article de *Mirador*. Les perspectives d'un nou socialisme no formaven part de les seves preocupacions i va deixar clar que les reivindicacions nacionals dels bascos les dirigia i orientava el seu partit, cosa que posava en evidència les dificultats que tindrien els meus amics de Sant Sebastià. Tots aquests viatges amb en Piñeiro van donar pas a una vertadera amistat. Les seves preocupacions més íntimes eren d'ordre literari i filosòfic i les seves qualitats humanes, alienes a les del polític, me'l feien encara més proper. Tinc innombrables records de les meves visites a Galícia. Molt especialment d'una anada a Padrón, terra de Rosalía de Castro i de la lluminosa dissertació d'en Ramón, tot degustant un inoblidable salmó a la brasa a la vora de l'Ulla, sobre els mèrits literaris de la poesia de Rosalía i la importància que havia tingut la seva obra, elevant per primera vegada el gallec, llengua essencialment parlada, a la categoria de llengua literària. També d'una visita a la Corunya, on vaig conèixer el seu gran amic, l'escriptor i assagista Francisco del Riego, i d'un passeig que vam fer pels jardins de Sant

Carlos, que dominen el port. Aquesta passejada serà l'origen d'una anècdota que feia riure molt en Ramón. Durant la visita vaig observar una inscripció gravada a la tomba de l'almirall anglès John Moore firmada per Wellington, elogiant el coratge de Moore i exhortant els soldats anglesos a «imitar els inimitables gallecs», que l'havien ajudat a combatre els exèrcits de Napoleó. Uns anys més tard, el general Castiñeiras, president de la Siderúrgica Argentina, molt bon client de la nostra oficina de Buenos Aires, va fer un viatge per Europa i l'oficina de Nova York em va demanar que em posés a la seva disposició. El general Castiñeiras va expressar el desig de conèixer la terra dels seus avantpassats i el vaig acompanyar un cap de setmana per Galícia. A la Corunya, quan passàvem per davant de la tomba de John Moore i va llegir la inscripció de Wellington, es va quadrar davant i, solemnial, em va demanar que li fes una foto. «*Se la voy a enviar a todos mis compañeros de armas que me llamaban gallego de mierda. "¡Imitar a los inimitables gallegos!". ¡Che! ¡Lo dijo el Duque de Hierro!*».

El 62, va sortir el llibre de Joan Fuster *Nosaltres els valencians*. L'autor confessava en el pròleg haver titulat el llibre manllevant l'expressió primitiva de *Nosaltres els catalans* amb què Vicens i Vives havia pensat titular el seu. Més que assaig d'interpretació històrica, *Notícia de Catalunya* em va semblar una presa de posició que no amagava clares ambicions polítiques. La dedicatòria, emfàtica, era prou reveladora: «Als catalans i altres pobles d'Espanya». Per indicació del pare, havia llegit *La Société Féodale* de Marc Bloch i tenia bastant clar que, com deia Vicens, «unes condicions jurídiques privilegiades, senyorials o urbanes, no es poden confondre amb les llibertats de nissaga jacobina». No sabia prou història de Catalunya per apreciar al seu just valor l'envestida de Vicens contra els historiadors romàntics, però el que no em podia passar per alt era el decidit intent de revisar el catalanisme que contenia el llibre. Igual que els historiadors romàntics, Vicens havia anat a buscar en el passat raons i arguments per defensar les seves propostes. Un magistral repàs dels moments decisius de la nostra història li permetia insistir en la mil·lenària tradició pactista dels catalans, enaltir el seny i la mesura que havíem adquirit treballant una terra aspra i, si érem capaços d'esbandir la recurrent tendència a la rauxa dels nostres dirigents, veia possible un catalanisme més compatible que el precedent amb l'Espanya conservadora que ens deixaria el franquisme. Aquesta em va semblar la intenció última del llibre. Igual que *Notícia de Catalunya*, *Nosaltres els valencians* també era un llibre polític. En Vicens ens exhortava a «conèixer-nos» per decidir «què hem de conrear i què hem d'esbandir»; en Fuster, a aclarir «què som i per què som com som» i «denunciar les nostres malalties per poder sobreposar-nos-hi». Tots dos extreien del passat les línies mestres on assentar les bases d'un nou pensament polític, però les conclusions a què arribaven eren diametralment oposades. Així com Vicens Vives trobava en la història raons més que suficients per confiar en un catalanisme adaptat a l'Espanya postfranquista, Fuster es reafirmava partidari del catalanisme de la tradició romàntica reivindicant la Catalunya gran de l'edat mitjana. Dibuixava un retrat desolador del País Valencià i del valencianisme. Dualitat insoluble entre aragonesos i catalans des del començament, esplendor minada del segle XV, disputes inútils i castellanització el segle XVI, submissió a l'Espanya borbònica el XVIII, triomf del constitucionalisme jacobí el XIX, fracàs de la Renaixença valenciana el xx. «Sucursalisme... teixit d'abandons... desídies... timideses... mimetismes estèrils... localisme inútil... passivitat confusa... hibridisme fastigós... provincianisme ridícul». Però tot i aquest panorama desolador, quedava admirat «que encara avui el català mantingui tanta força en tant que llengua viva» i s'hi refugiava per defensar una «trajectòria única, cultural i històrica... la sola que pot salvar-nos com a valencians... o això, o el buit social més absolut, el desert, el no-res». La intenció última no podia ser més radical.

El catalanisme de Vicens aixecava l'ànim dels evolucionistes. El de Fuster enardia el dels militants. Que un panorama tan fosc com el que pintava li fes pensar que, malgrat tot, el país tenia remei, i el seu llibre fos una crida a l'acció, era a la vegada sorprenent i engrescador. Encuriosit, el vaig anar a veure. Tret de la dolçor de les taronges, d'algun llibre de Blasco Ibáñez i del protagonisme que hi havien tingut carlistes, republicans i anarquistes, poques coses sabia de València. El llibre de Fuster havia estat una revelació i el que havia sentit dir del guru de Sueca, un motiu suplementari per al viatge. La ciutat de València, on no havia estat mai, em va captivar. Amb aires de capital antiga i perfum de vida rural, és possible que la seva exquisida i monumental Llotja, que em recordava la de Perpinyà, fos la raó secreta del meu embadaliment. En Fuster em va rebre amb infinita cordialitat, com si ens coneguéssim de tota la vida. Més aviat alt, lleugerament encorbat, els cabells desordenats, extravertit, incisiu, fumant sense parar, parlava amb la desimboltura dels que no amaguen res. Fill d'un restaurador d'imatges religioses militant del carlisme, de qui devia haver heretat la passió amb què defensava la seva idea de país, era alhora un escèptic, tant per tradició mediterrània com per erudició. Solitari, envoltat de llibres, els seus insuperables coneixements de la història l'havien convertit en una mena d'oracle i la fe en una nova Renaixença en *maître à penser* de les noves generacions. El valencianisme de Fuster, d'arrel cultural i lingüística, era naturalment catalanitzant i no renunciava a «restaurar els vincles imprescindibles d'una altra unitat, la dels Països Catalans». A diferència del valencianisme de la República no volia caure en l'error de l'abstencionisme polític ni en l'elitisme estèril. En Fuster era conscient de l'existència secular d'un particularisme valencianista, veritable caldo de cultiu de la catalanofòbia, ara còmplice del franquisme, però estava convençut que un valencianisme popular i polititzat, com el que preconitzava, el podria eradicar.

Com sol passar, sempre estem predisposats a creure el que més ens convé creure. En aquella època en què jo buscava possibles aliats per configurar un socialisme capaç d'acceptar un estat plenament plurinacional, vaig pensar que també els trobaria en el País Valencià que Fuster creia possible. En el seu llibre en Fuster es lamentava del fracàs de la Renaixença valenciana: «Ens han fallat els homes... Un bon polític, hàbil i convincent, hauria arrossegat el poble valencià a un destí més digne». Després de dos dies de converses, especialment enriquidores i algunes de molt divertides, només em quedava un dubte. Fuster era convincent, però no era un polític. Així com el galleguisme d'en Piñeiro, tot i renunciar a constituir un partit nacional, tenia prioritats polítiques clares i sabia a quins grups havia de donar suport, el valencianisme d'en Fuster, tret de voler convertir-se en un moviment popular i no caure en els errors de l'abstencionisme, no semblava tenir objectius polítics definits. Poeta, historiador, assagista, sociòleg, periodista, Fuster era indiscutiblement la figura més rellevant del País Valencià, però els grans intel·lectuals no fan necessàriament bons polítics. La imaginació dels poetes els fa perdre el món de vista i el que dissenyen els filòsofs és el que hauria de ser, o el que serà, però mai el que és. La radicalitat de les posicions a què arribava en Fuster ressuscitava en molts catalans les antigues i més altes aspiracions, però no sé si a la llarga no van generar a casa seva sentiments de signe contrari que hauria estat molt útil neutralitzar.

Vaig anar més vegades a València i a Sueca. A València vaig establir contacte amb el grup d'Acció Socialista Valenciana que animaven Eliseu Climent i Vicent Álvarez. L'Eliseu, que recordo conspirador i entremaliat, era un deixeble de Fuster, radical defensor, com ell, d'una futura mancomunitat entre País Valencià, Catalunya i les Balears; l'Álvarez, en canvi, era un xicot angelical que procedia del cristianisme social, però d'un valencianisme igualment catalanitzant. Els plantejaments que feien eren atrevits i sense precedents al País Valencià. Situats a les antípodes del socialisme dels alacantins del grup de l'Amutio, no veia com podrien conviure en una mateixa organització política. Com havia dit en Fuster, Alacant, port i platja de Madrid, era un cas a part on el provincialisme semblava irreductible. La incompatibilitat entre uns i altres socialistes no deixava de posar en evidència les dificultats del nostre projecte. A Sueca, vaig tenir més converses amb un Fuster sempre apassionat. Una i altra vegada insistia que el valencianisme que emergia havia de ser popular i defugir imperativament tot elitisme. L'entusiasmava el cantant Raimon, capaç de catalanitzar «fins el cor de les minyones». En Raimon que vaig conèixer en una de les visites a Sueca era indiscutiblement d'aquells homes que comuniquen el seu propi entusiasme. Uns anys més jove que jo, més aviat baixet, tirant a rosset, ulls espurnejants i somriure als llavis, radiava tot ell alegria i vivacitat. A diferència dels de la Nova Cançó, que trobava massa estudiats i per moments un pèl ploraners, en Raimon feia tronar el cel. La seva vivor de noi de poble el protegia de tota afectació i sense complexos, ni pretensions, deia les coses tal com ragen. Alhora universitari, lector de bons poetes i poeta ell mateix, les seves cançons eren punyents, clares i senzilles, especialment si eren de protesta, però també podien evocar els sentiments refinats de les situacions íntimes. Quan el vaig conèixer, ja tenia alguns discos al carrer i havia protagonitzat alguns recitals sonats. Devia ser a mitjans del 65 que el meu amic Jean Vidal, comunista entusiasta i impetuós periodista de la televisió francesa, em va demanar ajuda per a un reportatge televisat sobre l'oposició antifranquista. Volia entrevistar in situ les personalitats dels diferents grups opositors, però en adonar-se que per entrar a Espanya amb un cotxe de la televisió francesa i tot el material cinematogràfic necessitaria una autorització de les autoritats espanyoles, va veure perillar el seu projecte. Li havien encarregat el reportatge els famosos «3 P», els periodistes Pierre Lazareff, Pierre Desgraupes i Pierre Dumaillet, per a la seva popular emissió setmanal *Cinc Colonnes à la Une*. L'amic Vidal no podia fallar. Li vaig suggerir aleshores de demanar una autorització per a una emissió sobre el folklore espanyol, que segur que no li seria denegada, i de fer el reportatge sobre la cançó protesta, cosa que li permetria àmplies referències a la situació política. A més, tenia a mà el personatge central del seu reportatge, el cantant Raimon, que podria filmar en algun dels seus recitals, enmig d'un públic enfervorit de joves, molt representatiu de l'oposició i infinitament més televisiu que les declaracions forçosament prudents de suposats líders opositors. Aconseguida l'autorització, el febrer del 66, pilotat per en Màrius Estartús, com sempre atent a tots els detalls, en Vidal, amb el pretext de filmar els tallers dels mestres fallers, va poder gravar les reunions i cantades d'en Raimon. Per una vegada els déus van ser benvolents i el reportatge va sortir en pantalla pocs dies abans que en Raimon fes el seu primer recital a París. D'aquesta època data una amistat que continuo cultivant perquè a més de les raons habituals que generen la simpatia, admiro d'en Raimon dues qualitats poc comunes, especialment entre els que tenen èxit: la fidelitat i la decència. Una fidelitat intrínsecament natural, a la seva llengua, la seva terra, les seves idees, la seva nòvia, els seus amics i el seu públic, i una decència, igualment natural, que li ha deixat fer camí sense genuflexions, medalles ni estarrufaments.

Des del meu retorn dels Estats Units, viatjant regularment per tota la Península, tenia moltes més ocasions d'anar a Barcelona. Les tietes havien quedat, soles amb el gos, als baixos de la casa familiar i podia disposar del primer pis, que havia quedat buit des de la marxa del llogater. La tia Lolita treballava de dependenta a una merceria del Portal de l'Àngel i la tieta Aurora feia classes de piano des de casa, cuinava i s'ocupava del jardí. Els capvespres, totes dues restauraven cobretaules de punta per a clients de la merceria.

Formar part de la vida reclosa i minúscula d'aquelles dues velletes, cada vegada que passava per Barcelona, m'inseria en una continuïtat molt concreta, en la història d'una família i d'una família que seguia vivint en aquella casa, que tant m'havia impressionat de nen. Així com aquest lligam era emocional i heretat, el que intentava teixir a través de la política amb la vida que bullia a fora d'aquell microcosmos era intel·lectual i deliberat. Però tret d'en Sandret, que ja no hi era, i d'en Carlos, que s'havia quedat a Nova York, no tenia a Barcelona cap amic de la infància, ni de l'adolescència, i els que ara hi faré seran tots fills de la germandat que «conspirava». El primer serà l'Edmon Vallès, que anomenàvem afectuosament entre nosaltres en «cocollisses» pel seu cap rodó com una bola de billar. De la «quinta del biberó», era de tots els de la generació anterior amb qui compartia més gustos i interessos. Fill de Mequinensa, baixet, però robust, amb boca de serp i ulls maliciosos, a més d'un físic original i una sensibilitat literària de primer ordre—no se li escaparà el talent del seu jove amic que immortalitzarà Mequinensa en el *Camí de sirga*—, havia conservat la frescor i la intel·ligència desimbolta de la vida rural. A finals dels cinquanta m'havia presentat en Francesc Sanuy, amb qui tenia molts punts de coincidència, començant pel batxillerat francès, que havia cursat al *Lycée* de Barcelona, i el seu pas pels Estats Units, on va ampliar estudis a la Cornell University, prop de Nova York. Va ser en Francesc que em va presentar l'Armand Carabén. Nét de l'amo del llegendari Cafè Español del Paral·lel i fill d'un advocat simpatitzant d'aquella Lliga catalanista de principis de segle, l'Armand era un barceloní de pura raça. La primera cosa que sorprenia de l'Armand era l'agilitat. Agilitat mental i agilitat física. Una cara expressiva, com poques, al servei d'acudits més aguts els uns que els altres, el convertien en una companyia estimulant. Gràcies a una beca del mecenes catalanista irreductible, Rafael Patxot, havia pogut adquirir una sòlida formació d'economista a la Universitat de Ginebra on, com em va dir: «No enganyen ningú. A Ginebra, ensenyen economia liberal», tot i que el seu professor més destacat, el liberal Wilhelm Röpke, partidari de les polítiques socials que corregeixen les injustícies socials sense desorganitzar els mercats, l'havia predisposat a simpatitzar amb les socialdemocràcies europees. Però eren moltes més les afinitats que ens unien, i en poc temps, l'Armand es convertirà en el substitut ideal d'aquell amic de l'adolescència que no tenia a Barcelona. Quan avui el recordo, m'adono de fins a quin punt dec a la seva amistat haver pogut establir una relació íntima amb la ciutat, i quan penso que ja no és entre nosaltres, no puc deixar de tornar a sentir-m'hi estrany. L'altre gran amic que faré a la mateixa època és Joan Tapia. Me'l va presentar en Rudolf Guerra al Terminus del carrer Aragó. Corpulent, de cabells llisos i negres, en Rudolf era un jove advocat amb un recorregut polític poc habitual en aquell temps. Havia estat membre d'un dels primers grups radicals del Frente de Liberación Popular i havia sofert una dura pena de presó per aquest motiu. Desenganyat de l'esquerranisme mil·lenarista d'aquella organització, havia evolucionat cap al socialisme democràtic europeu. Una evolució que me l'havia fet especialment simpàtic i demostrava alhora conviccions adquirides per reflexió i força de caràcter. Deu anys més jove que jo, rabassut, de cabells clars tirant a rogencs, sense l'ombra d'una pretensió, en Joan era un noi reservat, de poques paraules, que escoltava amb atenció. Formava part del grup d'universitaris afiliats al nostre partit i la seva participació activa en els moviments de protesta com a delegat de curs havia merescut l'atenció de la policia amb el corresponent empresonament. La serietat del seu compromís era patent, però el que més em va impressionar, ja aleshores, va ser la seva capacitat d'anàlisi, la racionalitat dels seus arguments i la maduresa de les seves opinions, qualitats que contribuiran, i no poc, a la brillant carrera de periodista que tots li coneixem. Quan Josep Pallach va tornar a Catalunya, comptarà en tot moment amb la seva més lleial i desinteressada col·laboració. Fins a la mort del que va ser indiscutiblement el nostre líder, compartirem un mateix projecte polític. Més endavant, continuarem veient les coses sensiblement de la mateixa manera. La seva professió les hi ha fet veure de molt més a prop que jo. Home de passions secretes, però controlades, sempre ha mantingut un criteri imparcial i el seu catalanisme, circumscrit a la realitat dels fets, comprovats, o comprovables, ha estat sempre un contrapunt saludable al meu, més d'ordre visceral i atàvic.

El canvi de govern, el juliol del 65, no alterava l'equilibri entre membres de l'Opus Dei i partidaris de la institucionalització del Movimiento. Substituïts per simpatitzants del mateix orde religiós, els dos ministres arquitectes de la nova política econòmica ocupaven els llocs clau de governador del Banc d'Espanya i d'ambaixador prop de la Comunitat Econòmica Europea, amb la qual cosa quedava garantida la continuïtat de la política d'apropament a Europa, mentre Fraga preparava una nova llei de premsa suposadament liberal que volia fer creure en l'evolució democratitzadora del règim. A París, instal·lat en la política-ficció, el secretari general del PSOE, acompanyat de les dues o tres tertúlies en què havien quedat els partits republicans, mantenia una Unión de Fuerzas Democráticas amb una Izquierda Demócrata Cristiana que s'havia inventat a Sevilla el catedràtic i antic dirigent de la CEDA Manuel Giménez Fernández, i continuava discutint amb Gil Robles i Ridruejo de les característiques d'un possible «*gobierno provisional sin signo institucional*». Aquestes interminables converses se celebraven en alguna ciutat europea quan les convocava, com la de Munic, el Consejo Federal Español del Moviment Europeu, o a Madrid, en el si d'una tolerada Asociación Espanyola de Cooperación Europea en què participaven representants, no sempre autoritzats, de la direcció socialista exiliada. El tema central d'aquests debats continuava sent el monarquisme hipotètic d'uns militars suposadament disposats a desfer-se del dictador i el programa de l'oposició que els podia incitar a actuar. La música de sempre. Al marge d'aquestes conjectures, tot i que em costava reconèixer-ho, l'oposició no passava de minúscules minories sense cap base social apreciable i, tret de petitíssims nuclis, la immensa majoria de la classe treballadora continuava totalment despolititzada. El catolicisme polític democràtic, que amb prou feines havia sobreviscut a Catalunya i al País Basc, es trobava ara desbordat per l'onada impetuosa i desordenada d'unes noves generacions enlluernades per les revolucions del Tercer Món. El comunisme, que no gaudia de la base social que li suposava el règim, tenia, això sí, l'avantatge d'una ràdio, la famosa Pirenaica, i d'una direcció única, com ho era la de tot partit de l'òrbita soviètica. Finalment el socialisme democràtic, que, mal que bé, renaixia a tota la Península, tot just formava un rosari de grupets dispersos, sovint enfrontats entre si. Però, tot i la seva debilitat, contradiccions i dispersió, de la seva evolució depenia que Espanya pogués integrar-se un dia a la família de les democràcies europees. Tant si Franco moria al seu llit, com si era destituït per militars, el pas a un règim democràtic només era possible si les forces conservadores del franquisme acabaven acceptant el restabliment de les llibertats públiques, i si les esquerres també acceptaven les regles del joc democràtic i adoptaven, com ho havien fet a tot Europa, la via del reformisme. Aquesta senzilla evidència convertia el socialisme democràtic en l'element central de l'oposició i la pugna entre els diferents grups socialistes que rivalitzaven per obtenir el reconeixement internacional i assegurar-se per aquesta via la direcció del futur partit era especialment viva.

Les lluites per aquest reconeixement acabaran configurant el mapa del socialisme espanyol. La Internacional Socialista, reconstituïda el 1951, havia reconegut el PSOE de l'exili com a representant, aleshores indiscutible, del socialisme espanyol. Però als anys seixanta, les protestes estudiantils i els moviments socials havien posat en evidència la manca d'incidència dels partits exiliats. Quan Manuel Montesinos va convèncer els dirigents de la IG Metall d'ajudar el projecte de l'ASO, la socialdemocràcia alemanya ja havia dut a terme una profunda revisió del seu ideari. En un cèlebre congrés celebrat el 1959 a la ciutat de Bad Godesberg havia abandonat la lluita de classes a com element definitori de la seva ideologia i havia definit un nou marc de relacions amb les Esglésies cristianes basat en el respecte i la col·laboració, proclamant ben alt la seva inequívoca vocació de partit de govern. Com tots els seus homòlegs europeus, el socialisme alemany continuava mantenint una oposició total i absoluta a la dictadura franquista, però era el primer a reconèixer els canvis econòmics i socials que s'havien produït des del Pla d'estabilització i, si s'oposava a l'adhesió d'Espanya a la Comunitat Europea, en lloc de desitjar la ruïna de la seva economia i mantenir dempeus els vestigis d'un partit exiliat, creia que facilitar el creixement econòmic a la Península i ajudar sobre el terreny tots aquells que lluitaven per reconquerir les llibertats era la millor manera de fer avançar la causa de la democràcia. Hans Matthöfer, diputat socialista per Frankfurt i responsable polític de l'ajuda de la IG Metall a l'ASO, no va tardar a venir a París a conèixer en Pallach. Devia ser a finals del 62, principis del 63, que vam dinar amb ell i la seva dona en un petit restaurant del barri de la Bastille. En Hans i la Traute formaven un jove i simpàtic matrimoni de la nova Alemanya. Sense complexos, ni embuts, en Hans ens va explicar, amb una sinceritat que era d'agrair, com veia el seu país i, sense ambigüitats, es va referir al drama que havien viscut els seus pares i el moviment obrer en passar d'un extremisme a l'altre, amb les funestes conseqüències que tots coneixem. Tot i pertànyer a l'ala esquerra del Partit, era un ferm partidari del programa de Bad Godesberg i d'una nova política respecte a Espanya. Amb claredat i contundència ens va confirmar la posició del seu partit. Continuarien donant suport a l'ASO en el terreny sindical i farien tot el que estava a les seves mans perquè tots el grups socialistes de l'interior i de l'exili s'unissin en un gran partit com el seu. Així de senzill. Recordo que quan van portar el compte, mogut per un sentiment pueril, malgrat les protestes d'en Hans, vaig pagar jo, com si volgués fer remarcar que ara, sense uniforme, en Hans ja no podia fer el que li semblava. Hans Matthöfer va ser el primer a prendre les cartes en els afers espanyols, però no l'únic. A principis d'abril del 65, Fritz Erler, vicepresident del Partit, va ser molt criticat pel PSOE de l'exili per acceptar de donar una conferència a Madrid i entrevistar-se amb Tierno Galván i Josefina Arrillaga en representació del socialisme emergent. Molt impressionat per les coses que li va explicar en Tierno—i probablement que les hi expliqués en alemany—, el va fer invitar per la Fundació Ebert a visitar diverses ciutats alemanyes per entrevistar-se amb els principals dirigents socialistes i adreçar-se als treballadors espanyols que la IG Metall reuniria a Frankfurt. L'estiu d'aquell mateix any, també invitats per la Fundació Ebert, ens vam reunir, prop de Bonn, una delegació dels principals grups socialistes que giraven entorn de l'ASO amb representants del grup d'en Tierno per debatre les perspectives del socialisme europeu. El seminari, presidit per Günter Grünwald, director de la Fundació, tenia per objecte intercanviar idees i experiències i donar-nos a conèixer el programa d'un partit que es preparava per governar al centre d'Europa. A principis del 66, com estava previst, en Tierno anirà a Alemanya i en Hans demanarà a en Pallach de viatjar a Frankfurt per participar a la reunió, posant novament de manifest la voluntat d'afavorir l'entesa entre tots els socialistes espanyols. A finals del 67, Günter Grünwald intentarà, una i altra vegada, convèncer en Llopis d'organitzar seminaris entre els seus partidaris i els seguidors d'en Tierno Galván. El 1970, Hans Dingels, responsable de les relacions internacionals del socialisme alemany, amb l'ajuda de Max Diamant i Hans Matthöfer, intentarà, arran d'un altre seminari organitzat a Alemanya, reconciliar en Llopis i en Pallach. El 1973, quan el grup dels renovadors capitanejats per Felipe González i Nicolás Redondo han destituït en Llopis i han aconseguit el control del PSOE, Hans Dingels els continua recomanant que s'uneixin amb el partit socialista d'en Tierno Galván. Només serà en plena revolució portuguesa, seguida amb preocupació a Bonn, quan en Tierno comet l'equivocació d'adherir-se a la Junta Democrática promoguda pel Partit

Comunista, que els socialistes alemanys es bolcaran definitivament a favor del PSOE que ja lidera Felipe González.

Des del primer dia, en aquell restaurant del barri de la Bastille, ens vam adonar que era inútil intentar fer entendre als nostres amics que abans de fer-nos socialistes érem catalans i que demanar-nos que renunciéssim a tenir partit propi era com si els demanessin que deixessin de ser alemanys, o es fessin d'un partit que no ho era. Els dirigents socialistes alemanys no eren una excepció. El 1951, Josep Pallach havia sol·licitat l'adhesió del Moviment Socialista de Catalunya a la II Internacional tot i saber que la Internacional només acceptava un sol partit per país i no prendria mai una decisió contrària als seus estatuts i als interessos d'un dels seus membres. No s'havia d'haver llegit molta història per saber que teníem perduda aquesta batalla, però que la continuaríem lliurant. L'ASO ens havia permès treure el cap en el món internacional i establir bones relacions amb diversos partits socialistes. Vam recollir mostres de simpatia de molts, però quan es tractava d'institucionalitzar-les topàvem amb les dificultats de sempre. El socialisme europeu, dividit entre la fidelitat al vell partit exiliat i la simpatia que els inspiraven els diversos grups de l'interior, era reticent a reconèixer per separat un partit català que no era clarament acceptat per tots els altres. Els nostres principals aliats per tirar endavant el projecte de l'ASO mai no havien amagat que el seu primer i últim objectiu era substituir la direcció exiliada del PSOE, i les perspectives d'un nou socialisme federalista només els interessaven en la mesura que oferia una ajuda per assolir aquest objectiu. Des de fora, o des de dintre del vell partit, la intenció del grup d'en Tierno també era aconseguir les sigles del PSOE, com ho serà, des d'un principi, la del grup de Felipe González i encara ho era la de García López. En les meves peregrinacions, amb l'ajuda, entre altres, d'en Ramón Piñeiro, havíem iniciat la formació d'un comitè de coordinació amb l'objectiu d'orientar el nou socialisme emergent cap a concepcions federalistes que anessin més enllà de la pura descentralització administrativa. Tot i ser vist amb simpatia, aquest comitè no va suscitar excessiu interès. Les nostres reivindicacions nacionals i el projecte federal que proposàvem eren vistos, al contrari, com un problema complex per ser resolt en el futur. Els nostres amics alemanys preocupats per l'excessiva fragmentació del socialisme espanyol també ho veien així. Tenien a més una altra raó per exhortar-nos a integrar la nostra organització a la del futur partit espanyol. El socialisme que defensava en Pallach era molt proper al que havien definit a Bad Godesberg i confiaven que asserenés les concepcions improvisades i sovint confuses, aleshores moneda corrent.

Estic segur que els joves historiadors d'avui en dia estudiaran detingudament, si encara no ho han fet, la influència que ha tingut el socialisme alemany en la política peninsular. El Partit Socialista Portuguès, liderat per Mario Soares, va ser fundat—recordem-ho—a Bonn sota els auspicis del partit alemany i l'ajuda que aquest li prestarà el 1975 serà decisiva per reconduir la Revolució dels Clavells cap a un horitzó democràtic europeu. La intervenció en la política espanyola no serà menys determinant. El 1974, la Fundació Ebert ajudarà Felipe González a consolidar el seu lideratge i a organitzar el PSOE dotant-lo d'un enquadrament de responsables alliberats. El 1977, posarà a la seva disposició els recursos necessaris per fer una campanya electoral que li asseguri uns resultats decisius a les primeres eleccions democràtiques. Aquesta intervenció que d'entrada era una acció solidària d'un sindicat i d'un partit envers un altre, de fet, ja formava part de la política exterior de la República Federal. Abans que els socialistes alemanys entrin al govern el 1966, al costat del partit, ja intervenia, i en primer terme, la Fundació Ebert, una poderosa institució cultural de tendència socialista, però dotada de quantiosos recursos procedents del Ministeri d'Ajuda a l'Exterior i del Ministeri d'Afers Estrangers. I és que a mitjans dels seixanta, la socialdemocràcia alemanya, igual que la democràcia social cristiana, no amagava la seva ambició de contribuir perquè Alemanya tornés a ocupar el lloc que li corresponia en el concert internacional. Mentre que el socialisme francès havia quedat relegat a l'obscuritat de les discussions teòriques pel triomf del gaullisme, el laborisme anglès, al poder des del 64, es mostrava incapaç de definir una política europea davant del veto francès, i el socialisme italià tot just s'alliberava dels seus compromisos amb els comunistes, Alemanya, i els socialistes els primers, havia deixat de veure's com a país vençut. Havia recuperat la seva antiga prominència econòmica. Encara tardaria anys a disposar d'un exèrcit i la seva política exterior, tant l'europea com l'Ostpolitik, encara continuaria tributària de la francesa i de l'americana, però a l'altre costat dels Pirineus i a l'Amèrica Llatina tenia les mans lliures per desenvolupar una política pròpia i a la vegada reforçar la seva credibilitat democràtica. Sorprèn que una institució com l'Ebert, intervenint obertament en la política interior de diversos països, no hagi estat criticada com ho han estat les fundacions americanes amb connexions infinitament més dèbils i indirectes amb l'administració del seu país.

En el consell de l'MSC celebrat l'estiu del 65, en Pallach va presentar perquè fos aprovada una resolució en què encara defensàvem el comitè de coordinació que havíem constituït amb gallecs, bascos i valencians, reafirmant la nostra voluntat federativa. Hi era precisat clarament quin federalisme era el nostre. «Dret de Catalunya al propi govern i reconeixement de les llibertats nacionals. Estat federatiu amb governs autònoms plenament responsables davant dels propis parlaments, i en el pla de la Península un Consell de Nacionalitats, o Senat, gerent dels poders de la Federació i nomenant un executiu responsable davant d'aquest Senat». A la facultat de Dret i a Sciences Politiques havíem estudiat i comparat els federalismes americà, suís i alemany, i no s'havien de tenir grans coneixements històrics per saber que aquests federalismes havien estat constitutius d'un estat i el que proposàvem era disgregatiu d'una administració central instaurada feia més de dos segles per la victòria contundent del centralisme borbònic i posteriorment confirmada per la victòria no menys concloent del general Franco, amb temps, doncs, més que suficient per arrelar profundament i crear una sòlida constel·lació de privilegis. Desmuntar un estat com aquest, que gaudia a més de prestigiosos antecedents imperials, em semblava un objectiu inassolible i, tret dels nostres amables amics gallecs, no veia qui ens podia ajudar a aconseguir-ho. Tots els bascos que havia conegut no volien sentir parlar de res que no fos de la sobirania pròpia. No sabia ben bé què volien els amics que havia fet a València, a part de sumar el seu destí al de Catalunya, i els amics madrilenys continuaven sense pronunciar-se. Així i tot el federalisme que propugnàvem em semblava la fórmula més racional per resoldre l'espinós problema institucional de l'Estat, que no deixaria de presentar-se una altra vegada en retornar les llibertats. Fidel a les idees franceses creia ingènuament que a la llarga una solució racional sempre acaba triomfant per sobre de totes les dificultats. Una fórmula de convivència basada en l'autogovern de les comunitats naturals, respectant escrupolosament la igualtat de drets entre elles i deixant a cada una plena llibertat d'escollir els que vol exercir, semblava prou justa i flexible per suscitar l'acceptació dels diferents pobles de la Península, molts dels quals també havien estat maltractats pel despotisme centralista. El catalanisme sempre «havia pujat a la meseta» a predicar-hi una fórmula o altra de convivència. En el primer número del *Mirador* que vaig editar l'any següent, Heribert Barrera utilitzava aquesta metàfora per concloure un gran article sobre els problemes i perspectives del catalanisme en el qual traçava el camí que havia de seguir aquest federalisme per superar les dificultats i fer possible un estat obert a tots.

El que no sabia és que, uns dotze anys més tard, la Constitució aprovada per les Corts Constituents d'una democràcia finalment restaurada incorporaria la primera part del nostre programa per fer impossible la segona. Disset governs autònoms plenament responsables davant dels seus respectius parlaments, però deixant el poder executiu a mans d'un Parlament central en lloc de nomenat per un Senat de Nacionalitats. Per abolir les llibertats que havia conservat Catalunya sota els Àustries, o les que li va concedir la República, serà necessària una guerra. Els que van guanyar l'última, amb tots els ressorts del poder de l'Estat a les seves mans, acabaran acceptant la democràcia, però amb dues condicions. L'amnistia que reclama l'oposició també val per a l'altre bàndol i per tant queda fora de discussió la legitimitat de la victòria del 39. Les antigues autonomies quedaran diluïdes en un règim autonòmic general aplicable a totes les comunitats, adoptant la versió jacobina de la democràcia que deixa el poder polític centralitzat a les mans exclusives d'una cambra única. El resultat és a la vista. Fa més de trenta anys. Tot un èxit. Però ni bascos ni catalans se senten a gust a Espanya i les seves reivindicacions continuen indisposant la majoria d'espanyols.

A la mateixa resolució que havíem aprovat l'estiu del 65 es reafirmava «la prioritat de preparar la constitució del gran partit nacional de les esquerres democràtiques que s'han de presentar unides orgànicament i políticament per governar» i es precisava que els socialistes catalans sense cap prejudici de nom, o persones, farien el necessari per dur a terme aquest objectiu. El 1954 en *El nostre combat* Josep Pallach ja havia afirmat que la vertadera revolució social només la faria possible l'acció de Catalunya dirigida per un partit nacional i aquest era el que ara ens proposàvem constituir amb les altres forces de l'esquerra democràtica. En el mateix número de *Mirador*, al costat de l'article de l'Heribert Barrera, n'hi posava un altre: «El reagrupament de les esquerres», que escrivia en Pallach. També afegia en aquest número el manifest del Secretariat d'Orientació de la Democràcia Social Catalana (SODSC). Aquest organisme era un primer pas en el camí que havia assenyalat la nostra resolució. Constituït per unes cinquanta personalitats representatives d'aquest sector de la política catalana reunides clandestinament en una casa de l'Armentera l'estiu del 66, el SODSC es proposava promoure la formació d'un gran partit que aplegués els diversos corrents nacionalistes, sindicalistes, republicans, federalistes, llibertaris i socialistes i es marcava com a objectiu la convocatòria d'un conferència d'esquerres on es pogués discutir la ideologia i el programa del futur partit. Érem a mitjans del 66, amb l'ASO havia quedat definit el sindicalisme que propugnàvem i amb el SODSC quedava assenyalat el camí cap al gran partit nacional capaç de superar les antigues contradiccions i que volíem inspirat pels principis de la socialdemocràcia europea. En un editorial de l'*Endavant* Pallach resumia el seu pensament. «En la societat moderna el moviment obrer és essencialment el moviment sindical. Un moviment sindical unit, coherent i democràtic és la gran força de defensa obrera i de transformació social que necessita per reeixir en règim democràtic el suport d'importants capes de la societat que se sentin interpretades per un gran partit nacional, demòcrata i socialista».

Des del primer moment tant les nostres concepcions com els nostres projectes van ser objecte d'una violenta campanya a totes les publicacions comunistes. A mitjans dels seixanta, el comunisme encara tenia fascinada la intel·lectualitat dels països europeus de tradició catòlica. A Catalunya i a tot Espanya aquesta fascinació era més aguda. Les noves generacions, que el franquisme havia mantingut aïllades dels grans corrents de pensament, descobrien ara els postulats marxistes amb la predisposició favorable que inspiren les idees injustament prohibides, sempre acompanyada pel fervor dels nous conversos. Aquestes idees, especialment les versions més radicals, es van posar de moda. També van penetrar les nostres files i van obrir una bretxa entre els que es van deixar convèncer que la unitat amb els comunistes era imprescindible i els que continuàvem pensant que, per molt antifranquistes que fossin, no ens podíem barrejar amb formacions que professaven idees radicalment contràries a les nostres, la presència de les quals en organismes unitaris només contribuiria a reforçar la unió dels que mantenien dempeus la dictadura. En aquella època el Partit Comunista titllava de franquista tota iniciativa de l'oposició en què no participava. El 1961, Santiago Carrillo havia acusat la Unión de Fuerzas Democráticas constituïda a l'exili de «*no ser otra cosa que el ala izquierda de la maniobra neofranquista de la tentativa imperialista oligárquica de imponer una monarquia dictatorial*». El 1964, denunciava l'ASO de ser una maniobra de la CIA per manipular les comissions obreres i dividir la classe obrera, i el 1966, acusava David Morse, director general de l'Organització Internacional del Treball de rebre una delegació de l'ASO, afirmant que havia anat a Madrid per beneir la nostra integració als sindicats oficials. Els comunistes sabien molt bé el que feien acusant en Josep Pallach i l'MSC de tots els pecats; i del més gran de tots: l'anticomunisme. Elevada a dogma la idea que els partits comunistes són els vertaders adversaris del feixisme i per tant la seva participació en el front comú contra la dictadura és indispensable, els antifranquistes que s'hi oposen passen a ser automàticament aliats del feixisme que diuen combatre. En virtut d'aquesta simple regla de tres quedàvem marcats per l'estigma infamant d'anticomunistes, al qual afegien l'adjectiu de «visceral» per deixar clar que l'anticomunisme, quan no és una maldat, és una tara.

Per recordar aquest episodi he anat a l'arxiu conservat al Pavelló de la República a repassar la premsa comunista d'aquella època. L'entrevista de Santiago Carrillo de la qual he tret les acusacions contra l'ASO, tota dedicada a la situació espanyola, acaba amb una pregunta fora de context. Sol·licitat de donar la seva opinió sobre el procés en què havien estat condemnats a Moscou dos escriptors dissidents, Andrei Siniavsky i Yuli Daniel, Santiago Carrillo emprèn, *noblesse oblige*, una defensa encesa i ditiràmbica de la Unió Soviètica, concedint que en aquest cas: «*Las leyes aplicadas están más en consonancia con el periodo de la dictadura del proletariado que con el del Estado de todo el pueblo*». Que en un estat de tot el poble s'apliquin lleis dictatorials li sembla la cosa més natural del món. I perquè no es preocupés ningú, afegia: «*El socialismo triunfará en España sin necesidad de acudir a métodos tan duros e implacables*». ¿Gràcies a qui? Doncs senzillament: «*Gracias a todos los dolores y sufrimientos que el proletariado y el pueblo ruso y su guía el Partido Comunista han aceptado al actuar como el destacamento de la revolución mundial*». Llegides avui, que el seu autor és un demòcrata venerat, aquestes declaracions no deixen de fer mal a l'orella. De l'eurocomunisme, per dissimular els vincles amb una Unió Soviètica que acabava d'envair Txecoslovàquia, a les concessions necessàries per aconseguir la legalització del partit sense desmentir el seu programa revolucionari, Carrillo serà capaç d'un extraordinari exercici de funambulisme polític. Un exercici que, sens dubte, facilitarà la transició a la democràcia i el farà beneficiar de les simpaties de tots aquells que tenien por que fes descarrilar el tren, però no serà recompensat pels resultats electorals. Pocs anys després, el partit se li fondrà literalment sota els peus, abans que els dirigents soviètics, convertits de la nit al dia en plutòcrates, es reparteixin aquell Estat que era de tot el poble. Escriba d'un imperi difunt, Carrillo continua impàvid reivindicant la seva trajectòria comunista. Com aquells actors famosos que no es resignen a abandonar l'escena, encara se'l pot sentir a la ràdio i veure de tant en tant a la televisió.

L'estiu del 66, la bretxa entre els que reclamaven la unitat d'acció amb els comunistes i els que ens hi oposàvem s'havia convertit en infranquejable. A la reunió del Consell de Coordinació de l'MSC celebrat a Tolosa es va fer evident la discòrdia. Van venir de Barcelona Joan Reventós, Raimon Obiols, Joan Tapia, Salvador Clop, Lluís Torras i Rudolf Guerra. Com sol passar quan les posicions són irreconciliables, la discussió va derivar en una polèmica sobre la representativitat d'uns i altres i es va enverinar quan Joan Tapia i Lluís Torras van desmentir els que s'atribuïen la representació de l'interior. Recordo d'aquella agitada reunió l'acalorada discussió entre Lluís Torras i Salvador Clop, que vam haver de separar perquè no acabessin a bufetades, i la lectura d'un informe dels dissidents que acusaven el company C. de «manca total de nervi revolucionari». Em va sorprendre aquella insòlita acusació, però, ben pensat, tenien raó. La restauració de les llibertats democràtiques i la recuperació d'una forma d'autogovern per a Catalunya em semblaven objectius revolucionaris i tota altra revolució ja no cabia en el meu ideari polític. La diferència de posicions sobre la col·laboració amb els comunistes semblava la qüestió primordial, però de fet n'amagava una altra de molt més profunda. Així com en Pallach, igual que els socialistes alemanys, havia abandonat la lluita de classe com a motor de la transformació social i propugnava la formació d'un gran partit interclassista que reunís totes les tendències de l'esquerra democràtica, Reventós i Obiols volien al contrari retornar a les essències del socialisme revolucionari, volien un partit d'estricta obediència marxista i feien de la solidaritat de classe, fins i tot de la solidaritat amb les classes oprimides dels països del Tercer Món, l'eix central del seu pensament polític. Josep Pallach formava part del grup de socialistes que el 1945, convençuts de l'error que havia comès el POUM intentant unificar el socialisme a escala peninsular, havien optat per un partit d'estricta disciplina catalana, com ho havien estat el Bloc Obrer i Camperol i la Unió Socialista. A mitjans dels seixanta, continuava pensant més que mai en un partit fermament inscrit en la tradició del catalanisme polític. Ara que la fi de la dictadura i el retorn de les llibertats començava a ser previsible, creia que, de la mateixa manera que la Lliga havia protagonitzat el catalanisme els anys de la monarquia i l'Esquerra els anys de la República, els socialistes catalans s'havien de preparar per inspirar-ne i dirigir el ressorgiment. Joan Reventós era indiscutiblement una de les personalitats més rellevants del nostre partit a Barcelona. Des dels anys cinquanta havia participat des de la direcció en les nostres principals iniciatives. No recordo a partir de quan va manifestar el seu desacord amb les idees que inspiraven el nostre moviment, però sí que recordo que em va estranyar un canvi d'actitud i d'opinió tan ràpid i tan radical. Que la vulgata marxista s'apoderés de la universitat no podia sorprendre'm, ni que les noves generacions, mantingudes en l'obscuritat per la dictadura, n'adoptessin les versions més extremes, però el que em costava entendre era que en Joan, que havia mamat a les mateixes fonts que jo i sabia des dels consells d'administració de diverses empreses com funciona una economia, considerés que reformar el capitalisme era fer-se còmplice dels «explotadors» i cregués que el que calia fer abans que tot era abatre'l per instaurar al seu lloc un sistema socialista marxista i autogestionari. És veritat que el virus ideològic pot fer perdre el món de vista, però a hores d'ara encara no sé si el meu amic creia de veritat el que deia, o havia cedit a la seva inclinació natural d'adoptar l'opinió majoritària dels que l'envoltaven. Uns deu anys més tard, la mort estalviarà a en Josep veure esvanir-se les seves aspiracions ja que protagonitzaran el ressorgiment del catalanisme un polític i un partit molt diferents dels que havia somiat. Abans que la primera ventada esbandeixi totes aquelles idees radicals, en Joan guanyarà les eleccions, però les mels de la victòria no deixaran veure que qui les havia guanyat era un altre. Durant anys seré testimoni directe de les seves qualitats excepcionals, tant humanes com polítiques. Joan Reventós ha passat a la història com a paladí de la unitat. Unitat dels socialistes i unitat dels antifranquistes. Però tot s'ha de dir, i hem de recordar que va començar per dividir els socialistes. El 66, separant els que volien col·laborar amb els comunistes dels que s'hi continuaven oposant, i el 76, sorprenentment, aprofitant els primers dies de tolerància i llibertat per acusar els seus excoreligionaris de les més tenebroses complicitats. ¿Deu ser una concepció cristiana de la unitat, que exigeix sacrificis i renúncies, la que el farà anar, primer, a remolc dels comunistes i a partir del 77, a remolc del PSOE?

Indubtablement aquesta escissió, l'estiu del 66, determinarà l'evolució del socialisme a Catalunya. Els que continuaven fidels a les idees de l'MSC, liderats per Josep Pallach, definiran un projecte per a Catalunya i senyalaran un camí amb el reagrupament de les esquerres democràtiques en un partit nacional. Els altres, fidels a la tradició internacionalista, liderats per Joan Reventós, definiran un projecte ideològic de revolució socialista. A la mort d'en Josep Pallach, els primers, desorientats, no sabran mantenir-se units entorn del projecte original. Uns atrets pel PSOE, que rebia el suport del socialisme europeu, altres per la constitució d'un gran partit catalanista, acabaran ingressant en una disciplina o altra. Els segons, presoners d'una ideologia universalista i sense projecte nacional, dependran irremeiablement dels que en tenen un, però per a tot Espanya. Fins i tot, hauran d'esperar que Felipe González abandoni el marxisme per sortir de l'atzucac ideològic en què havien quedat envescats. Pallach havia dit que el PSOE no tenia res a fer a Catalunya, però mai no va dir que no tenia res a fer a Espanya. Més per instint polític que per clarividència ideològica, Felipe González tindrà el coratge de prendre, contra la majoria dels seus partidaris, les dues decisions que obriran al PSOE el camí del poder: la promoció d'una Plataforma de Forces Democràtiques en lloc d'adherir-se a la Junta Democràtica i l'abandó del marxisme com a única ideologia del seu partit. Però ni ell ni els seus seguidors a Catalunya no seran capaços d'accedir al govern de la Generalitat i quan finalment hi accediran serà per la porta de darrere i gràcies a una coalició contra natura amb un partit independentista. El que més em sorprendrà del final d'aquest episodi és que per justificar la unió indissoluble amb el PSOE es volgués fer creure que la decisió s'havia pres per evitar que els treballadors es dividissin en dues comunitats i els vinguts d'altres terres no s'integressin a Catalunya, com si els immigrants no sabessin el que volen ni els que els convé.

Recordo els anys seixanta com els anys del canvi d'idees i d'actituds. En aquella època, només eren visibles, protegides per l'Estat, les idees dels falangistes i les dels catòlics. Amb la caiguda de Hitler i Mussolini, les idees de la minoria falangista, que no eren les dels militars, van quedar en no res. Quedaven, això sí, els ministeris, les *jefaturas* i les poltrones, i un únic programa: mantenir-s'hi com fos. Irrealitzables els somnis imperials, els pocs encara partidaris de *la revolución pendiente* tenien difícil inventar-se'n una altra. Només els quedava incorporar-se a les files dels que pretenien haver-ne fet una. L'Edmon Vallès em va contar una d'aquestes singulars metamorfosis: la de Manuel Sacristán, un enfebrat estudiant del SEU que, de llançar tinters a les pantalles dels cinemes on vedetes americanes ensenyaven escots massa atrevits, s'havia convertit després d'uns anys de reclusió a les universitats alemanyes en clergue altiu d'un imperi més real que el que havia somiat. Impressionat per una conversió tan perfecta, en Joan Reventós, que el coneixia molt bé, me'l va presentar i vaig poder-ne comprovar personalment la sinceritat severa. Tret d'aquestes curioses conversions, les idees que havien inspirat els falangistes havien quedat en ruïnes, les de l'Església, en canvi, continuaven dominant tots els aspectes de la vida civil. A Catalunya havia subsistit, soterrat, un catolicisme de llarga tradició democràtica. Des dels inicis de la guerra, personalitats rellevants de la jerarquia, com el cardenal Vidal i Barraquer, s'havien negat a prendre partit i havien predicat la concòrdia. L'any 47, des del santuari de Montserrat, l'abat Escarré no dubtarà a confiar les celebracions de l'entronització de la Verge a homes capaços de transformar l'aplec en una manifestació d'afirmació catalanista. Tot i així el pes de la victòria franquista no permetia gaires més manifestacions d'aquest ordre i el dictador visitarà Montserrat sota pal·li més d'una vegada. Però al cap d'uns anys, les noves generacions començaran a prendre consciència de la flagrant contradicció entre els sermons bel·ligerants d'una església partidista i els ensenyaments de la doctrina cristiana. Una Església que no solament s'havia pronunciat a favor d'un bàndol en una guerra fratricida, sinó que, en lloc de professar la misericòrdia i la reconciliació, s'acarnissava a deshonorar els vençuts i a emmascarar la veritat, no podia deixar insensibles la majoria dels catòlics.

La història del segle XX m'ha deixat creure que, tret d'un buit creat per circumstàncies excepcionals, les idees noves necessiten per propagar-se i convèncer el suport d'un exèrcit, o la protecció d'institucions que els garanteixin espais on poder circular lliurement. En aquella època, l'Església era a Espanya l'única institució que podia organitzar la seva vida interna sense interferències alienes. Estava sotmesa a pressions, però havia conservat la seva antiga autonomia i el règim, que li devia una justificació ideològica infinitament més respectable que la del falangisme, no tenia llibertat per imposar-li la seva voluntat. Aquells catòlics catalanistes, que es trobaven ara a les parròquies amb una nova generació inquieta i agitada pels vents de l'*aggiornamento*, eren de tota l'oposició antifranquista els únics que es beneficiaven d'una relativa llibertat de moviments. Anteriorment perseguits per un bàndol i ara per l'altre, tenien més autoritat moral que ningú per defensar la reconciliació entre tots els ciutadans i prendre iniciatives susceptibles de recollir una àmplia acceptació. No tardaran a oferir la protecció relativa de què disposen als altres grups de l'oposició. La constitució del Sindicat Democràtic d'Estudiants al convent dels Caputxins de Sarrià el març del 66 serà un dels primers i més memorables exemples d'aquesta política de portes obertes. Els comunistes, que volien tant sí com no fer oblidar les seves responsabilitats en la Guerra Civil, sabien perfectament que la revolució era impossible. El seu objectiu era per tant presentar-se com els més ardents defensors de la democràcia per ser legalitzats el dia que seria restablerta i poder-hi ocupar una posició influent. El càlcul era alhora intel·ligent i realista. Perseguits, però també perseguidors, no tenien l'autoritat moral dels que defensaven la concòrdia i la reconciliació des del primer dia, però proclamant-se paladins d'aquesta idea podien atribuir-se part d'aquesta autoritat, a la vegada que molts catòlics es podien felicitar d'haver convençut un dels seus adversaris més antics. Va néixer d'aquesta coincidència una estranya simpatia i fins i tot entesa que es revelarà capaç de mobilitzar moltes voluntats al mateix temps que originarà una gran confusió intel·lectual i política fins que les eleccions acabin per desfer-la. Educat al marge de l'Església no em vaig fer càrrec de la força dels vents que agitaven la consciència dels catòlics perquè no agitaven la meva i em costarà molt entendre com el desig generós de rehabilitar l'Església i restablir amb l'exemple personal l'autenticitat del missatge cristià, barrejat amb la fascinació que sempre exerceixen les posicions més extremes del pensament proscrit quan es revelen compatibles amb les aspiracions més elevades de la pròpia fe, podia produir una confusió tan pronunciada. El cristianomarxisme, no se m'ocorre cap altra fórmula per designar el credo confús que acabarà tenyint el discurs de la majoria dels grups de l'oposició. Encara avui, té entelat més d'un cervell.

Avui que recordo aquests anys i els veig de lluny sense les passions de la militància, veig amb més claredat com es van articular els diferents discursos polítics que ens portaran fins on hem arribat. Cada un adquireix en aquella època la seva lògica interna a partir de la qual desplegarà la seva acció. Venint d'on venia, em costava acceptar que el ressorgiment de la vida política i cultural catalana fos obra quasi exclusiva dels catòlics. Però no podia negar l'evidència. La primera manifestació de catalanitat, el 1947, ja s'havia produït a l'empara d'una cerimònia religiosa i el catolicisme catalanista, que disposava amb les Congregacions Marianes, les múltiples associacions d'Acció Catòlica i els diferents centres culturals montserratins d'innombrables centres on poder organitzar la formació política d'unes noves generacions inquietes i turbulentes, havia d'ocupar necessàriament l'escenari de la política catalana. Des de finals dels cinquanta, protagonitzarà els principals esdeveniments de la nostra vida pública. Hereus d'una tradició política que havia estat minoritària, aquests catòlics catalanistes tenien ara a les seves files intel·lectuals combatents al costat de la República, com Raimon Galí o Joan Sales; prestigiosos eclesiàstics exiliats, com Carles Cardó, i a la vegada eminents religiosos i destacats financers que havien mantingut bones relacions amb el govern franquista, com l'abat Escarré, o les continuaven mantenint, com el financer Fèlix Millet. Haver sobreviscut a una doble persecució els situava en una posició immillorable per fer de pont i prendre iniciatives, des de les més acceptables fins a les més atrevides. Dues idees els uneixen: la de reconciliació i concòrdia per superar la Guerra Civil i la reivindicació dels drets polítics i culturals de Catalunya que ja defensaven des de la Federació de Joves Cristians i Unió Democràtica. Però si els uneixen aquestes idees els separen els projectes polítics. Miquel Coll i Alentorn, màxim dirigent d'Unió, creu que la història ha acabat donant la raó al seu partit, que continua veient com el més qualificat per defensar aquestes idees i dirigir l'acció que les ha de dur a terme. Més activista que polític, Josep Benet, que ha estat instigador de les principals accions contra la dictadura, sense renunciar a les seves conviccions catalanistes, es converteix en el primer i més apassionat advocat de la unitat de tots els que volen posar fi a un règim que continua fent de la divisió entre ciutadans la pedra angular de la seva política. Aquesta idea fixa de la unitat, que creu la més eficaç per derrotar el franquisme, el porta directament a una col·laboració amb els comunistes que es concretarà en una Taula Rodona després de la Caputxinada el 66, una Coordinadora de Forces Polítiques que incorpora el PSUC el 69, i una Assemblea de Catalunya, el 71, veritable calaix de sastre on cap tothom. En el terreny pròpiament polític propugnarà, primer, una «ruptura democràtica», després, una «ruptura pactada» i finalment acabarà reclamant en la famosa manifestació de l'Onze de Setembre del 77 una «llibertat», que ja ens havien donat, una «amnistia», que beneficiava sobretot els que ens l'havien de concedir, i un «Estatut d'autonomia», en lloc de l'única reivindicació que podia ser rupturista: el retorn del president. Un retorn al qual s'oposava Josep Benet, però que, oh ironia, farà possible la seva esclatant victòria al capdavant d'una candidatura d'entesa entre socialistes i comunistes a les primeres eleccions democràtiques. Jordi Pujol abandona l'activisme en què s'ha fet un nom liderant la campanya d'uns «cristians catalans» contra el director de *La Vanguardia*, desafiant les autoritats al Palau de la Música i complint una dura pena de presó. Ara ha arribat l'hora de la política, però encara no la de constituir un partit. Ara toca «fer país», que és la millor manera, la més prudent i la més eficaç, de preparar-lo. Han estat molts anys de militància catòlica, però Jordi Pujol no vol un partit catòlic, ni un partit demòcrata cristià. Vol un partit catalanista transversal on càpiga tothom. Tarradellas malintencionadament dirà que perdonem més fàcilment als polítics fer diners amb la política que no pas fer política amb diners, però per fer un partit se'n necessiten molts i Jordi Pujol, que té les idees clares, es dedica a fer un banc i a teixir pacientment la xarxa d'amistats i contactes que li permetran varar la nau de Convergència Democràtica en el moment oportú. Coll i Alentorn, Benet i Pujol pertanyen a un mateix món, però impulsen projectes rivals. Quan Coll i Alentorn s'adona que el seu no pot aspirar a ser prominent s'arrenglera sàviament darrere el de Pujol i quan Benet s'adona que en règim de democràcia parlamentària l'activisme unitari té els dies comptats, es retira, també sàviament, a escriure llibres d'història. A mitjans dels seixanta, Pallach continua creient que el catalanisme ha de mantenir la seva proposta federalista, però ha pogut comprovar la poca acceptació que aquesta fórmula suscita i creu més que mai necessària la formació del gran partit que defensi fermament les condicions en què Catalunya està disposada a participar plenament en un futur espanyol. També ha pogut comprovar que els partits socialistes europeus no reconeixeran per separat un socialisme català, igual que els països dels quals formen part no han reconegut mai la singularitat catalana. Després d'haver mantingut durant vint anys la presència de l'MSC en la política catalana, creu arribada l'hora d'iniciar el reagrupament de tota l'esquerra democràtica en un gran partit catalanista i socialdemòcrata. En aquella època no es podia saber quin d'aquests projectes acabaria tenint èxit. El de Jordi Pujol encara no havia sortit a la superfície. No es veia quin o quins partits, al costat del PSUC, emergirien del magma unitari, ni si el reagrupament de les esquerres democràtiques que reclamava Josep Pallach acabaria quallant. Planava a més la incògnita de la gran massa de la immigració, si es decantaria per un d'aquests projectes, o ho faria per un partit espanyol. Però tot i la incertesa, les cartes ja estaven distribuïdes.

Com que era previsible que els militars no posarien fi a la dictadura, existia un sentiment difús i generalitzat que havíem d'esperar la mort del dictador per tenir alguna possibilitat de veure les llibertats restablertes. Les reivindicacions dels treballadors, sense sindicats propis, ni dret de vaga, tenien per si mateixes un alt contingut polític, però perseguien objectius principalment econòmics. Les revoltes dels universitaris, tot i plantar cara a la dictadura i fer evident les seves contradiccions, eren més radicals i ideològiques que polítiques i els grups organitzats de l'oposició continuaven sent minories condemnades a especular sobre les futures actituds dels diferents prohoms del Règim el dia que no hi seria el dictador. L'única vertadera novetat era l'ebullició del món catòlic. Una nova generació de creients, que no havia conegut la guerra, educada des dels quaranta en un catolicisme vociferant i de cartró, descobria ara que l'havien enganyat. No sabria dir com, ni a partir de quan, es va produir aquest descobriment. Si les encícliques de Joan XXIII van donar ales als que obrien els ulls i volien saber la veritat, o el pas del temps havia fet perdre la por a les generacions anteriors i les coses es començaven a dir pel seu nom. El cert és que, si no de cop, amb molt poc temps, aquest descobriment va generar sentiments de gran indignació en les consciències dels més joves. Com sol passar quan descobrim que ens han enganyat, censurem durament els que ens han induït en error a la vegada que per superar la humiliació d'haver-nos deixat enganyar adoptem les idees diametralment contràries pensant que així no ens tornaran a enganyar. Les piadoses idees de reconciliació i unitat eren un magnífic caldo de cultiu on podien bullir juntes la caritat cristiana i la compassió pels desheretats amb les diferents versions de la vulgata marxista. El potipoti ideològic resultant resolia una de les contradiccions en què es debatien les generacions de la postguerra i els obria un camí nou i engrescador. Va tenir èxit, especialment a la universitat. Un radicalisme polifacètic es va estendre ràpidament. Totes les propostes i iniciatives que engendrava eren ben intencionades i dirigides contra un adversari comú, però confuses i d'un maximalisme *in crescendo*. Segons com, podien ser contraproduents. La famosa revolta dels estudiants parisencs, que el maig del 68 acabava regalant una esclatant victòria electoral a la dreta, no deixava de ser una seriosa advertència.

Era a París aquell mes de maig. Sense poder-ne sortir, vaig poder observar de prop aquell singular carnaval revolucionari. Els francesos tenen un talent especial per dramatitzar i posteriorment teoritzar els canvis significatius de la seva vida política i social. Han escrit milers de pàgines sobre aquest esdeveniment. Hi han vist no sé quantes revolucions, alliberaments, mutacions i canvis. D'entrada, jo hi vaig veure una gran paròdia. Començant per la que va protagonitzar la minoria universitària, proclamant-se fer de *lance éclairé des masses prolétaires* i no passar de minoria revoltada contra la pèrdua d'una situació privilegiada. La universitat francesa, on als anys cinquanta estudiava el tres per cent dels alumnes de secundària i, molt especialment, la de París, on estaven concentrades les millors facultats del país i les famoses Grandes Écoles, tenia els estudiants convençuts que títol universitari equivalia a col·locació i accés a la classe dirigent. El 68, però, el fort creixement econòmic de la dècada anterior havia triplicat aquest percentatge i els universitaris descobrien, inquiets, que no tenien el futur assegurat i havien de competir entre ells per un lloc de treball. La severa selecció per premiar els millors, fins aleshores acceptada, era vista ara com la derogació injusta d'una prerrogativa que havien acabat considerant un dret i el primer eslògan de la revolta va ser: «*À bas la sélectivité!*». Com sempre ha passat al barri llatí, la revolta, de gremial, va passar a política. Els estudiants, cansats d'esperar la revolució que anunciava el Partit Comunista des del final de la guerra, se'n van inventar una altra infinitament més radical. La prosperitat dels últims anys havia millorat sensiblement les condicions de vida dels ciutadans, havia alliberat la majoria de la població dels constrenyiments quotidians de la vida domèstica i li proporcionava una quantitat considerable d'hores de lleure. La joventut gaudia per primera vegada d'una mobilitat i una autonomia de què no havien gaudit els pares i el canvi generacional era inevitablement més accentuat. Es va posar de moda parlar de noves llibertats, s'adoptaven convencions més desimboltes, fins i tot, es parlava d'una altra forma de vida, més lliure, més autèntica. No quedava clar, ni de bon tros, que tots aquests canvis es deguessin més a l'actitud atrevida d'una joventut revoltada que a la prosperitat general i a un descobriment de la indústria farmacèutica americana que, uns anys abans, ens havia tret de sobre una vella preocupació. El que sí que va quedar clar quan la revolta es va convertir en desordre general i barricades al carrer, amablement vigilades—tot s'ha de dir—per forces d'ordre públic que no van disparar ni un sol tret, és que no es tractava de la revolució, sinó que assistíem a la dissolució del poder unipersonal del general De Gaulle. De Gaulle havia arribat al poder gràcies a l'abdicació de la classe política. El 1968, els seus ministres, tots ells alts funcionaris nomenats exclusivament en funció de la fidelitat, o l'experiència administrativa, feia deu anys que no exercien de polítics. Desorientats davant d'un moviment espontani de protesta estudiantil, a la vegada tumultuós i sense direcció, van cometre una successió d'errors, agreujats per concessions precipitades, intervencions inoportunes i incessants vacil·lacions que van fer evident la desaparició de l'autoritat, a partir de la qual, el conflicte va créixer fins a convertir-se en irreversible. Els sindicats, que desconfiaven del moviment universitari i havien mantingut les seves reivindicacions tradicionals, van quedar desbordats per una onada general de vagues salvatges i ocupacions de fàbriques desencadenada per aquell evident buit de poder. Com sempre passa a França, país centralitzat a l'extrem, tot conflicte a la capital s'estén en un tres i no res a tot el país. En bona lògica gaullista, el *Roi Soleil* no estava per revoltes estudiantils, són cosa del ministre d'Educació i, si degeneren en conflicte social, li toca al primer ministre ocupar-se'n, però quan es va adonar que no podia governar, el *Roi Soleil* se'n va anar, cames ajudeu-me, a Alemanya per assegurar-se de la fidelitat del general Massu—el mateix que el 58 l'havia ajudat a sotmetre la classe política—, i després de comprovar que els sabres continuaven fidels, va dissoldre govern i Parlament i va convocar eleccions generals. El maximalisme de la protesta i un mes llarg de xivarri al carrer van donar a De Gaulle una gran victòria a les urnes, però el seu prestigi personal, que li era imprescindible per continuar governant, en sortia irremeiablement tocat. Dimitia l'any següent.

Aquests fets de maig que havien de canviar tantes coses m'han vingut a la memòria quan he recordat les idees confuses que corrien per Barcelona a finals dels seixanta. Me n'han quedat dues imatges: la d'un Jean Paul Sartre amb cara de «*bourrique à lunettes*», com deia Céline, intentant enmig de riures i xiulets arengar els estudiants en un amfiteatre de la Sorbona, i la d'una amiga que quan es topava amb una manifestació de «revolucionaris» es posava guants de punta blanca abans d'aixecar enèrgicament el puny.

Paròdia o revolució, queda avui molt lluny; recordo en canvi, com si fos tot just ahir, la Catalunya que posava a les pàgines del *Mirador* que vaig publicar a partir del 66. El ministre Fraga Iribarne, que feia aleshores de liberal, s'havia tret de la màniga una llei de premsa per fer creure que es feia un pas endavant cap a la plena llibertat d'expressió. Com he explicat anteriorment, em va temptar la idea d'interpel·lar el ministre fent a Barcelona una revista que per motius obvis s'imprimiria a París, però enterament redactada per residents a la Península i que fos mostra de la que demanaríem permís de publicar legalment. També em seduïa la idea de ressuscitar el vell *Mirador* demostrant implícitament que els nous ideals eren una renovació dels antics. A aquestes consideracions s'hi afegia a més el desig compartit per tots els amics de desfer el galimaties revolucionari de l'època i senyalar objectius realistes. El projecte no deixava de ser quixotesc. La interpel·lació no podia tenir evidentment cap efecte. Era impossible organitzar una distribució que permetés cobrar els exemplars, i els que firmessin els articles, com jo volia, s'exposaven a eventuals represàlies. Tot i aquests inconvenients, el projecte va suscitar interès i molts amics es van mostrar disposats a col·laborar. Per mantenir la ficció d'un *Mirador* publicat en circumstàncies de normalitat democràtica vaig actualitzar els drets de la capçalera al Registre de Patents i Marques de Barcelona i l'oncle Víctor en nom de l'antic equip editorial firmava un article de presentació en el primer número en el qual em cedia generosament la torxa. Vaig trobar finalment una impremta que no cobrava un preu excessiu per picar textos en català i disposada a prestar-me ajuda per a la compaginació. Es feia càrrec de les correccions el bon amic Enric Roig, i el meu cosí Joan Hortet, que s'havia descobert una vocació de caricaturista, era l'Apa del nou *Mirador*. Enviava els exemplars a en Josep Buiria a Perpinyà i en Màrius Estartús, que s'havia fet posar un doble fons al cotxe per un mecànic de confiança, els portava a Barcelona. A cada número, en Pallach i jo érem responsables de l'article sobre la situació política espanyola; l'Armand Carabén a més del d'economia s'encarregava amb Francesc Sanuy del «Mirador Indiscret», i en Pepe Suárez Carreño ens enviava la «Carta de Madrid» i comptava amb la col·laboració incondicional, entre altres, d'Heribert Barrera i Joan Tapia. Per fer bona la regla que diu que tota premsa en català ha de ser catalanista i recuperar la pugnacitat del nostre periodisme, vaig anar a veure l'Eugeni Xammar. Li vaig portar el primer número amb el prec que escrivís en el segon. Els pares, que ja passaven bona part de l'any a Barcelona, l'anaven a veure tot sovint a l'Ametlla, i en tornar d'Amèrica, li havia donat part de les meves inclinacions i activitats subterrànies, cosa que m'havia fet merèixer, com he recordat, el qualificatiu de *sinistroso*. Amb el meu *Mirador* sota el braç va néixer una nova amistat. L'Eugeni ja no era únicament un vell amic de la família. Com li agradava fer observar, havia tractat el meu avi de vostè, tractava el pare de vós i a mi de tu. No sé si va ser aquesta particularitat, o el meu entusiasme, que el van rejovenir, però no es va fer pregar ni un minut per desenfundar el sabre estilogràfic i al cap d'una setmana m'obsequiava amb un «Apoteosi del provincialisme», primer de tres articles sobre la nostra vida cultural i periodística que «portava al pap». En aquest primer li tocava el rebre al «*Premio Nadal*» i als «destinataires», en el segon feia volar Ignasi Agustí i Carles Sentís a la cua del *Tele-estel* i en el tercer tirava sal a les ferides lluminoses del progressisme monàstic de *Serra d'Or*. Per sucar-hi pa. Malauradament no vaig poder publicar aquest últim article, ni un suculent «¿No era separatista Prat de la Riba?», més que en un *Mirador* imprès a ciclostil. S'havien exhaurit els meus estalvis i amb la publicació d'aquest «exercici de quaresma» sobre *Serra d'Or* donava per acabada la meva curta vida d'editor. Van ser dos anys intensos i fructífers en què vaig establir amb en Xammar una relació entranyable que només interromprà la seva mort. En Xammar es proclamava liberal conservador, admirador de la democràcia anglesa i de la civilització nord-americana, «el país on hi ha menys enveja de tots els que conec». Individualista de soca-rel, no feia responsable de la seva precària situació econòmica a ningú més que a ell. Amb gran satisfacció seva, de ben segur, l'acusarien avui de *neocon*. Com tot entremaliat, en Xammar es delectava desconcertant i un dels primers desconcertats vaig ser jo en descobrir que havia estat lector del periòdic monàrquic, reaccionari i antisemita *L'Action Française*. Tot seguit el *sinistroso Amedeo* no va quedar menys desconcertat quan el seu amic li descobria que Charles Maurras havia tingut una influència més que notable a Catalunya. *L'Action Française* era als anys vint un dels diaris més llegits del món intel·lectual i literari francès i el seu editor, Léon Daudet, era amic i admirador de Marcel Proust. Fets comprovats i llibertat total d'esperit eren les virtuts de què no se separava mai. Xammar tenia conviccions molt definides que defensava a capa i espasa, però sempre estava disposat a escoltar i eventualment a admetre opinions contràries si eren defensades amb sinceritat i intel·ligència. Però ai dels que intentaven vendre-li gat per llebre. Fustigava els seus col·legues de «*Destino ex Política de Unidad*», o de «*La Vanguardia española y de las JONS*», però mantenia bona amistat amb Josep Pla i Augusto Assía. Antidogmàtic per excel·lència, casava amb la més absoluta naturalitat els principis liberals amb un «integrisme catalanista» que se li disparava quan veia atacada la raó de ser de Catalunya. Periodista polifacètic i *globe-trotter* poliglot, parlava a la perfecció anglès, francès i alemany, tenia una memòria prodigiosa i un sentit innat de l'acudit. De la seva conversa, sempre estimulant, brollaven sense parar els suggeriments més diversos. De la lectura del Samuel Johnson de Boswell a la «parada obligada, en el teu pròxim viatge a Londres, al seu pub favorit Ye Olde Cheshire Cheese, 145 Fleet Street, on et prendràs un memorable *kidney and oyster pudding with a large glass of ale*», passant per la lectura no menys obligada de l'article setmanal de Nigel Dennis al *Sunday Telegraf*, o la crònica hípica del senyor Gauthier al *Figaro*, «encara que no t'interessin les carreres de cavalls». Cada estona passada amb en Xammar era un festival.

Fa uns deu o dotze anys va venir a veure'm Josep Maria Huertas Claveria, que estava escrivint un llibre sobre *Mirador* i també volia fer-hi sortir el meu. El títol del llibre, *Mirador. La Catalunya impossible*, era enginyós, ja que podia satisfer tant els que pensaven que els de *Mirador* eren una colla de somiatruites que s'havien inventat una Catalunya que no existia com els que opinaven que una *militarada* havia fet impossible la Catalunya civilitzada i democràtica projectada a les pàgines del setmanari. Haver cregut en una Catalunya irreal és una crítica que s'ha adreçat a la gent de *Mirador* i als seus amics d'Acció Catalana. No deixa de ser veritat que si tot l'art de la política consisteix a assenyalar objectius possibles sense apartar-se dels que la majoria creu possibles, aquells homes no van ser uns bons polítics, ni els van fer gaire cas. Els que fèiem el *Mirador* a mitjans dels seixanta també érem una minoria. Els objectius socialdemòcrates que assenyalàvem eren simplement els que s'havien d'assolir si Espanya volia ser una altra democràcia europea, però no deixaven de ser aleshores molt allunyats dels que seduïen la classe mitjana intel·lectualitzada que descobria la política. Aquests objectius seran finalment realitat gràcies als acords de la Moncloa i gràcies a l'acció del govern de Felipe González a partir del 82. Eren doncs possibles, però fent bona l'afirmació de l'amic Huertas Claveria, la Catalunya de les pàgines de *Mirador* no va ser. Els socialistes catalans, abandonant finalment els postulats maximalistes que predicaven, es van sumar al PSOE a canvi d'abandonar el principi per a nosaltres irrenunciable de partit nacional i el gran partit catalanista que volíem organitzar a partir d'un reagrupament de les esquerres acabava organitzant-se, mort en Pallach, entorn de la figura carismàtica de Jordi Pujol i les idees moderades del cristianisme social. Però per no fer bo del tot el títol de l'amic Huertas i retre justícia al possibilisme de Josep Pallach voldria dir alguna cosa de la seva intervenció en el retorn del president de la Generalitat.

No recordo exactament quan em va telefonar en Tarradellas. Devia ser a finals del 72 perquè el gener del 73 me'n vaig anar a viure a Madrid. La trucada em va sorprendre. En Pallach havia donat suport a la candidatura de Serra i Moret el 1954 i amb altres personalitats catalanes havia defensat més tard la de Pau Casals, cosa que va fer pensar a en Tarradellas en un complot entre els amics del meu avi Hurtado, els «hurtadistes», i els «pallaquistes». «Amadeu—em va dir com si ens coneguéssim de tota la vida—, ens hem de veure i m'agradaria molt que vinguéssiu tu i la teva dona a dinar a Saint-Martin-Le-Beau». Vaig comentar la trucada a en Pallach, que no es va sorprendre el més mínim. El president, igual que nosaltres, era totalment contrari a la Coordinadora de Forces Polítiques que havia organitzat Josep Benet amb els comunistes i a la qual havien aconseguit sumar la meitat del nostre Moviment Socialista, i l'Andreu Abelló, que es reclamava representant d'una Esquerra Republicana i una Unió Democràtica circumstancialment dirigida per Anton Cañellas. Aquesta coincidència entre nosaltres i el president explicava la trucada, que, per no fer directament a un antic adversari, m'havia fet a mi. El matrimoni Tarradellas ens va rebre amb senzillesa i naturalitat i diverses mostres d'amistat i afecte. El president era un seductor nat. D'entrada, per esvanir tot possible ressentiment que haurien pogut crear els seus atacs contra els «hurtadistes» en el meu esperit, es va treure de la butxaca la carta de felicitació que li havia enviat l'avi pel seu nomenament de conseller del president Macià l'any 1931, que: «venint de qui venia, conservo com a record preuat en el meu arxiu personal». A casa els pares, ja havia sentit dir a la Maria Macià, en el seu inconfusible accent lleidatà: «Lo Josep és home de lletra menuda».

Un cop president de la Generalitat, en Tarradellas havia pres la sàvia decisió de no formar govern. Només l'hauria pogut fer amb uns partits que havien perdut la guerra i eren incapaços d'enderrocar la dictadura. La Generalitat, en canvi, era una institució històrica que havia sobreviscut a més d'un conflicte i continuava sent símbol indiscutible de la continuïtat de Catalunya. Aquesta era la carta mestra que havia conservat intacta i que, vingut el cas, podria jugar el dia de la mort, natural o política, del dictador. Aquell dia el poder de Franco cauria inevitablement a les mans dels que li havien fet costat. L'objectiu número u del president no podia, doncs, ser altre que el d'erigir-se davant dels que havien d'administrar la successió com a únic interlocutor a Catalunya. Tarradellas havia prescindit dels partits polítics, però no havia deixat d'observar atentament els homes capaços de constituir-ne un. A finals del 74, amb un Franco irremissiblement malalt i una atmosfera de fi de règim, es constituïen els partits polítics, entre altres, Convergència Democràtica, el Reagrupament i Convergència Socialista, al costat dels que no havien deixat d'existir, com el PSUC i Unió Democràtica. A finals del 75, la mort de Franco va precipitar els esdeveniments. Tarradellas continuava sent totalment desconegut de l'opinió pública. A través de Manel Ortínez havia establert contacte amb diverses personalitats del règim i mantenia relacions amb un estol de fidels que el tenien ben informat, però, tret d'algunes amistats personals en els diferents estaments de la vida política catalana, no comptava amb la simpatia de la constel·lació de cristians i comunistes que inspirava l'Assemblea de Catalunya, ni els partits que constituïen finalment el Consell de Forces Polítiques l'incloïen en els seus plans. Pallach, que no havia deixat mai de pensar en la necessitat, arribat el moment, de comptar amb un poder provisional a Catalunya que permetés negociar en les millors condicions possibles un règim de llibertats per a Catalunya, va saber veure que havia arribat l'hora de Tarradellas. Recordo les seves paraules: «Tens tota la raó, cap dels partits del Consell no vol saber res d'en Tarradellas, però cap no s'atrevirà a oposar-s'hi». Uns dies abans de proposar com a primer punt de les reivindicacions del Consell el retorn del resident, ens vam reunir amb ell a París. La reunió va anar com una seda. En Tarradellas estava visiblement satisfet. No s'havia equivocat. De tots els caps de partit Pallach era l'únic capaç d'entendre les possibilitats que oferia la seva carta. Al final de la reunió, només va demanar una cosa, però amb insistència: que el Consell li demanés audiència per escrit. Decididament, «lo president era home de lletra menuda». El dia que vam fer la proposta al Consell tots els presents van fer cares de pomes agres. No s'ho esperaven, però a l'època en què tothom reclamava la «ruptura democràtica», fins i tot semblava poc. Tret d'un dels assistents a la reunió que va demanar per què s'havia de passar per «la collada Tarradellas, que a fi de comptes no coneixia ningú», tothom va estar-hi d'acord. És molt probable que la majoria acceptés el retorn del president pensant que de totes maneres els que detenien el poder el farien impossible, però amb la seva aprovació el Consell el consagrava definitivament com a interlocutor indiscutible davant del poder. El que va passar a continuació és prou conegut. Els franquistes intel·ligents que havien previst les mil i una maneres de continuar el franquisme sense Franco van haver d'admetre l'evidència: la instauració d'un règim polític similar al que imperava a Europa era inevitable. Espanya havia deixat de ser diferent. No ho era ni la seva economia, ni el seu esperit. Cada estiu, Europa entrava a Espanya i ara Espanya no podia viure'n separada la resta de l'any. La impressionant desfilada del poble davant de les despulles del dictador, que vaig presenciar des del balcó de la casa que llogava a la plaça d'Orient, tenia un significat ben clar: tothom volia enterrar el passat. Quedaven per fer canvis radicals. Per dur-los a terme van escollir un jove funcionari polític, simpàtic, atrevit i ambiciós, desvinculat de la guerra, i ideològicament prou neutre per ser acceptat pel Movimiento i l'Opus Dei. Adolfo Suárez era l'encarregat de fer empassar els gripaus a la vella guàrdia. Amb l'ajuda providencial del seu protector, catedràtic de dret sense manies, li van vendre que les *associaciones*, previstes en el Movimiento, no eren altra cosa que els diferents partits polítics—Partit Comunista inclòs—i que les *leyes fundamentales* preveien la convocatòria d'eleccions generals al sufragi universal. El cafè servit era molt fort i s'entén que Suárez preferís un imprecís Consell General per a Catalunya que el retorn del president de la Generalitat exiliada, però després de la victòria electoral de socialistes i comunistes a Catalunya, va fer venir en Tarradellas. Era, en efecte, més raonable intentar entendre's amb ell que entregar un Consell General, per edulcorat que fos, a una nova i imprevisible versió del Front Popular. Tarradellas era un polític experimentat. Havia tingut més de vint anys per preparar la reunió que tindria amb el president del govern. No se li podia escapar l'oportunitat de tornar a entrar a la història . Sobre la taula va trobar unes noves regles de joc. Retornaria a Catalunya com a president de la Generalitat, però, com va dir a Jordi Pujol en sortir de la reunió amb el president Suárez: «Això de l'autonomia i l'autogovern es podrà estendre a totes les regions d'Espanya». La nova guàrdia, com la vella, no volia sentir parlar d'una autonomia que reconegués la singularitat de Catalunya. Ara hi hauria autonomia per a totes les regions, tant per a les que la demanaven com per a les que no. Amb aquesta cera havíem de fer cremar el ciri. Amb cap altra. Tot i així, el retorn de les llibertats i la restauració de la nostra institució històrica feien possible una era nova i esperançadora i amb el «Ja sóc aquí!» del president a la plaça Sant Jaume els catalans recuperaven la seva dignitat com a poble. En l'eufòria d'aquells dies, era difícil veure que el subterfugi jurídic que s'havia inventat Torcuato Fernández Miranda per anar, com va dir, «*De la ley a la ley a través de la ley*» i fer possible les llibertats també feia possible, si no la legitimitat, la legalitat i la continuïtat del franquisme. La mort privarà en Pallach de veure triomfar la seva iniciativa. També li estalviarà veure que les circumstàncies en què naixia el poder provisional a Catalunya el condicionaven a l'hora de negociar un règim autonòmic plenament satisfactori. El president va formar un govern d'unitat de tots els partits de l'arc parlamentari. Era l'única fórmula per garantir-li estabilitat i autoritat. Aquest govern, però, era fruit de dues legitimitats contradictòries. La del president era purament històrica, però ressuscitada per un govern que no en tenia cap altra que la que s'havia atribuït amb un cop d'estat militar i una guerra. La legitimitat dels partits, per contra, era nova de trinca i indiscutible. El poder del president era, doncs, limitat. Els partits tampoc no podien prescindir d'un president que havien acceptat abans i després de ser legitimats per les urnes, però si es posaven d'acord, el president havia de cedir. És el que va passar quan en Tarradellas els va proposar d'incorporar al govern els presidents de les diputacions. Hauria estat una manera indirecta, però molt eficaç, de fer desaparèixer les diputacions i crear un fet irreversible que hauria prefigurat una autonomia singular i ens hauria situat en condicions immillorables de cara a les negociacions futures. Els presidents de les diputacions, no cal dir-ho, haurien estat encantats d'esborrar el seu passat franquista, però els partits antifranquistes, que eren majoria, convençuts d'haver estat els veritables arquitectes de la democràcia, no la volien compartir amb ells. Sempre he pensat que ens vam deixar escapar una gran oportunitat.

V

Dono per acabades aquestes memòries. Tinc tres bones raons per parar-me el 1969. Aquell any, quedaven definitivament col·locats els homes que havien de garantir la continuïtat del franquisme. Com havíem advertit a les pàgines de *Mirador* l'any anterior, el canvi de govern, el juliol del 67, amb la substitució del general Muñoz Grandes per l'almirall Carrero Blanco a la Vicepresidència, havia confirmat l'ascens dels partidaris de Juan Carlos i, amb el nomenament del mateix Muñoz Grandes a la Vicepresidència del Consejo del Reino, quedaven tancades, i ben tancades, les portes a les aspiracions de Don Juan. El mes de juliol, era finalment proclamat Juan Carlos «*Príncipe de España y sucesor de Franco a título de Rey*» i en el canvi de govern que Franco es veia obligat a fer el mes d'octubre per resoldre les baralles entre els seus ministres a propòsit de l'escàndol Matesa, prescindia dels ministres barallats i substituïa en Solís a la Secretaria del Movimiento per un Torcuato Fernández Miranda amb sòlides amistats a l'Opus Dei. Hi havia dictadura per estona. En el meu anhel quasi obsessiu de tenir país propi m'havia llançat a l'acció política. Gràcies a la impressió de participar en la seva història, per subterrània que fos, me l'havia fet meu. L'aventura de *Mirador* m'havia permès lligar caps i projectar en lletra impresa la Catalunya que somiava. En el federalisme que Josep Pallach havia mamat a la seva vila nativa de Figueres hi havia retrobat el federalisme que l'avi Hurtado havia fet seu de jovenet a Vilanova i la Geltrú. De federalismes n'hi ha de tota mena. El nom no fa la cosa. Amb aquest nom, o un altre, el catalanisme sempre ha defensat la idea de pacte entre sobiranies. En les meves peregrinacions per Espanya n'havia trobat ben poques disposades a pactar, ni en les meves converses no havia trobat gaires interlocutors que acceptessin la idea de pacte per definir l'estructura de l'Estat. Aquestes, però, no eren raons, ni ho han estat mai, per no continuar proposant-ne un. La Catalunya que creia possible a l'època del meu *Mirador* tenia un greu inconvenient. L'home, que creia capaç d'articular les voluntats que l'havien de fer realitat, no hi vivia. L'estiu d'aquell any 69, Josep Pallach tornava finalment a casa. Primer a Roses, per dirigir una escola de llengües que havia fundat la seva dona; no sense que el director de la presó de Figueres, informat del seu retorn, l'hi fiqués uns dies per recordar-li que se n'havia fugat el 46. L'any següent, definitivament instal·lat, podia tornar a exercir de pedagog... i de polític. Era per a mi una gran notícia. Feia anys que estava compromès en un projecte polític i disposat al que fes falta per servir-lo, però quan ho pensava fredament, no em veia de polític per sempre. Entre altres coses, no em veia capaç, arribat el moment, de renunciar a la independència que em garantia guanyar-me la vida pel meu compte i guanyar-me-la a compte de la política anava clarament contra el meu instint. Des que havia tornat d'Amèrica havia actuat de corretja de transmissió entre en Pallach i l'interior. Ara en Pallach podria jutjar i convèncer sense intermediaris. Entràvem en una nova etapa. Amb el seu retorn ens desfèiem d'un exili que sempre havíem considerat inoperant. Havia arribat l'hora de la veritat. Aquell mateix any es produïa, a més, un altre esdeveniment que marcaria un abans i un després a la meva vida: coneixia la que l'any següent havia de ser la meva dona. Fins llavors l'acció política havia estat el meu principal centre d'interès; ara en tenia dos i descobria els valors i les virtuts de la vida privada que, a poc a poc, es convertiria en prioritària.

Com que el projecte polític que defensava desapareixerà del mapa, no vull deixar aquestes memòries sense dir breument el que penso avui del que va passar després. El 69, ja m'havia adonat que el reagrupament d'una esquerra democràtica i catalanista sota el signe de la socialdemocràcia europea era una empresa minoritària, però no em feia res formar part d'una minoria. Deu ser que hi estava acostumat. No hi estaven en canvi acostumats els nombrosos joves de procedència catòlica que començava a atreure la figura d'en Pallach, ni s'hi voldran acostumar molts dels que es descobrien una vocació política. No pot estranyar que, després de la seva mort, la gran majoria dels seus seguidors acabessin incorporant-se a formacions de més èxit. La mort sobtada del que havia encarnat els ideals de la Catalunya que havia fet meva em va deixar desemparat, amb el desconsol d'haver perdut un gran amic i la frustració de no poder veure l'empremta que podia deixar l'home en què havia cregut tants anys. Encara trobaré motius de satisfacció en veure en el retorn del president de la Generalitat la consecució d'una de les seves iniciatives, però per molt que ho desitgés, no veuré possible mantenir viu el nostre intent, ni tardaré gaire a adonar-me que no tenia ni les condicions ni la vocació per ressuscitar-lo.

El diabòlic atemptat que farà volar en l'aire Carrero Blanco no apartarà el franquisme del guió que havia deixat escrit l'almirall. Si aquell espectacular atemptat va unir en un primer moment totes les famílies del règim entorn de la vella guàrdia i la figura del dictador, la profunda commoció que va produir a la classe dirigent, especialment a la que no havia fet la guerra, li devia forçosament fer pensar que enrocar el país en un sistema obsolet provocaria més violències i allunyaria encara més Espanya d'Europa. Tot just un any després, morirà Franco i, com a previst, serà entronitzat Juan Carlos. Al cap de pocs mesos, ¿perspicàcia del rei?, ¿de Torcuato Fernández Miranda?, ¿del franquisme intel·ligent?, ¿pressió irresistible de l'opinió pública que acabava d'enterrar Franco i volia, com fos, enterrar el passat?, es produirà el canvi amb el nomenament d'Adolfo Suárez a la presidència del govern. L'home que ens restituirà les llibertats no tenia cap legitimitat democràtica—mancança que, més tard, faran pagar els seus propis coreligionaris—, i, autocomplaença interessada, tots pensarem que en tornàvem a gaudir gràcies a la «lluita heroica de tot un poble». No agrairem mai prou a Adolfo Suárez la seva diligència, coratge, intuïció i atreviment. Viuré els primers anys de la Transició fins a la mort de Pallach a cavall de Barcelona i Madrid, on residia des del 73 i, de bastant a prop, l'episodi de la Plataforma, esdevinguda Platajunta, on, si més no, quedava finalment coordinada l'oposició antifranquista. Es continuava reclamant la «ruptura democràtica» que pretendrem transformada en «ruptura pactada», quan de pacte no n'hi va haver de cap mena. Va haver-hi, això sí, converses individuals entre el president del govern i les principals personalitats de l'oposició en les quals un i altres podran constatar un mateix estat d'esperit i compartir una mateixa preocupació: evitar com sigui de caure en les provocacions de l'extremisme, tant de dreta com d'esquerra, que es resistia a desaparèixer. Aquesta entesa no escrita, més forta que qualsevol pacte, expressió genuïna de la que existia entre els ciutadans del país, farà possible el que, després de tants anys, semblarà un miracle. Encara ens en felicitem.

La Transició ens acabarà deixant una Constitució pactada entre representants legitimats per les urnes. ¿Podem, doncs, parlar de ruptura pactada? ¿No seria més just admetre que, primer, va haver-hi ruptura, però ruptura entre franquistes, entre franquistes intransigents i franquistes realistes, i després, pacte entre diputats constituents? ¿No acceptàvem abans la monarquia i, implícitament, la legitimitat de la victòria militar que l'havia instaurada? ¿I com en sortia parada Catalunya? Després de veure reconegut el símbol d'una antiga sobirania, ¿no acceptàvem els catalans arribar a una autonomia a través d'un procediment constitucional que ens impedia recuperar-la? El gran mèrit de Jordi Pujol serà, entre altres, el de tornar-la a plantejar en el terreny polític, mantenint-se independent dels partits espanyols i tractant de tu a tu amb el govern central. Quatre anys més tard, el govern socialista, que consolidarà definitivament la monarquia, em donarà més motius de satisfacció en veure'l implementar gran part del programa social que havíem defensat contra vent i marea. En aquella època, no podia saber, com resa la faula de les abelles, que els objectius que es persegueixen no sempre produeixen els resultats desitjats, ja que les polítiques d'assistència social de la societat del benestar, a més d'efectes positius, encara no n'havien tingut de perversos. També tindré la satisfacció de veure confirmada, després de la plena incorporació del país a les institucions europees, la incorporació d'Espanya a l'OTAN, fet que posava així punt i final a la funesta tradició intervencionista dels militars espanyols que acabaven de donar-nos un últim ensurt. A mitjans dels vuitanta, sòlidament ancorada a Europa, amb institucions consolidades i estables, Espanya podrà participar en la prosperitat econòmica sense precedents que coneixerà el nostre continent. Tot i un indiscutible vici d'origen, no podem negar que fa més de trenta anys que gaudim de les mateixes llibertats que els altres pobles europeus i que Catalunya també en fa prop de trenta que està dotada d'una autonomia, si bé obtinguda sense el ple reconeixement de la seva personalitat, amb més competències que les que havia tingut en el passat. Però, com sol passar a la vida dels pobles, tot problema falsament resolt acaba ressorgint. Avui veig que partidaris de l'actual solució autonòmica la volen fer evolucionar cap a un federalisme que, difícilment, pot ser com el que volien fer desaparèixer. Tenen, això sí, el mèrit de reconèixer que el sistema adoptat no ha resolt el problema. Molts dels que, tot i no ser-ne partidaris, van acceptar aquesta solució semblen creure arribat el moment d'abandonar-la i anar cap a la independència, oblidant de moment que, si és possible, la independència només pot ser fruit d'un pacte, i si fem cas a en Bismarck, no d'un sol pacte.

PROU OPINAR. ACABO

Sempre he pensat que la victòria franquista no va ser per als catalans la simple resolució violenta d'un conflicte polític, sinó una desfeta de conseqüències infinitament més profundes. Esgotats per tres anys de violències, bombardejos i penúries, els catalans vam celebrar la fi de les hostilitats, al mateix temps que vèiem desaparèixer el nostre país. La generació que havia dut a terme el ressorgiment de Catalunya i, gràcies a la República, havia aconseguit donar-li forma política amb la restauració de la Generalitat i un estatut d'autonomia, veia reduït al no-res el seu somni. Alguna cosa havia fet malament. La victòria dels facciosos condemnava eternament aquesta generació a buscar culpables, trobar excuses i debatre una hipotètica recuperació. La desmoralització de la minoria d'intel·lectuals i polítics obertament crítics de la República, que acceptaven el nou règim, tot i suavitzada per privilegis, tenia conseqüències igualment dramàtiques. En comprovar el caràcter feixistoide del nou règim i la impossibilitat de tot diàleg amb el nou amo del país, tret d'algun desvergonyit que vol justificar les prebendes, optaran per l'exili i el silenci, com en Cambó, o fastiguejats per la persecució sistemàtica de la nostra llengua, es reclouran, com en Pla, en la solitud i l'escepticisme. La violència criminal dels primers dies de la guerra, que la Generalitat va ser incapaç de parar, i les col·lectivitzacions, que només va poder canalitzar, predisposaran la classe mitjana i benestant del país a favor del bàndol rebel. Però les noves autoritats, que els restitueixen les propietats i els garanteixen la seguretat, els exigeixen a canvi renúncies humiliants. Abandonar la llengua pròpia, renunciar a educar els fills en la que sempre han parlat, acceptar en silenci el tracte vexatori de totes les manifestacions de catalanitat i veure la nostra història llençada al cove són genuflexions que, a l'hora de recuperar la fàbrica i les propietats, semblen poca cosa, però erosionaran per sempre més la moral dels que les fan. Vençuda una vegada pels desbordaments d'una revolució social, vençuda una altra vegada pels que li buiden la personalitat i li compren la resignació i el silenci, la burgesia del país, tant la petita com la gran, es refugiarà, com altres vegades, en el treball, també en la sensualitat i el cinisme. La victòria franquista deixava Espanya dividida entre vencedors i vençuts i Catalunya, sense vencedors, vençuda, rompuda i humiliada. No estic segur que trenta anys de democràcia hagin aconseguit esborrar el pes que aquesta desfeta encara té a les nostres consciències.

Els governs que s'han succeït a la Generalitat s'han trobat davant la tasca incommensurable de la reconstrucció amb la dificultat afegida d'una població canviada. Disposant de poca autonomia fiscal, s'han vist sovint reduïts al paper de purs administradors de programes decidits pel govern central. Només en les àrees on han disposat de llibertat real han pogut dur a terme polítiques pròpies, algunes vegades, amb encerts notables. Tots han intentat, cadascú a la seva manera, fer renéixer la confiança en el país i aixecar la moral dels ciutadans. No sé si en aquesta primera etapa de reafirmació patriòtica era inevitable la politització de la vida cultural i la nacionalització de les més diverses institucions i activitats, a l'estil francès, en lloc d'afavorir les més lliures i més diverses, com són les associatives i les privades, cosa que hauria estat més en sintonia amb el nostre caràcter. L'extensió dels poders de l'Estat feia inevitable la creació d'una immensa burocràcia, amb la seva cohort d'idees fetes i l'ofec progressiu de la llibertat d'esperit. No sóc l'únic que ho lamenta. No em toca dir si ha arribat l'hora de donar un pas decisiu endavant, ni en quina direcció. El que sí que crec és que per tenir èxit és imprescindible, primer, recrear una veritable unitat espiritual entorn d'un projecte possible i, aquesta vegada, saber mesurar les nostres forces.

AQUESTA EDICIÓ, PRIMERA, DE
«MEMÒRIES D'UN SOMNI», D'AMADEU
CUITO, S'HA ACABAT D'IMPRIMIR
A CAPELLADES EL MES
DE MAIG DE
L'ANY
2011

*Altres llibres de l'autor
en aquesta editorial*

EL JARDÍ SENSE TEMPS
Biblioteca mínima, 145

CONTES D'UN CARRER ESTRET
Biblioteca mínima, 161

Col·lecció D'un dia a l'altre

1. MARTÍ DE RIQUER *Quinze generacions d'una família catalana* (5 edicions)
2. EUGENI XAMMAR *L'ou de la serp*
3. MARKUS WOLF *L'home sense cara*
4. MARGARIDA CASACUBERTA *Els noms de Rusiñol*
5. EUGENI XAMMAR *Cartes a Josep Pla*
6. MIQUEL BATLLORI *Records de quasi un segle*
7. MARTÍ DE RIQUER *Llegendes històriques catalanes*
8. JOSEP M. DE SAGARRA *L'ànima de les coses*
9. STEFAN ZWEIG *El món d'ahir. Memòries d'un europeu* (6 edicions)
10. SEBASTIÀ GASCH *París, 1940*
11. CRISTINA MASANÉS *Lídia de Cadaqués*
12. SEBASTIÀ GASCH *Etapes d'una nova vida. Diari d'un exili*
13. OTÍLIA CASTELLVÍ *De les txeques de Barcelona a l'Alemanya nazi*
14. IRENE POLO *La fascinació del periodisme*
15. XAVIER VALLS *La meva capsa de Pandora. Memòries*
16. JORDI BENET *De lluny i de prop. Vivències i miratges d'un perifèri*
17. LLUÍS PERMANYER *Dalí parlat. Amb una conversa enregistrada*
18. MARTÍ DE RIQUER *Vida i aventures del cavaller valencià don Pero Maça*
19. STEFAN ZWEIG *Moments estel·lars de la humanitat* (3 edicions)
20. JOSEP M. DE SAGARRA *El perfum dels dies*
21. PONÇ PONS *Dillatari* (2 edicions)
22. IMRE KERTÉSZ *Jo, un altre*
23. PETR GINZ *Diari de Praga (1941-1942)*
24. LORENZO DA PONTE *Memòries*
25. EUGENI XAMMAR *Seixanta anys d'anar pel món. Converses amb Josep Badia i Moret*

26. AMADEU HURTADO *Abans del sis d'octubre (un dietari)*
    (2 edicions)
27. JONATHAN LITTELL *Txetxènia, any* III
28. IVAN KLÍMA *L'esperit de Praga*
29. JOSEP PIJOAN *El meu don Joan Maragall*
30. JAN KARSKI *Història d'un Estat clandestí*